U0526831

| 钟摆书系 |

玛丽·雪莱

MARY

往日魔影

[荷] 安妮·埃克哈特（Anne Eekhout） 著
陈琰璟 译

中国出版集团
中译出版社

献给贝特拉姆·库勒曼，
一个伟大的故事讲述者，我的至爱。

讲述最好的故事比探究真相更重要。
　　　　　　　　　　——玛丽·雪莱

你能想象到的一切都是真实的。
　　　　　　　　　　——巴勃罗·毕加索

《童话》
献给我的母亲和女儿

她们聚精会神地倾听古老的故事，
神奇的事物飞来，
在两人睁大的眼里清晰可见
如同花瓣，漂浮在碗里。

她们的神态透着温柔的紧张，
完全沉浸、迷失在彼此之间，
白发和金发——
请相信，请相信，
她所诉说的一切都是真实的，
你永远不会读到更美的文字。

——M. 瓦萨利斯

- 登场人物 -

日内瓦

玛丽·雪莱（1797年生）：原名玛丽·沃尔斯通克拉夫特·戈德温，是哲学家、作家玛丽·沃尔斯通克拉夫特与哲学家、作家威廉·戈德温的女儿，珀西·雪莱的妻子，威廉的母亲。

珀西·雪莱（1792年生）：诗人，玛丽的爱人。尽管两人当时尚未正式结婚，但他们以夫妻相称。

威廉·雪莱（1816年生）：小威廉。玛丽和珀西的孩子。

克莱尔·克莱蒙特（1798年生）：玛丽的继妹，其母玛丽·简是玛丽父亲的第二任妻子。

拜伦勋爵（1788年生）：昵称"阿尔贝"，著名作家与诗人。与克莱尔相识，偶尔为其床伴。

约翰·波利多里（1795年生）：医生、作家。拜伦的朋友。

苏格兰

伊莎贝拉·巴克斯特（1795年生）：威廉·巴克斯特的女儿，玛格丽特、罗伯特和强尼的姐妹。

大卫·布斯（1776年生）：玛格丽特的丈夫。经营着一家酿酒厂。

玛格丽特·布斯（1789年生）：大卫的妻子，伊莎贝拉的姐姐。

强尼·巴克斯特（1805年生）：伊莎贝拉的弟弟。

罗伯特·巴克斯特（1796年生）：伊莎贝拉的哥哥。

威廉·巴克斯特（1766/1771年生）：伊莎贝拉、玛格丽特、罗伯特和强尼的父亲。

1816年5月[1]
日内瓦,科洛尼

---

[1] 1816年,印尼坦博拉火山喷发,大量火山灰被抛入平流层。受此影响,北半球气候严重反常,夏季出现了罕见的低温和雨雪天气,史称"无夏之年"。这年5月,珀西·雪莱夫妇、拜伦及其好友约翰·波利多里赴瑞士日内瓦度假,但遭遇极端天气,被困于住处。——译者注

巫邪时刻

就是这一时刻,每当夜深人静之时,她的女儿便会夭折离世。尽管半夜里,她能看见女儿安静地躺着,睡得如此深沉,但一早醒来,她还是会发现女儿离去。她知道,这一幕在这个时刻注定会发生,在这巫邪时刻,她那时总会惊醒。这一时刻通常是短暂的,她把滑落的被单重新裹上身,鼻子凑近珀西温暖的后背,他在睡梦中轻哼,她则试着再次入睡。不过有时,好像有东西要将她拉下床,她不知道究竟是什么,她也不想知道,她累了,她只想继续睡觉,度过这一夜,度过这一时刻。但她已经明白,这是她必须去感受的,这一时刻的每分每秒都在她的皮肤上燃烧。因为这就是她带给这个世界的,又如此迅速消散的东西。

在回廊下,她淋不着雨,身上的外套也能保暖,但只要往外跨出一步,便能感受到整个世界都在自我摧毁。他们已在日内瓦待了两周。自从来到这儿之后,几乎每天都是狂风暴雨、电闪雷鸣,好似一场疯狂的仪式。闪电持续不断,玛丽很喜欢,它们会像一只猫一样舒展开来,照亮天空数秒钟,将天空染成淡紫色,仿佛是一块布料,一顶覆盖着大地的帐篷顶,使下面的事物变得不真实,变成了一个故事,同时赋予它们更多的意义。她光着脚站在回廊里,草坪中的杂草、水边的柳树、湖对岸高耸的侏罗山、小船,一切都恍恍惚惚的。

另外一边,在山上,阿尔贝①和约翰的住处闪着昏暗的灯光,这让人安心。她每晚三点钟醒来,但至少那时阿尔贝还未睡下,他在守更。毫无疑问,他的目光应落在纸上,羽毛笔肆意地飞舞着,将存在其生命中的内容写进这个世界。

她转过身,踮着脚摇摇晃晃地走了几步。在黑暗中,她找不到自己的靴子。小威廉很快就会醒来,尽管雷声并没有惊扰到他。她的继妹克莱尔也终于睡着了,在她自己的床上。克莱尔看起来像个小孩,珀西则总是像父亲一样拉着她的手。不,不像父亲,这当然不像父亲会做的事。

闪电划过天空,在水面上,在树梢间,在她的皮肤上发出"嗡嗡"的声响。这里的暴风雨与英格兰不同,更扰人、更真实、更有存在感。好像她可以触摸到光,握紧它,就好像光抓住了她一样。这喧嚣,这深沉的隆隆声似乎是有实体的,好像可以进入一切生命体,到达她的胸膛、她的心脏、她的血液。这样的日子似乎永远没有尽头,暗夜笼罩,不见天日,花园变成了沼泽,大自然一片死寂,有时他们互相说道:"也许这就是世界末日,最后的审判。"但随后大家都笑了。因为他们都清楚:上帝只存在于梦境和童谣中。玛丽搓着手取暖。冰冷的空气刺痛了她的脚趾。有时她想,当你真的很害

---

① "阿尔贝"(Albe)是玛丽为拜伦取的昵称,是拜伦名字首字母缩写(Lord Byron,"LB")的谐音,也是"厄尔巴岛"(Elba)拼写的重新排序,因为拿破仑曾被流放至厄尔巴岛,而拜伦很崇拜拿破仑。——译者注

怕时，上帝就在你身边。

但回到床上，她再也睡不着了。寒冷已经侵入她的体内，没有任何东西可以让她暖和起来，无论是毯子、想象中的炉火或是珀西温暖的后背。

这都是克莱尔造成的。克莱尔几乎和她一般大，有时玛丽想，要是将克莱尔当作亲妹妹来看待的话，可能会对她有好处，而现在玛丽却日益难以接受克莱尔的所作所为，更别提帮助她，安慰她，让她开心了。男人们似乎没觉得克莱尔有那么恼人，阿尔贝甚至将她的所作所为归类为"女性的行为"，也不管这到底意味着什么。玛丽就从不会在聊天时站起身来，扑倒在沙发上啜泣，一边却又说着"没事的，真的没事"。不是吗？这根本不是什么女性行为，而是克莱尔特有的行为。玛丽知道，珀西很享受这种状态，享受克莱尔搂着他的脖子，求他读诗，伴着他的声音入睡，享受她为自己的笑话仰头大笑。克莱尔从下巴往下的每一寸白皙肌肤、她的乳房，都在恳求着目光、触摸和关注。没有关注，克莱尔就无法生存。如果三天没人理她，她便会死去，这应该是从她母亲玛丽·简那儿遗传来的病。玛丽怀疑，她的父亲是不是直到娶了玛丽·简，让她和她的女儿成为这家庭的一员后，才知道玛丽·简是多么歇斯底里、多么虚荣、多么专横的一个人。自从玛丽长大，能够理性地认识到自己是一个没有母亲的人后，这一事实便成了她所有悲伤的缩影，任何哀愁最终都会凝结成那个确切的形状，但从她父亲再婚那一刻起，玛丽心中便会反复衡量一个问题：这人算我母亲吗？当然，每次玛丽都能得出相同的答案：不，她不是。或者说，她宁愿生活在已故生母的故事里，每天对着她父亲书桌上那张母亲的画像，因为这个女人对许多人来说意义非同寻常：她勇敢、睿智，但在生活和信仰上却又不拘一格。她已经不在这世间了，玛丽也从未与她谋面，但她却又无处不在。最重要的是，她是一个完美的人，永远不会对玛丽生气，也不会不尊重玛丽的决定。玛丽永远不会以她的母亲为耻，永远不会害怕失去她的爱，母亲会永远爱着她，即使在临终前，母亲躺在病榻上也依旧搂着刚出生的她，她那时像极了一只小布偶。这种纯洁、毫无保留的爱永远也不会因为琐碎的生活而变淡，所以母亲永远活在玛丽的心中，她是一个完美的母亲，即便她已不在这世上。

轰隆一声惊雷乍响，珀西嘟囔着转了个身，膝盖顶到了玛丽的身侧。当月光透过百叶窗的缝隙照进屋内时，玛丽可以看清他的脸庞。这就是她那充满激情、楚楚可人的精灵。她不知道还有哪个男人会拥有如此清秀的五官、吹弹可破的皮肤，就像只白色缎蛾一般，俨然一副女性的长相，这对玛丽产生了极大的吸引力。玛丽也是他的挚爱，她知道这一点，但这并不容易。事实上，他的生活哲学与玛丽的并不相同，也许在理论上他们还有些相同的观点，但在现实生活中就完全不同了，这使他们的爱情一次又一次地受到考验。珀西时不时地会爱上其他女人，这对于玛丽来说或许还可以忍受，但他却表现得满不在乎，甚至鼓励玛丽和他一样，可以同其他男人同床共枕，这彻底击碎了她的灵魂。当玛丽与阿尔贝谈起她的父亲，或者阿尔贝的诗歌时，她能够感受到珀西在关注着一切。她知道，这是珀西嫉妒发作的时刻，他的眼神里藏着一种冷静的恐惧。当然，珀西所感受到的嫉妒与玛丽无关，他并不担心玛丽会移情别恋，爱上阿尔贝。他担心的是阿尔贝更欣赏玛丽的才华，担心的是这位伟大而狂野的诗人——拜伦勋爵发现她比自己更有价值，而自己却还有许多写作技巧需要学习。他也在怀疑自己是否依旧是那个天赋异禀的作家，是否还能创作出洞穿人心的文字。珀西把一切希望寄托在阿尔贝身上，阿尔贝能让他看到曙光吗？能否给他建议，成为他的导师，甚至是他的挚友吗？虽然珀西嘴上从未说过，但玛丽能够看出来，他眼神中的希望是渺茫的，动作中还显露出孩童般的焦躁。有时，当珀西表现出丧失信心时，玛丽也会担心自己是否有朝一日会不再迷恋他。

她轻轻地吻了珀西的脸颊，他又嘟囔了一下，翻了个身，膝盖也从玛丽身侧移开。随后，玛丽渐渐有了睡意，她可以感觉到睡眠的手臂像翅膀一样张开，紧紧地包裹着她，这是一种舒适的安全感，慢慢地将她的意识剥离。

※

威廉好像并不喜欢这趟旅行，也难怪，孩子并不是为旅行而生的，但他似乎对梅森·查普伊斯小屋情有独钟，感觉就像在自己家里一样。这里的房间宽敞明亮，透过落地窗可以看到大花园、湖泊和远处的侏罗山，当然还有雨和石灰色的天空。不过，威廉还小，还不会爬行，不然的话，玛丽定会整天追着他跑遍所有的房间，以防他碰到壁炉、书柜以及桌角。他才五个月大，刚学会翻身不久，玛丽享受着每天和他在一起的时光，但她还是放不下那夭折的女儿——她的第一个孩子。如果她还活着的话，此时应该正在蹒跚学步，光着胖嘟嘟的小腿，挪动着小脚丫，一步步地从壁炉前的地毯踏上锃亮的木地板,随后小心翼翼地跨过门槛,跟跟跄跄地从长廊走到楼梯处。不,这太危险了,回来吧,还是抱着好。看,你的弟弟在那儿,去摸摸他吧。

"你还好吧?"克莱尔挨着玛丽,躺倒在沙发上。刚闭上眼睛的威廉被吵醒了,克莱尔挠了挠他的下巴,对玛丽说:"你在发呆。"

玛丽在一旁点了点头。这么多年过去了,克莱尔还是不明白,玛丽的思绪有时会飘忽不定。克莱尔和她就不是一类人,没有血缘关系、性格大不相同、对于周遭也有着不同的理解。在她们的共同经历中,只有极少数情况下才会有相同看法。有一次,克莱尔的母亲和玛丽的父亲正匆匆忙忙为客人准备客房时,她俩在一旁笑得难以自已,她们相互对视,认为只有成年人才会做这样的事情,她们永远不会。不过,这一切都已经很久远了,玛丽很久没有见过他们了——父亲和玛丽·简。自从和珀西在一起后,特别是在女儿离世后,和他们见上一面就更困难了。

"我有点累了,"玛丽说,"阿尔贝怎么样了?"

"噢,还不错。"克莱尔说。她将一绺头发绕在手指上。"他请我们去吃了饭。不过毫无新意,净是些脆饼和炖豆子。"

克莱尔对阿尔贝的菜单完全提不起兴趣,她开始想念肉的味道了。就饮食而言,玛丽和珀西也无法适应阿尔贝的习惯。

"你也可以不去啊。"玛丽说道,不过话音刚落,她就有些后悔这么说了。

"当然要去!"克莱尔瞪大着眼睛说,"阿尔贝希望我去,他亲口说的。"

威廉又闭上眼，睡着了，他那白净的鼻子看起来真俊俏。玛丽站起身来，在心里低语道："小威廉，可别太白了，还是有些血色才好。"她没再理会克莱尔，而是抱着小威廉离开房间，把他放进了摇篮里。好好睡一觉吧，一会你又要醒了。

※

"玛丽，"阿尔贝搂住她，他的身上散发着一股淡淡的甜味，有点像洋甘菊，胡茬也已贴到了玛丽的脸颊，"你能来真好，我特别想给你看些东西。"

玛丽从珀西短暂而尴尬的微笑中看出，他对自己的无能为力表现出了恼怒，他自知已无法加入这场对话，于是便和克莱尔去了客厅。阿尔贝从梳妆台上拿了一盏烛台，牵着玛丽的手穿过大厅，来到房子后面的一间黑屋子里。迪奥达蒂别墅比他们的房子大很多，但玛丽觉得还是查普伊斯小屋位置更好。阿尔贝的房间比较昏暗，周围被密林所环抱，那些高大的树木像极了驻守的卫兵。即便在白天，屋内也需要点起蜡烛。门柱、窗框和护墙板，还有无数的书架都是桃花心木做的，地上也铺满了红色或蓝色的地毯，几乎都是同样的深色图案。在阿尔贝的工作室里，棕色是主色调。夜晚的光线从爬满窗户的常春藤间隙中透射进来。他把烛台放在书桌上，整理起散乱的纸张。

"来这边。"他从书桌后招呼玛丽，"我正在创作《恰尔德·哈罗尔德游记》的新章节。我觉得写得不错，但希望你能读一读，然后告诉我你的想法。"

玛丽听出来，阿尔贝并非与她客套，只是认为自己与他势均力敌，至少在文学批评领域是如此的。

"好,"玛丽说道,"乐意拜读。"

阿尔贝卷起稿件。"这些是书稿的副本,你可以在上面随意做笔记,"他把稿件交给了玛丽,"如果雪莱感兴趣的话,也可以让他来读读。"

面对玛丽时,珀西一定会说没兴趣的,但他内心其实很想拜读阿尔贝的大作。

"玛丽。"烛光映入了阿尔贝的眼帘,原本浅棕色的眼眸变得更加深邃了。"我希望从你这里读到更多东西。那些不是外界的,而只存在于你脑海中的,真实的故事、诗歌。"

"也许我和我的父母一样,都能写作,"玛丽说道,"可我只会写些真实发生的事。"

"我敢说不是这样。"阿尔贝微笑着问道,"真实与虚构之间的差异真的很大吗?"

※

玛丽坐在桌边,珀西坐在她的一侧,阿尔贝的朋友兼私人医生约翰在另一侧。当然,克莱尔紧挨着珀西和阿尔贝坐,可大部分时间阿尔贝都不搭理她。他抽了烟,喝多了酒,或是心情大好时,才会和克莱尔说上几句。有时他会亲吻她,接着两人会消失一会儿。每当这种时候,玛丽都尽量不去注意珀西,因为即便他的表现与平时没什么不同,玛丽也能从他举手投足之间看到一种复杂而失落的不安,玛丽并不确定他害怕失去什么,也许他害怕的正是她所担心的。

自从珀西看见玛丽手里拿着一卷书稿和阿尔贝进入会客厅后,他便尽量不朝她看去,而是选择和克莱尔待在一起。这很尴尬,因为如果你将注意力放在克莱尔身上,她便会黏着你,和你闲扯伦敦故人的八卦,以及各种困扰她童年的绝望恐惧,那些她从未摆脱过的恐惧:魔鬼、女巫、云朵和火焰中变幻的图案、风中的低语。有时玛丽怀疑克莱尔非常享受这种感觉,当旁人的安慰成了奖赏,她的恐惧也就值得了。

"艾德琳在市场上找到了芦笋。"阿尔贝兴奋不已。

芦笋的味道调得很好,就是筋有些多。餐桌边传来一阵阵笑声,约翰也对玛丽咧嘴笑了笑。艾德琳最拿手的菜是炖肉,阿尔贝雇用她做厨师和管家时,她便这样介绍自己的厨艺,而且她面包烤得也不错。在这里,酒管够,往往酒才喝了半杯,阿尔贝便会立马续上。

"威廉怎么样了?"玛丽不知道约翰是否真的关心,但他几乎每天都这么问。

"哦,"克莱尔惊呼道,"威廉真是个小可爱。他今天还朝我笑呢。"

"哪个男人看到你会不笑呢?"约翰说道。

玛丽心想约翰肯定不是这个意思,但他似乎也不是在开玩笑。这句话要是其他男人说,定会让玛丽感到恼火,但出自约翰之口则不然。他给人一种稳重的感觉,他知道什么时候该说什么,用怎样的语气。

"谢天谢地,威廉今天准时睡着了,"玛丽说,"我们找了一个保姆,她叫埃莉斯。"

"那太好了。"阿尔贝说。

"其实,我们请不起保姆,不过……算了吧。"珀西喝了一大口酒,他没正眼看玛丽。

"就当作是对玛丽未来创作之路的投资吧,"约翰说,"又要照顾孩子,又要写作,太为难她了。"

克莱尔忙不迭地点头。

"雪莱,别这么唉声叹气,你坐在这儿看起来就像个老头。我们现在在瑞士,你看看周围!"阿尔贝高举双臂,"你和你的妻子、孩子都在这里。我也在这里陪着你。"所有人都笑了起来,包括珀西,但玛丽怀疑阿尔贝是在开玩笑。

"我给了玛丽一份稿件来读,如果你也能加入的话,我将万分荣幸。"阿尔贝说道。

刹那间,珀西的眼神、表情、举止都发生了细微变化,真令人难以置信,他心中的一切阴郁都被扫清了,仿佛一个暴躁之人,摇身一变,成了一个自信、懂得感恩的男孩。玛丽感到如释重负,同时又感到失望,是对阿尔贝,是对珀西,或许也是对她自己。

吃完饭后,他们回到休息室,那里的炉火烧得很旺。今晚又会是电闪雷鸣的一夜。第一声雷过后,玛丽感觉像有人揪住了自己的心。

"情况看起来不妙,"约翰看着窗外说道。

窗外,乌云翻滚,天空从灰色变成灰蓝色,再变成黑色,往复变换,最后的一丝光亮也即将完全消失,雨像鞭子一样抽打着窗户。埃莉斯这会儿正陪着威廉,等着他们回来,而一想到儿子在婴儿床上哭喊的样子,风雨声盖过他的声音,又无人安抚时,玛丽的胸口便紧绷了起来。不过,她告诉自己,现在总算有人陪着他了,他再也不会悄无声息地离开自己了，再也不会了。

轮到约翰给大家续酒了，但这次酒里面混合了鸦片酊，由于他的医生身份，大家对他准备的饮料没有什么顾虑。玛丽知道，她父亲的好友塞缪尔·柯勒律治也经常使用这种东西，写作时尤其依赖，所以她对这杯酒产生了一丝好奇。尽管她过去经常生病，但已记不清是否用过鸦片酊来缓解不适，而苦涩的酒勾起了她一段难以名状的记忆，这种感觉就犹如一场梦：丝绸床单上，一只手慢慢地滑向她。此时，珀西和阿尔贝正在讨论电流的种种神奇特性。珀西坐在她旁边，漫不经心地抚摸着她的手臂，津津有味地听着阿尔贝讲述青蛙被电击后复活的奇闻。

"这是掌控生命的力量……"珀西盯着炉火，嘴里念叨着，"这就证明……"

"证明什么？"约翰问。

"上帝可能真的不存在。如果人类可以决定其他物种的生死，那么世间存在上帝就是无稽之谈。"珀西回答道。

"胡说八道，"约翰说，"这故事根本证明不了什么。"

"如果有上帝，那么生命的支配权应该是他独有的，难道不是吗？"珀西喝下了第二杯鸦片酊酒。

"这也说不通，"约翰说，"你心目中上帝拥有的能力不是科学。"

"听我医生的话吧，"阿尔贝说，"波利多里大夫无所不知。"

"我不是什么都知道，"约翰严肃了起来，"但我知道什么是证明。还要酒吗？"他问玛丽。玛丽点了点头，似乎鸦片酊起效了，她感觉不到酒的苦涩了，整个人也逐渐瘫软在沙发上，在垫子里陷得更深了。

克莱尔坐在壁炉旁的椅子上，身子半躺着，眼睛睁得大大的，无法判断她是否在听大家说话。她身后不时有闪电划过，吓得她一惊一乍，好像被电击了一般。

"克莱尔就别再喝了。"约翰说。

说完，约翰便在地毯上坐了下来，身子半靠在玛丽的腿上。玛丽突然感觉到，这种姿态，是一种能够打动她、表示亲切友好的姿态。

"但是……"阿尔贝凑过身来，"没有证据表明上帝不存在，并不能证明上帝一定存在。不过，为了我们的话题能够继续，就姑且假设上帝是不存在的吧。"

"事实也确实如此。"珀西喃喃自语道。他解开靴子上的扣子，将腿搁在玛丽的大腿上，头则靠向沙发的扶手。

玛丽在想，大家是从什么时候开始没有了陌生感，像在家里一样随意的呢？她突然觉得自己突然变老了，变得老土了。她还想做一些异想天开的事呢。

"但不管怎么说……"阿尔贝从外套口袋里取出一支烟斗，继续说道，"人类运用电流，获得了掌控生命的力量，可以复活逝去的生物，简直太不可思议了。试想一下，自己过世的祖母能够死而复生，站在自己面前吧。"阿尔贝笑开了花。

但玛丽却丝毫没有想起自己的祖母。无论大家讨论什么话题，关于死亡的，或者是关于战争、美酒、自然界的，玛丽的大脑总能将她的思绪引向夭折的女儿——她的第一个孩子。有时她也会问自己，是否想要忘记这段痛苦的记忆，但始终找不到答案。

男人们继续说着话，但她已经没在听了，她再也听不下去了。

她把手搭在约翰的头发上，脑海中毫无逻辑地蹦出各种各样的事情。它们没有开头，没有结局，也没有关联，像是玻璃的破碎声，撕心裂肺的惨叫声，翻江倒海的大鲇鱼，墙缝中钻出的月光，一颗恐怖瘆人的头颅，一条满身黏液、从她指缝溜走的蛇。它们荒诞，支离破碎，但却在玛丽脑中层出不穷。最终，一切又归于平静，所有幻象又从指缝间溜走了。是的，因为幻象就是这样的。

那一晚的某一刻，不知为什么，当着众人的面，珀西亲吻了玛丽，或许是因为当时她走了神。克莱尔坐在阿尔贝的腿上，亲吻着他的后颈，而阿尔贝则心不在焉地一手轻抚着她的臀部，另一只手拿着酒杯，不停地小口啜饮着。约翰站在窗前，望着外面的景象。树影之间，时而闪过的闪电，有时持续数秒之久，让世界又恢复那种寂静的陌生感，仿佛现实的面纱被揭开。那一瞬间，玛丽看到了地下的世界：一个理性无力阻止任何事物的世界；没有记忆，没有威胁，没有灵魂。

珀西轻吻着她的脸颊、太阳穴、额头和鼻尖，然后又缓缓地、久久地吻了她的嘴。不知何故，在玛丽的脑海里，前一刻她还在生珀西的气，但她却记不清为什么了，她闻到珀西身上的气味，类似橙子的香味，但有些刺鼻。她回吻了他，她那可爱的小精灵，那位缺乏安全感、脾气暴躁的伟大诗人。接下来发生了什么玛丽记不太清了，或许他们交合，或者只是相伴入睡，梦见他们的鱼水之欢。此时，天色已漆黑一片，暴风雨停了下来，好像有人站在窗下，呼唤她的名字，但细听起来又不是。她便知道，这是一场梦，没有人在呼喊她。

到了深夜，玛丽突然听到了小女儿的声音，她在哭，她在呻吟。是的，就是她。现在玛丽非常肯定自己这段时间一直弄错了：她的女儿还活着！几个月来，她都活着。她是多么不称职的母亲，才会认为自己的孩子已经死了！但现在一切都已经结束了，她必须去找她，她的爱女小克拉拉。她要去喂奶，想要注视着她蓝色眼眸，要永远把她紧紧地抱在胸前，紧得她俩都无法呼吸，不然的话，她知道克拉拉又会离她远去。不，不，她又不见了，在即将惊醒的刹那间，她明白了：天哪，她再次失去了自己的女儿。

在这巫邪时刻，将她唤醒的声音令人有些诧异。她已从这种半梦半醒、虚虚实实的状态中回过神来。她还身处迪奥达蒂别墅。房间里点着一根蜡烛，炉火的余烬还有着微微光亮。玛丽在沙发上坐直了身子，刚刚她还歪斜着脖子，半裹着彩格呢毛毯躺着。现在，她想弄明白，到底发生了什么事。声音是从楼上传来的，像是有人在哭泣，嘶哑地叫喊着。她拿着蜡烛，顺着宽阔的楼梯走了上去。是克莱尔吗？每当被着了魔似的克莱尔吵醒时，她常常想：真不该带克莱尔一起来这儿的。这次也不例外。但恰恰是克莱尔想要接近阿尔贝，他们才来到这里避暑的，而珀西也认为这是结识这位作家的良机。走上楼后，她循着声音，发现一间卧房里还闪着昏暗的灯光，油灯里的火苗压得很低，克莱尔坐在靠墙的小床上，双腿曲起，头发乱糟糟的，眼神有些恍惚，双手不知所措地在长裙上游移着。珀西则侧身躺在她身边，手放在她的肚子上，抬头看着她，低声说着一些不适合玛丽听见的话，或者从未对玛丽说过的话。玛丽站在那儿，就在门口，珀西还没有注意到她，但克莱尔看到她了吗？不好说，天知道她看见了什么。要是问玛丽，克莱尔是不是有意这般做，她会在前后两天分别给出截然不同的回答。有时，玛丽由衷地同情她，真的，她认为克莱尔是她自己最大的受害者。有时她又觉得，自己才是被克莱尔伤害得最深的人。

"我不想看到这个！"克莱尔喊道。她有些愤怒地瞪着窗户，即使百叶窗关着，外面什么也看不见。她伸出双手在空中抓挠着什么。"所有的事都不顺心，"她用沙哑的声音抽泣道，"珀西，这是真的，一切都不是从前的样子了！我做不到了。"她尖声咕哝着。玛丽觉得，此时的克莱尔像极了一条鬣狗。

珀西坐了起来，搂住克莱尔，她就像是个洋娃娃，在珀西怀抱里晃来晃去，视线却一刻也没离开窗口。珀西闭上眼，抚摸着克莱尔的背，亲吻着她盘结的头发。

"我不想再这样了，"克莱尔哭泣着说道，"我真的不愿意再这样下去了。"

玛丽转过了身。她并不介意这样的事情发生。没什么好介意的，珀西只是安慰她，哪个男人看到一个病态的、受惊的女人，会无动于衷呢。不过，眼前发生的那一幕还是让她的胃不住地痉挛起来，一种剧烈的、犹如硬物撞击般的疼痛袭来，这既是出于愤怒，也是出于内心的痛苦。她知道，这不是珀西的错，而是克莱尔的。回到楼下，坐在沙发上后，她的思绪几乎无法集中，就在这时，她顿生尿意。在通往洗手间的长廊里，有个黑影将她按在墙上，是阿尔贝。她并没有反抗，因为她知道这没什么大不了的。阿尔贝喝醉了，想和她说些事。阿尔贝做事就是这样随心所欲，况且阿尔贝还是她的朋友。

"你知道为什么我要把书稿给你，对吗？"

他的口气直扑玛丽，像是烟臭和羊屎的混合气味，玛丽试图轻轻推开他。

阿尔贝又轻轻地将她抵了回去。

她点了点头。有些事情开始在她脑海中浮现，但那似乎遥远而不重要。此刻，他也点了点头，闭上了眼睛，开始哼起了歌，声音很轻柔。玛丽听不懂，但听起来像是一首摇篮曲。他就这样站在那里，胳膊抵在墙上，肩膀靠在她的肩膀上，玛丽可以清楚地听到他的呼吸声。突然间，她感到脑海中有什么东西伴随着一声轻微的咔嚓声松动了，它掉了下来，穿过她的喉咙，穿过胃到达下腹。它在那里停留，温暖而强烈。她应该知道那是什么。

1812年
苏格兰，邓迪

1812年6月12日

我大部分时间都生活在伦敦，而如今却在这条船上待了整整一周，身边除了海浪，还是海浪。曾几何时，我一直渴望见到大海，但在这条破旧、简陋的船上，海洋却变成了一个被咒骂的情人。因为它，我病了，它夺走了我的活力、希望。感觉好些时，我爬上甲板，站在船艏栏杆处俯瞰浪花，苦涩的海水飞溅在我的脸上，海风呼呼地朝我扑来。不过，每一次吹拂都能带来一股新的力量，将一切扫净。海洋是最美的、最狂野的，也是最令人敬畏的，我知道我的冒险、我的生活都将从它开始。

我一小步一小步地走下舷梯，就在踏上陆地的那一刻，我感觉到，我在这里会找到自己一直在追寻的东西，尽管我还不确定自己要找什么。码头上的人不多，一个比我父亲年纪稍轻、鬓角上长着浅色络腮胡的男人，带着平静的微笑，朝我点了点头。

"戈德温小姐，欢迎光临。我叫威廉·巴克斯特。"他介绍道。幸好，我能够听得懂他带着苏格兰口音的话。巴克斯特先生从我手里接过了手提箱，问道："一路上还好吗？"

这次海上航行简直可以用"恐怖"来形容。白天的时候尚可，船航行在北海时，我勉强能用手紧握住栏杆，栏杆是坚固的长条形，我盯着栏杆，脑海中浮现出以往的各种回忆：与克莱尔玩拍手游戏，与范妮躺在一张床上时她在我背后的呼吸，父亲在楼下演奏钢琴，街道上婴儿号啕大哭，马车驶过鹅卵石路面，那马蹄声似乎与这条船的颠簸频率相同。而夜晚则是难以想象的可怕，船航行在一片黑暗的无人之境。在这片黑暗中，一切言语都变得毫无意义，胃液在不停地翻滚，我甚至都开始怀疑自己是否还活着。是的，我就一个人，一个人孤零零地面对着一切。

我还不确定是否要将这次航行的体验告诉巴克斯特先生，而他已经介绍起来了："这是我的儿子，叫罗伯特。其他人在家里等着，离这儿不远。"

马车里，我看着坐在对面的罗伯特，估摸他可能比我大五岁，外表透露着一丝严肃。尽管如此，他还是朝我微笑了一下。我觉得他的笑容很善良，没有任何坏心思。

"我们家在邓迪市中心，实际上离海港也不远。我们一般都叫它'小屋'。"巴克斯特先生说道。

"我们的小屋。"罗伯特咧嘴一笑。

慢慢地，海港从视线中消失，映入眼帘的是一栋栋小房子、一间教堂和许多商店。我们的马车驶过了药铺、布料店、裁缝店和书店。

"邓迪有多少家书店？"我问道。

"四五家吧。"罗伯特说，"那边那家非常不错，前面那家兰普顿书店也是。有时间我带你去看看。"

"玛丽刚刚下船，先让她好好休息一下吧。"巴克斯特先生说，

"我答应过你父亲的,再说了,作为一位远离家乡的小姐,除了要体验不同的生活外,也要好好休息。大家都希望你能够恢复健康,不是吗?"

我点了点头。天气有些热了,我却仍穿着一件长袖裙子。这倒不是我为自己的皮肤病感到羞耻,而是因为我不想面对他人的问题,不想引来注视。我的皮肤问题是一年前开始的,手臂上长出了许多皮屑和红疹,奇痒难耐,身上其他地方倒没有。医生给我开了药膏,但并不见效。玛丽·简不让我去挠,我知道她是对的,但并不想照着她说的做,更别说这些疹子痒起来,简直无法忍受。白天我能克制自己,而到了晚上,躺在床上,褪去紧绷的袖子时,我便渴望指甲能让自己缓解一些。玛丽·简提醒过我,说是这些抓伤愈合后,就会留下疤痕,但我却觉得,即使不去挠,这些疹子褪去后也可能会留疤。不过,父亲并没有参与我俩的争论。他对外表一向不感兴趣,也许他不知道容貌对女性的人生中有多么重要;不,我敢肯定他是知道的,但他对此并不赞同。尽管我能理解父亲的想法,但他的自以为是令我十分反感。没有一个女人能承担得起忽视容貌的后果。只有男人才会说外貌无足轻重,无关紧要,很可惜,这一事实恰恰说明他大错特错了。

巴克斯特先生朝我微笑,并道:"戈德温小姐,我们都很高兴,你能来我们家做客。"

"请您叫我玛丽就行。"我说。

他点点头,微笑着,似乎藏着什么秘密。我发现他的头上已经长出了白发,尤其是鬓角处,他的鬓角留得很长,一直延伸到下颌骨。

"玛丽，我母亲非常崇拜你的母亲。"罗伯特说道："伊莎贝拉也是。或许你可以和她谈谈令堂的书。伊莎贝拉最近有些郁闷，看上去……"

"罗伯特！"巴克斯特先生提醒道。这声提醒并不响，不像我父亲会提高调门，从前一听到那声音，我就会一阵阵胃痛。但巴克斯特先生的暗示是有效的，罗伯特立马闭上了嘴，朝他看去。我不太明白罗伯特的表情，他看起来很自责，但又显得有些心不在焉，就好像是他父亲逼着他冷静一下似的。而在不经意间，一阵莫名的、沉重的惆怅感悄然涌上了我的心头。

"我们到了！"巴克斯特先生喊道。话音落下，那份沉重感离开了我的身体。马车停在一座乡间别墅前，别墅的面积至少有我们伦敦的家三倍那么大。

一个年轻的女子为我们开了门，她是女仆格蕾丝，她从罗伯特手中拿过了我的手提箱。

巴克斯特先生领我去了客厅。光亮的深色木地板上铺着厚厚的地毯，壁炉旁放着几张沙发和扶手椅，阳光透过高大的落地窗洒到屋内这些陈设上。满墙的书架上，桌子上，窗台上，甚至是座椅的靠背上，凡是我目光所及之处，到处都放满了书。客厅的角落里还放置着一架锃亮的黑色三角钢琴。它散发着一股强大的气场，有那么一瞬间我甚至觉得它在呼吸。

到了厨房，罗伯特向厨师艾尔西介绍了我，随后便带我上楼休息。我房间南侧有四扇大窗户，透过窗户可以俯瞰街上的房屋、屋后的街道以及远处的泰河。朝西的窗户比较窄,向外看去也能看到景观:群山绵延数英里,山上长满了灌木、杂草以及各色石楠花,绿的、黄的,远处还有棕色的。山间有一条小路,坡上还有几间房子。这是一片古老的土地,一片常常出现在我阅读的书籍中的土地。水精灵、人鱼和怪物隐藏在深山之中,溪水中滑溜溜的石头长满青苔,将溪流分道。在河边、灌木丛中、古树下,恐惧与爱、幻想与现实交织在一起。这里,万物皆能生存繁衍。

我将手提箱提到床上,把裙子和紧身胸衣挂在壁橱里,内衣、长袜和帽子则摆放到了架子上。箱子里,还有我带来的九本书,除了从父亲那里拿的哲学或近年来分析法国大革命的书籍之外,还有霍勒斯·沃波尔[1]和塞缪尔·柯勒律治[2]的著作,以及公开出版的阿比盖尔·亚当斯[3]书信集。上帝知道,我并不是对这个世界不感兴趣,而是对自己的内心世界倾注了更多热爱,比如我做的梦,无论是噩梦还是白日梦。我还发现,这些书的作者和我的思维方式如出一辙,我们的大脑能联想到从未联系过的事物,甚至能将完全无关的事物联系起来。

当天晚上,我们共进了晚餐,除了巴克斯特先生和罗伯特之外,还有小强尼,只有伊莎贝拉不在。父亲曾和我谈起过这一家人,我知道他们有两个女儿:已婚的玛格丽特和比我稍长的伊莎贝拉。一

---

[1] 英国作家。他的小说《奥特兰托城堡》(1764年)首创了集神秘、恐怖和超自然元素于一体的哥特式小说风格。
[2] 英国诗人、文评家,英国浪漫主义文学的奠基人之一。
[3] 美国女权运动先驱,美国第2任总统约翰·亚当斯的夫人。

年前,他们的母亲去世了。我父亲说,伊莎贝拉会很欢迎我的,但这里并没人提起她,我也因此不敢过问。她的父亲和兄弟们心情愉悦,食物也很可口,我们之间的交谈也很自然。起初,我有些害羞,与这家人也保持着一定的距离,因为我并不了解他们,同样,他们也不了解我。但很快,我们便熟络了起来,他们会问我一些问题,开些小玩笑。此时此刻,我不由得想起了伦敦的家,我们的餐桌又是一番怎样的景象?我不得不面对玛丽·简咀嚼食物的样子;父亲即使已坐在桌边,心思还沉浸在书房里;克莱尔则没完没了地说话,聊她的新靴子,聊她想看的戏以及帅气的托马斯·摩尔;范妮则在一旁静静地吃东西,也或者根本没在吃,只是魂不守舍地拿着刀叉在餐盘上比画着。我环顾了巴克斯特先生一家人,突然而至的幸福感让我着实有些受宠若惊。

晚饭后,巴克斯特先生开始为小强尼读书。我从小家伙的眼睛里可以看到,一场场惊心动魄的冒险故事正在推进。我坐在单人沙发上,把柯勒律治的书搁在腿上,一边听着巴克斯特先生的声音,一边看向炉火。如果是一年前的话,肯定是小强尼的母亲陪他坐在炉火旁,给他讲故事。我试着去想象那会是一种怎样的感觉:母亲紧挨着你,只为你一人发出声音。我试着想象,如果真切地听过母亲的声音,再想念她会是种什么样的体验。

我躺在床上,一张陌生的新床,床单散发着浆洗过的味道和淡淡的花香,百叶窗没有完全合拢,一道月光映在我的床前的地板上。我暂住在巴克斯特先生的家中,第一天的感觉超出了预期,我已经开始期待第二天以及接下来几周的时光。我感觉人有些轻飘飘的，仿佛卧室的天花板上正上演着一出出奇遇。一声似狼似熊的叫声后，我在这里的第一个梦开始了，很鲜活，很真切。不过，我现在已回想不起来具体的梦境了，只能回忆起随梦而来的感觉：一种令人畏惧的压迫感，一个我尚未见识过的恶魔。

1812年6月14日

  巴克斯特一家都非常亲切，比我早先在路上想象的要亲切得多，而我父亲只不过是通过书信往来才结识了巴克斯特先生。他们让我参与所有的活动，我觉得自己就像一个回家的女儿，着实给这家人添了不少麻烦。不过，我还没有见到伊莎贝拉，我知道她在家，因为她的哥哥会把食物送到她房间。我不敢向别人打听她的事，她是生病了吗？她有多久没有从房间里出来了？她整天在那里做什么？

  今天早上，强尼把我拉到钢琴前，要和我一起弹奏一首曲子。练习时，他让我随意弹奏，是的，随我怎么弹，我们玩得很开心。当然，这曲子听起来肯定很糟糕，罗伯特双手捂着耳朵，皱着眉头，走进了客厅。

  "别弹了！"他说，"鬼都被你们吵醒了。"但强尼依旧笑着，还拿起一叠乐谱赶罗伯特走。

  "这不可能。"强尼说道。他看起来很严肃，随即便弹起了一段曲子，这首曲子我知道，但一时想不起曲名。一时间，悠扬、低沉的音符充满了整个房间，有的渗入了红色锦缎窗帘之中，有的则附着在红木家具的表面。强尼朝罗伯特喊去："鬼才不睡觉呢。"

下午茶后，我坐在壁炉旁的扶手椅上看书，罗伯特突然凑到我跟前。前一天晚上燃尽的焦炭还在炉架上，需要有人用火棍将它们捣成灰烬，通常那人就是强尼，他喜欢把火棍当成剑或长矛，可以玩很久，直到格蕾丝过来收走火棍，他才会停手，然后不情愿地擦去手上和脸颊上的炭灰。

"你喜欢读恐怖故事？"罗伯特点了点沃波尔的书。其实，我才开始读《奥特兰托堡》，但已经被这本书深深地吸引，作者描述城堡环境、烘托气氛的手法让我对这个故事欲罢不能。我迫不及待地想知道接下来会发生什么离奇的事件，漆黑一片的走廊和塔楼里的房间将如何在故事中发挥作用，以及曼弗雷德会面临怎样多舛的命运。

罗伯特坐在了我的椅背上，说道："如果你喜欢这一类型的书，你可以去读读拉德克利夫的书，写得非常瘆人。"

我听说过安·拉德克利夫这个名字，她写了《乌多夫堡秘辛》，这本书在我父亲的书店里有售，反响还不错。所以克莱尔才给我带了沃波尔写的《奥特兰托堡》。本来克莱尔说她母亲不允许我们读这么摄人心魄的故事，但和安·拉德克利夫的书不同，《奥特兰托堡》现在几乎绝版了，所以没有人愿意错过阅读它的机会。克莱尔看的时候吓得不轻，现在轮到我了。读完后，我就能感受夜晚出现在克莱尔脑袋里幽灵的模样了，也就能够安抚它们，让它们不再躁动。当我俩在伦敦码头道别时，她低声对我说，希望我能尽快读完这本书，并寄信给她，好让她早日摆脱恐惧。

"如果想读拉德克利夫的书，就得去找伊莎贝拉。她那儿有。"罗伯特轻轻推了推我的肩膀，然后便离开了房间。要是素未谋面的伊莎贝拉有这本书，那我怎么才能借到呢？我突然想到，会不会是

33

因为我的到来，她才没有现身的。在我到达邓迪之前，她应该不会把自己锁在房间里的吧？到底是为什么呢？是我打乱了他们的生活节奏吗？可她的兄弟们都非常亲切，似乎真的很高兴我能来同他们住上一段时间。那她为什么不欢迎我呢？

今天下午，当我想出去散步时，强尼问我是否可以陪他一起去捉瓢虫。这是多么甜蜜的请求啊，我甚至无法拒绝。由于早上刚下过雨，整个花园还湿漉漉的，我撩起裙子和强尼在里面走着，他就像小马驹一样蹦蹦跳跳的，我和他一直有说有笑，像和亲弟弟散步一样，感觉十分放松。这种感觉就像这里是我自己的家，我一直都住在这儿一样。强尼想要的瓢虫貌似很稀有，我们一只也没有找到，他觉得它们可能是因为下雨才躲起来的。我虽对昆虫一无所知，但可以想象他是对的。在花园的尽头，我们靠在篱笆上，望着远处的山丘，正当我在想去那里走走时，他拉住了我的胳膊。

"这是什么？"他问道。

我穿着淡粉色长裙，袖子下露出一截手腕，我知道他正在观察我的皮肤，观察着上面的红疹和皮屑，由于皮肤干燥紧绷，肿块的表面还透着光亮。我告诉强尼，这是一种皮肤病，它会导致皮肤发痒、龟裂，有时甚至还会出血。不过，可爱的小强尼并没有一丝害怕，他并不觉得我的皮肤很丑陋、很肮脏，反而一直盯着我的手臂，轻轻地抚摸。我甚至觉得他对这些症状很好奇，很感兴趣。

借着这个机会，我决定问他一些事。

"伊莎贝拉怎么了？"我努力装出一副若无其事的样子，但强尼似乎并没觉得这问题有什么特别。

"噢，"他说，"自从妈妈死后，她一直很伤心。"

这一刻，我感觉好像有一个钝器朝我猛地袭来。多么明显的原因啊！他们失去了挚爱的母亲，而我，只是因为没有听到任何人说起这件事，便天真地认为一切都已烟消云散了。或许这里的其他人已经开始了新的生活，但并不意味着伊莎贝拉也走了出来。

"这之后她一直一个人在房间里待着吗？"我问道。我完全没有想到竟然是这样，这种情况已经持续一年之久了吗？也没人去开导一下吗？

我们慢慢走回家。强尼从树篱上扯下一片叶子，慢慢地将它扯碎，说道："她有时会出来，但大多数时间都躲在房间里。我其实很想她。"强尼抬头看着我，蓝色的双眸瞪得大大的，很明亮。

"如果你敲她的房门，会怎么样？"

他耸了耸肩，说道："她一般都让我离开。敲了几次以后，我也就不去了。"

走到后门，我们把鞋子上的泥蹭在了屋外的墙上，随后我放下裙摆，走进厨房，格蕾丝正在煮巧克力牛奶，这气味刺痛了我的鼻子，呛得我差点哭出来。

1812年6月19日

  昨天半夜,我在走廊上遇到了她。我惊呆了,惊得全身发麻。她也吓了一跳,瞪大了眼睛,宛如黑暗中的两个白点。只有我拿了蜡烛,我们赤脚站在木地板上,相距几码的距离。也许她是鬼,也许是幽灵或女巫,但后来她开口了,说了句:"你好。"

  我笑了笑,回答道:"你好。"

  而伊莎贝拉并没有笑,她的眼睛还是和之前一样,张得大大的,只是此刻我发现她的虹膜是绿色的,非常鲜亮的绿色。"我听说了一些你的事。"她说。

  "我叫玛丽。"我说。

  "我知道。"她说。

  我们都沉默了一会儿。屋子里很安静,但外面刮起了大风,似乎能把窗户从窗框里吹落。

  "嗯,"我说,"我回房睡觉了。我只是来看看窗户有没有关好。"

  "我父亲晚上不会开着窗户的,"她浅浅地微笑着并说道,"他怕有什么东西飞进来。"

  "是鸟吗?"我问。

  她耸了耸肩,回答:"可能是其他什么东西吧。"

顿时，我感觉胃里有什么令人作呕的东西翻腾起来。

"明天见，"我说，"也许可以吧……"

伊莎贝拉点点头，说："好的。明天见。"

我躺回床上后思索起来，她明天会下楼吃早餐吗？我简直无法想象她和其他人在一起，嘻嘻哈哈，有说有笑的样子。她给我一种感觉：她不属于这里，也没有人了解她。

早晨，伊莎贝拉信守了自己的诺言，走进了餐厅，当时家里其他人都坐在餐桌旁，艾尔西在倒茶，格蕾丝则在餐台上切面包。我们暂停说话，抬起头，看了她一眼。巴克斯特先生微微地摇了摇头，随后我们便继续聊起了天。伊莎贝拉坐到了我对面，这是唯一一个空着的座位。她的位子上铺着餐巾，每天早晚都是如此，但这次她的餐具不会没用就收回抽屉里了。我尽量不去正视她，只在视野的边缘依稀看到她美丽而模糊的身影。我试图继续和罗伯特谈话，但他此时已和巴克斯特先生交谈起来。伊莎贝拉似乎也懒得开口，只是在面包上涂抹着黑莓酱，艾尔西为她送来了茶。

"今晚是故事之夜。"罗伯特说道，并用胳膊肘顶了顶我。

"故事之夜？"我疑惑地问道。

他喝了一口茶，解释道："这是我们家的传统项目，每个月的第二个周五都会举行。家里任何人，只要愿意，都可以给大家讲一个故事。故事可以是真实发生的，也可以是自己编的，可以是笑话、恐怖故事，也可以是关于爱情的。到时我们喝着汤、品着酒，围坐在壁炉边。布斯先生那天也会加入。"

我用眼角的余光看到伊莎贝拉抬起了头，随后鼓足了勇气向她看去，而她的眼神却毫无波澜。

"布斯先生是谁？"我问道。

"是玛格丽特的丈夫，他们住在纽堡，离这儿不远。布斯先生可是一个响当当的人物。"罗伯特咧嘴一笑道。

"怎么说？"伊莎贝拉嘴里塞满了食物，说话声并不清楚。

"他身上有些与众不同的地方，"罗伯特说，"你会见识到的。"

我看着伊莎贝拉，那一瞬间仿佛一道灵光照进了她的双眸，她好像终于回过了神。伊莎贝拉长着一头深色的卷发，皮肤光洁透亮，吹弹可破，她的下巴上有个浅窝，嘴唇粉嫩饱满。我想知道那天晚上她会不会参加，会不会也讲上一个故事。但我什么也没问，就这样沉默了良久，错过了和她交流的机会。与此同时，罗伯特和强尼正在谈论布斯先生上次讲过的故事，说是有一个海妖，长着一双金色的眼睛，那双眼睛闪闪发光，会使男人永久失明。

"这招只对男人管用吧！"我笑着说。伊莎贝拉也在一旁微微一笑，这却让我充满了疯狂的喜悦。

这一天其余的时间我都花在了构思故事上。其实，我并不是特别想去讲故事；和旁人待在一处，倾听别人的声音，并且放飞自己的思想，这样就很好。但我觉得作为客人，我应该参与其中，并做出一些贡献。我甚至怀疑这就是他们对我的期望，尽管他们可能永远都不会说出口。我知道很多有趣并且他们不知道的故事，不是吗？我也读过各种各样的故事，克莱尔和我也互相讲过，有时，我甚至会和范妮交流，但她不太会讲，太害羞，也可能是她的想象力要稍逊于我或克莱尔吧。不过，这次我却有点犯难。罗伯特之前说过任何故事都可以讲，但这总得有个规矩吧？比如限制长度，规定主题等等。他们是喜欢听有趣的故事，还是惊悚的呢？如果是这两类故事，那他们觉得什么才是有趣的或惊悚的呢？我一时没有答案，便朝着港口的方向，散了一会儿步。今天的空气干燥，天色阴沉，但温度却不低，甚至有些闷热，不过我正享受一个人静静地待一会儿的时光，探索这个地方，呼吸陌生的空气。

以今日今时的眼光来看，这里已和之前大不一样了，仿佛我就是住这里的人，经常在此地出没，这里已成了我的避风港。我看到渔民们在码头上清空渔网，小伙子们把鱼一条一条地扔进木箱里。鱼儿们挣扎着，嘴里喘着气，鳃一张一合。它们的眼睛像夜空一般漆黑，也像大海那般深邃。木桶被一一被卸下，船只则用粗粗的缆绳系泊在码头边。海鸥在鱼堆上方盘旋窥视着，令人惊异的是，它们并没有俯冲下来叼走任何一条鱼，也许它们曾被渔民们无情地驱赶过，所以才打消了这个念头。有时，它们会发出凄惨的哭叫声，叫声中充满了挫败感，至少我听起来是这样。

"你不是本地人吧。"不远处传来一个女人的声音，言语中似乎还带些责备之意。

在一处标有"二号棚"的绿色屋子前，一个大约六十岁的女人坐在木桶上。从她的脸上可以判断出她过着艰苦的生活。她的头发盘在一顶肮脏的帽子下，围裙上还留有干透的棕色污渍，手在空中忙个不停，但其实什么也没拿。

"打鱼，打鱼，打鱼。"她说。

我没心情和明显不太对劲的人废话，本不想理会她，但经过她身边时，却被她一把抓住了手。她的手很粗糙，但很温暖。

"孩子,"她说,这一声变得稍显友善了,"一切都只是鱼。"

她悲伤地看着我,眼睛睁得大大的,泪水盈满眼眶。她的双眸是那种近乎白色的蓝,仿佛是被时间、被不得不面对的一切所慢慢消磨了一样。

我想回话,说一些安慰的话,但一时间不知道该说什么。在我看来,在死鱼堆中度过一生是件非常糟糕的事。我冲她笑了笑,轻轻地握住她的手。

"你也知道的吧?"她说,"那些故事,你应该也听过。"

"故事?"我有些无法忍受了,她的手握得太紧了,眼睛死死地盯着我。阳光透过厚厚的云层放射出热量,让人感到无比燥热和压抑。

"他人头鱼身,是来自大海的巫婆。见过他的人,没有一个能活,更别提把他的故事言说。"她自言自语道。

"对不起。"我说,随后用力将手从她手心里抽了出来。她看起来很震惊,也有些愤怒。

"哦,你原来什么都不知道。"她淡淡地说了句。说罢,便把目光从我身上移开了。

我愣了一会儿,而她又继续在空中鼓捣起来,没有再说话。我绕道走回了巴克斯特家,一路上都在想那些民间故事。那个女人一定是想起了这些故事,只不过她有些犯迷糊了,也难怪,老人的思维有时就是会打结。在花园的小径上,强尼遇见了我,他问道:"你想听听我的故事吗?"

我表示非常愿意,但他难道不想留到今晚再说吗?他猛地摇了摇头,把我拉到花园里的长凳上,开始讲起了苍蝇、瓢虫与蜗牛大战的故事。他的故事十分滑稽，但我的心思完全不在这上面。我一直在想那些码头上的鱼，它们深邃的眼睛是如何仰望天空的，又是如何无声地呼喊着寻求帮助的。

显然，对于巴克斯特一家来说，这是一个特别的夜晚。我们围坐在壁炉旁，强尼、罗伯特和我坐在沙发上，互相挨得很近，巴克斯特先生坐在扶手椅上，伊莎贝拉则坐在地毯上。艾尔西摆好了几张桌子，上面放着一杯杯酒、汤、面包、饼干以及给强尼准备的巧克力牛奶。布斯先生还未赶到，巴克斯特先生仍在犹豫是否要先开始。就在强尼准备第一个开讲时，布斯先生进门了。我之前并未想象过布斯先生的模样，但他太与众不同了，我一时半会竟找不到合适的词去形容他。他给人一种和蔼可亲、英俊迷人的感觉，但越看越觉得他的面容透露着一丝古怪，仿佛目光只要在他身上多停留一会儿，他就会变成别的样子。他的头发是深棕色的，上面还有一小撮浅灰色的头发，四十岁左右年纪，比没来的玛格丽特大不少。进屋时，身边的人向我介绍了他。他握住我的手，我却感觉很不自在。我又想起了下午我曾握过那妇人的手，布斯先生的手很滑，冷冰冰的，却很有力。虽然只是握了握手，但我似乎感觉有什么东西触碰到了我的头，我头顶开始轻微地发痒，就像有人轻轻地把手放在你的头发上一样。我收回手后，这种感觉也随即消失了。从布斯先生脸上看不出任何变化，他依然亲切而温暖地看着我。

"很荣幸见到你，戈德温小姐。"他说，"你应该知道我和你的父亲是老朋友了，我一直很期待你能来，我敢肯定巴克斯特一家也是这么想的。"

我的脸唰的一下红了。

"谢谢您，"我说道，"您可以叫我玛丽。"

布斯先生被安排坐到了离炉火最近的扶手椅上，随后我们便正式开始了故事之夜。我坐下后，罗伯特递给了我一碗汤。每个人都安静了下来，强尼讲起了他的故事，他将虫子大战的故事又扩充了一番，蜻蜓大军也加入了战斗，只是不清楚它们到底站在哪一边，究竟是为什么而战。不过，对于小强尼而言，这个故事已经说得非常不错了。

随后，每个人又分得了一些面包，罗伯特则对我说起了一些事，不过，我只听清了一小部分。我有种感觉，伊莎贝拉想跟我说话，有时她会看向我。当我回头，看到她用审视的目光注视着我时，她的眼神似乎又不经意地移向了其他地方。

布斯先生静静地坐着听故事，他喝了不少酒，但没有喝汤。罗伯特讲完一则有趣的故事后，他微微一笑，虽然看起来不算漫不经心，但总觉得他和我们的状态不一样，感觉他好像同时存在于两个不同的维度中。一个维度是和我们在一起，坐在火炉前，有酒、有面包、有故事。而另一个维度完全凌驾于现实生活之上。今晚，我多次向他和伊莎贝拉投去目光，轮到我讲故事时，终于看到他们对我的关注了。

我喝了一口酒，来平复一下紧张的情绪。

"今天早上，我朝港口方向走去。"我开始讲起了故事，"天气闷热，空气有些干燥，我想起了家，想起了我的姐妹克莱尔和范妮，想起了我的父亲。我不是思乡心切，只是想知道他们在做什么，会不会也想起我，我是不是要给他们写信，除此之外并没有什么特别的事。港口那里很繁忙，可能往常也这样。当我经过码头边正在卸货的渔民时，我闻到了大海、鱼和盐的味道，甚至还有汗味。码头的尽头，有一个棚子，我看见一个女人坐在那儿，她似乎和周围的环境有些格格不入，她像是渔夫的妻子，但她没在干活。她的双手正忙着做一些看不太懂的事情，好像是在给透明的鱼剥皮。她咕哝着一些我完全不明白的话。我不想同她有言语交流，我只是想从她那边通过，因为在海港的后面有一段乡间小路，两边的草地上盛开着绚丽的花朵。我走近她时，能听清她在说着什么，她语气轻快，就好像在唱着歌：

妖艳的鱼之瞳——玛丽安，
边喝水，边哭泣，
背上长着鳃，双腿便是尾，
潜入海，换了样。
水手起航，
她暗中窥探，伴游身旁。
风平浪静，万里无云，
谁也不曾料到，
那半人鱼妖，拉人下水，逼人成婚。
船倾覆，海复静。

"我想赶紧跑开，这个女人，很古怪。突然，她紧紧地抓住了我的手。盯着我看，我的呼吸瞬间停止了。她的眼睛漆黑深邃，就像鱼眼一样。她张开嘴，就像鱼嘴一样没有牙齿。她的帽子滑落了下来，我看见她没有头发，长着鳞片，不禁脊背发凉。我试图抽出手臂，她紧紧地拽着我说'别喝这里的水'。而我当时完全没有喝海水的打算，所以这番警告毫无意义，但我还是向她表示了感谢。终于，她松手，放开了我。虽然我并不觉得她会伤害我，但还是被她吓到了，她看上去既古怪又可怕。

"走到乡间小路时，我已经忘记了刚刚的恐惧。阳光冲破厚厚的云层，照在我的胳膊上。我没想到要带阳伞出门，头上的帽子此刻也挡不了多少阳光，不一会儿，我便口干舌燥，想大口吃些解渴的东西。草地上盛开着玫瑰花，边上有一口井。我用尽浑身解数，从井里提了桶水上来。铅桶里装满了爽口的气泡水，当我把桶口放到嘴边时，手掌感到了阵阵冰爽。一口下肚，仿佛来到了天堂般，第二口也是如此，不过，随后我便失去了意识。等我回过神来，发现自己躺在井边，铅桶翻倒在草丛中，太阳也下山了。我站起身来，感觉并没什么异样，便大踏步地走回了家，毕竟我要准时参加故事之夜。我打开门，厨房里传来了阵阵欢笑声和做菜的声音，艾尔西正在煮汤。突然，我发现脖子那儿出现了一处瘙痒的斑块，我怀疑是今天下午阳光刺激到了皮肤的缘故。但当我回到房间，在镜子前仔细检查脖子时才发现，这竟是一块银色的鳞片。我心想，这太荒诞了，根本就不可能发生这种事。我故作镇静地自言自语着，回头再看了一眼镜子，发现一对深邃的黑眸正注视着我。"

太棒了！一家人都为我热烈地鼓掌，我感觉到自己的脸已经涨得通红了。罗伯特还检查起了我的脖子来，真是让人忍俊不禁，但他父亲却使了一个严厉的眼色，要他守些规矩。我编的故事能让大家感受到快乐,这一点让我很骄傲。我从现实生活中汲取了一些片段,通过加工和润色,使它听起来比平常的事更加丰富多彩,比真实的事更加扣人心弦。

1812年6月23日

　　知道了伊莎贝拉的房间在哪儿后，我便常常从那里经过，有时手指还会轻轻地滑过门把手。要是问我为什么对她如此着迷，我自己也不知道答案。但自从遇到她后，我就开始怀疑起我来邓迪的目的了。我本以为来这是让自己好好恢复身体的（并且远离玛丽·简），但我错了，我相信我是为伊莎贝拉而来的。

　　我经常坐在客厅靠窗的角落里，看看书，写写东西，有时也会听听强尼和罗伯特之间的谈话，有时则是罗伯特和巴克斯特先生之间的交谈。在伦敦，我有时觉得自己讨厌身边的人。范妮，我不太喜欢她，是因为她太善良了，唯唯诺诺的，没有一丁点儿脾气；克莱尔，她不是一个友善的人，只是有时她碰巧心情好，但她不会真诚待人。玛丽·简，我甚至都不想谈论她。只有我父亲，才是我最深爱的人，但即便如此，这种感情也很复杂。但是现在，当我面对这一家人时，我以前的想法明显错了。也许，我也深爱着身边的人，这个想法让我内心无比轻松，仿佛一阵轻风就能将我吹走。也许我和这家人的故事还未正式开启，也或许这一切早已开始了。

　　这天，天气晴好，天空湛蓝，宛如画卷一般。我坐在后花园里的一张太阳椅上，虽然有遮阳伞，但和煦的阳光依旧能够轻抚我的皮肤。伊莎贝拉走到我身旁，坐了下来，这让我有些措手不及，可能是因为我已完全沉浸于沃波尔书中的缘故，书里的世界让我的神经兴奋不已，而她的到来，又吓了我一跳。她可能觉得我这样子很可笑吧。随后，她问我在读什么，我把书给她看，我还告诉她，克莱尔正在家里等我读完这本书，这样我就可以给她写一封安慰信了。伊莎贝拉笑了笑，而我并没有再说下去。她的微笑，她微微仰起头、嘴角上翘的样子，让我忘乎所以。她将一缕散开的头发别回了耳朵上方的发夹里，她没戴遮阳帽，而遮阳伞只遮到我这边，而我却傻乎乎地问她太阳没有照得她睁不开眼。

"有，"她说，"可能有点儿吧。"她并没笑，只是惊讶地看着我。

我往太阳椅边上稍微挪了挪，但很明显还是坐不下两个人。

伊莎贝拉摇摇头，说道："我明天要去玛格丽特和布斯先生家。他们住在法夫[①]的纽堡。我来问问你，愿不愿意和我一起去。我们可以坐马车。"

我很诧异，她竟然邀请我一起去。之前我一直以为她是因为我才待在房间里不出来的，现在看来，我真为自己的想法感到惭愧。仿佛整个世界都应该围着我转似的！

"可以！"我说，"我想去看看。"

伊莎贝拉点点头，起身走回了屋子。我想到明天即将发生的一切，焦虑和喜悦同时涌上了心头。

---

① 法夫：英国苏格兰32个一级行政区之一，地处邓迪市与爱丁堡市之间。

1812年6月24日

马车一早就在等候我们了。路并不远，但伊莎贝拉已经很久没有见到她姐姐了，因此，我们准备花一整天的时间，和布斯夫妇聚一聚，吃完晚饭后再返回。这辆马车是布斯先生的，如果巴克斯特先生需要用车，他会去租用一辆，但布斯先生更富有，或者想显得更富有吧。在马车上，伊莎贝拉告诉我，他雇了十二个仆人，其中六人专门负责维护庄园。此外，他的啤酒厂里还有许多工人，主要从事繁重的生产工作。伊莎贝尔拉和我并排坐着，看着窗外路边高大的榆树，运水果、鱼、牛奶罐的手推车，马车驶过的小屋，衣服挂在晾衣绳上随风飘舞，小孩子在草地上爬，鸡在篱笆后面扑腾着。我总是想问她，为什么头几天要把自己关在房间里？为什么情况明明没有发生任何变化（至少在我看来是这样）她这几天却和家人们融洽了起来？她为什么要带我去她姐姐和姐夫家？但我却不敢向她提出这些疑问。我知道，她已经十七岁了，年龄上的差异让我和她交谈起来并不十分自在。奇怪的是，罗伯特也比我大，而且还是个男孩，但我们之间的沟通却非常顺畅。其实，我和这一家人相处得都不错，也很随意，但我就是不知如何才能与伊莎贝拉相处得更自然些，所以我没有问她什么问题，而是顺着她的话说，回答她想要知道的事，虽然她的问题也不多。与此同时，我也在绞尽脑汁地思考如何才能像与她的父亲和兄弟一样，自然地与她建立联系。

马车停在了一栋气派的乡间别墅前，这栋别墅位于一片广阔的土地上，有花园和草地，伊莎贝拉说，这些都是布斯家的。下车后，我们看到布斯先生站在门廊的立柱之间。他似乎没有什么表情，这让我很吃惊。他的脸上没有表现出喜悦，没有期待，也没有不耐烦，就好像没有看到我们到达了一样。但这是不可能的：马车就停在离他不到二十码的地方，他正直勾勾地看着我们。

伊莎贝拉走到他面前，伸出手来，用一种我认为不符合她性格的语气，愉悦地向他打了招呼。布斯先生握住她的手，吻了下去。然后，他看向我，我也几步走上台阶来到门廊前，伸出了手，他轻吻了下，又握住了一小会儿。说来有点离谱，事后想来我甚至觉得有些羞愧，因为当时我就想把手缩回来。虽然他的吻一触即离，绝无逾矩之处，但握住了我的手的那会儿，让我有一种莫名的不妥之感，尽管事实并非如此。他朝我看了一眼，那灰色的眼睛似乎让我放下了戒心。哎，别疑神疑鬼，自作多情了！

布斯先生跟在我和伊莎贝拉身后进了屋。大厅内，一名身穿亮蓝色长裙的年轻女子坐在轮椅上。伊莎贝拉拥抱了她，并把我介绍给玛格丽特认识。她之前没告诉我她姐姐坐轮椅，突然间我有些责怪她。难道不应该提前告知我一下吗？这样见面时，我至少能够表现得自然些。我不太确定自己做出了什么反应，但恐怕多少露出了震惊的神色。我握了握玛格丽特的手，她笑着说很高兴认识我。随后，我们四个人一同去了客厅。

"如果你想参观一下的话，大卫一会儿可以带你四处转转。"玛

49

格丽特说，她用双臂比画了一个大大的圈。我其实很好奇，这座庄园大约有巴克斯特家四倍大，但只有布斯先生、玛格丽特和几个仆人居住。

伊莎贝拉和我坐在沙发上，玛格丽特转着轮椅来到我们对面，布斯先生让人上茶和三明治来。

"女士们，抱歉，现在我有些事情要处理。中午的时候，我再回来。"他笑着说，"玩得开心。"

玛格丽特似乎有些不安，虽然她仍对我们保持着微笑，但看得出来不是发自内心的。她把三明治分给我们，我们一边吃，她则一边介绍起这栋房子。它是两个世纪前，用林多尔斯老修道院的石块建成的。房子后面是布斯先生经营的啤酒厂。她一副就事论事的语气，不像是在对妹妹和家里的客人说话，更像是在和生意场上的客户交谈，好像在应付工作一样。

"他酿造的啤酒远近闻名，不仅是法夫郡本地，甚至一直在珀斯[①]和邓凯尔德[②]都颇受欢迎。"说到这，她的脸上闪过一道短暂的光芒，这让她看起来年轻了好几岁。

然后，她问起了我的事。她说她对我父亲很感兴趣，虽然不了解他的任何作品，但想知道我们在伦敦的生活如何，书店怎么样，我是否喜欢读书。

"我很喜欢看书，"我说道，"这是我喜欢做的事。"实际上，并不完全是这样。我最喜欢做的事是做梦、幻想，当然我不能对她这

[①] 英国苏格兰郡首府。
[②] 苏格兰珀斯-金罗斯的一个城镇，位于泰河的北岸。

么说。

伊莎贝拉则在一边静静地喝着茶，三明治吃完后，我们的谈话也自然而然地结束了。

"玛丽、伊莎贝拉，我先回房间休息一会儿，我有些累，你们请随意，可以看看这屋子，还有藏书室，把这里当成自己家就行。"玛格丽特看起来确实很疲惫，她脸色苍白，双眼无神，整个人仿佛被蒙上了一层薄纱。

她离开客厅后，我俩沉默了好一会儿。我把茶杯放回桌子上，决定问问到底发生了什么事。

"为什么玛格丽特会坐轮椅？"

伊莎贝拉似乎早就料到我会这么问。她叹了口气。"玛格丽特是从楼梯上摔下来的，"她说，"我们走吧。"

她站起身来，向我伸出了手。

我还想继续问下去，想让她告诉我事情是怎么发生的，医生是怎么说的，玛格丽特是否有希望再次站起来。但伊莎贝拉把我拉到了门厅，顺着中间阴暗而庄重的乌木楼梯拾级而上，再穿过一道门，就到了藏书室。图书室的百叶窗被合上了，只有微微的阳光能够穿过缝隙。伊莎贝拉径直穿过房间，打开了所有的百叶窗，只有这样，才能看到整个藏书室的全貌。它有两层楼高，所有墙上都靠着顶天立地的书柜。藏书室两旁各装了一个壁炉，一个壁炉边围着两张宽大的沙发，另一个前面则摆放着写字台。房间中央铺着几张色彩鲜艳的地毯，几张小桌子上摆着鲜花和烛台。房间的尽头是狭窄的螺旋楼梯，可以通往上一层，人可以在墙边的书架和楼梯的栏杆间走动。

"布斯先生有三千册藏书，"伊莎贝拉说，"这些藏书主要是些科学著作，也有小说和政治类书籍。"不过，她的语气中并没有钦佩之意，然而我无法想象她会不为这些藏书所动。

我们走过书柜，爬上螺旋楼梯，凝视着楼下的空间。就在此刻，一大片云遮蔽了太阳，很奇怪，藏书室瞬间从温暖、神圣之地变成了冰冷、死气沉沉的模样。

"我每次过来都可以借一两本书。"伊莎贝拉喃喃自语道，好像只是在说出自己内心的想法。我的指尖划过一排排的书脊，发出了奇妙而熟悉的声音。从前，我多少次走过自家书店的书架，指尖拨动着上面摆放的各种书籍，拨动着不同作家描绘的世界，拨动着一幕幕的现实，感受指尖下所有的存在啊！突然，我在字母G打头的书柜前停下了脚步，看见了几本我父亲写的书，这让我感到非常自豪。伊莎贝拉则在摆满了苏格兰神话的书柜前驻足，拿下了一本题为《神圣的深渊》的书，书中插图异常精美，有捕鲸船一样大的鱿鱼，有长着人类胡须、露出诡异笑容的剑鱼，还有似是半男半女的海中生物，它们既有乳房，又长着胡须，披着优雅的长发，手臂肌肉紧实，还长着鱼尾巴。

"这就是海妖，"伊莎贝拉指着一张奇怪生物的图片说道，"除了有男性和女性的特征外，仔细观察，它还具有一些人类所不具备的特性。"她用轻描淡写地把这令人毛骨悚然的图画清晰地表达了出来。

伊莎贝拉抬头看了看我。在那一刻，我知道，在某种程度上我们已经找到了不约而同相互吸引的原因。

她带着书走下了螺旋楼梯，回到客厅，她稍后会问布斯先生是否可以将这本书带回邓迪。我希望可以和她一起阅读，或者至少和我分享她在书中读到的那些怪物。

客厅里还是空无一人，但我们用过的茶杯已被收拾干净了。伊莎贝拉带着我，要去大厅里穿靴子。"我们去外面走走吧。"她说。

洁白的浮云以令人目眩的速度掠过天空。太阳几乎就在我们头顶的正上方，阵阵热浪向肩背袭来。没有带上遮阳伞，周围也没人能借上一把，因此我们准备到房子的阴凉面躲一会儿。我们绕着房子转了一圈，这比我想象中的还要大。走到尽头，我注意到建筑风格有了一些不同，这里的窗户离地有几码①高，因此看不到屋内的情况，而且屋顶也更高更平。

"这里就是啤酒厂。"伊莎贝拉说。

我们看到在屋后有一组高大的双开铁门，汽车和马车可以从那里进出，院子里堆放着大小不一的木桶和箱子。这里的气味闻起来很奇怪，夹杂着香辛料的味道和动物身上的骚味，令人非常不悦，我很肯定，以前从未闻过类似的味道。

"你多久来这儿一次？"我问。

伊莎贝拉转过身。我想，此时此刻，她也觉得我们突然有了共同点，或者更确切地说，她突然明白为什么我们有许多相似之处了。她朝我微微一笑，我从未看见这种微笑出现在她脸上：开朗、无忧无虑。"不是很频繁。每月一次？玛格丽特是五年前嫁给布斯先生

---

① 1码约为0.9米。

的。但她出了事后,我才经常来这里。她无法经常出去,可以说几乎不出门,所以我想陪陪她。"

"她是怎么出事的呢?"我问。但她没有听我的问题,而是已经转过身,走出了阴凉处,朝花圃走去。

我紧随其后。花圃里的罂粟、芙蓉、绿萝并没有按照通常的种法,以品种进行区分,而是混种在一起,却显得格外自然、错落有致。花丛中,二十多只蝴蝶正在翩翩起舞,我可从来没有见过这么多蝴蝶聚在一起。伊莎贝拉继续沿着小路前行,走到花园的尽头,这里可以看到一口水井。我们把手放在冰凉的井口边缘,水位很高,身体稍前倾,指尖就能碰到水面。井壁的砖缝上长满了青苔,既然是来做客的,我可不想把干净的长裙弄得脏兮兮的。伊莎贝拉提起水桶,把它递给了我。我笑着直接把桶举到嘴边,伊莎贝拉见状也笑了。这时,桶中的水洒了出来,顺着我的脖子流到了长裙上,冰凉的井水激得我一震,不禁后退了一步,但我还是笑着,因为伊莎贝拉也在笑,边笑边用手捂住嘴,虽略带歉意,但掩饰不住地高兴。我开玩笑地推了她一把。随后,我们决定再走一会儿,往山下去。虽然头顶着烈日,背上仍旧火辣辣的,但我们已暗下决心,不惧酷热,要继续在这里逛一逛。

山脚远处有一片紧挨着树林的草地,我们在那儿躺了下来。伊莎贝拉也不知道这里是否仍属于布斯先生的庄园,反正没人来赶我们走。更何况,就算是赶,要用什么理由呢?我们闭上眼睛,仰卧着。我时不时会想到自己的长裙,这些草把我衣服弄脏了该怎么办,这可不好打理。不过,我们还是安静地躺在那里,阳光像一条温暖的厚毛毯盖在我们身上。我闭上眼睛,透过一片红黑色,我还看到一些色彩不断跳动着，它们抚平了我脑海中浮现的每一缕思绪。我和伊莎贝拉没有说话。微风时不时地吹过，带来阵阵凉意，这也能让我们保持几分清醒，不至于入睡。我闻到了她身上的味道，是汗水、香皂混合着温暖的青草以及野花的香味。我无法解释内心的冲动，我想把裙摆撩到膝盖上方，解开靴子的鞋带，褪去长筒袜，光着腿，再把我的脚靠在她的脚上，躺在这片草地上，去感受泥土和青草轻触肌肤的感觉。

突然，我惊了一下。刚刚应该是睡着了，我猛地坐起身来，伊莎贝拉也睁开了眼。我们决定往回赶，上了山，经过水井，穿过花园，回到屋子里。这时，大概已经到午饭的时间了。

现在回想起来，我很疑惑，布斯先生怎么没有被我们的模样吓到呢。伊莎贝拉和我走进凉爽的大厅时，他看起来是在等我们回来。他微笑着说道："女士们，逛得怎么样？玛莎已经做了姜饼和香草布丁，还有汤和茶，她已经在餐厅里摆好了。我为二位带路如何？"

我们走过一面装饰华丽的大镜子，这才看到自己的模样，有那么一瞬间我甚至觉得那人不是我。头发乱糟糟的，一根长长的草秆夹在发丝中间，脸和脖子被太阳晒得通红，裙子还染上了绿色的污渍。而我此刻才发现，伊莎贝拉的模样也有些不修边幅。也许是因为她平时在任何时候都有一张充满魅力、干净利落的面孔吧。她眼神中向来透着睿智，同时也透出一丝轻蔑，仿佛所谓的礼仪和端庄就是走个过场，她的人生应该时刻迎接伟大的冒险。

发现自己有些邋遢时，我觉得有些羞愧难当，但伊莎贝拉似乎并不在意。

餐厅里,玛莎正忙着倒茶水。盘子和碗都摆好了,里面盛着水果、厚姜饼、黄油、香草布丁还有汤。布斯先生向我们保证,如果不够的话,还有很多食物等着我们。虽然我们三个人似乎不可能吃完这么一桌食物,但我真的已经饥肠辘辘了。在家里,每顿饭玛丽·简都想叫范妮、克莱尔和我少吃点,因为我们太能吃了。按照她的说法,饭后女孩仍应有些饥饿感才是健康的,这样可以促进消化,保持好身材:不会太瘦,也不会太胖。但现在玛丽·简不在这里,而且我认为她根本不懂如何保持健康。

伊莎贝拉和我面对面坐在餐桌的两侧,布斯先生坐在主位,也就是我们中间。我们吃了一些食物,他问我们去了哪儿,伊莎贝拉告诉他,我们没走远,因为天气非常暖和,所以就在草地上坐了会儿。

"我想也是。"布斯先生笑道。那笑容似一位挚友的微笑,但不完全是,又像是父亲般的微笑,但也不完全像。

"玛格丽特还在休息吗?"伊莎贝拉问道。

布斯先生抬起了头,他刚把盘中的一块姜饼涂上黄油。他的手指细长,但指关节却很粗壮,这让他的手指看起来更加纤细。"玛格丽特感觉不太舒服,"他说,"我想她会在房间里待上一整天吧。"

伊莎贝拉瞪大了眼睛,问道:"一整天?"

看得出来她有些失望,因为她可能要再等上一个月才能来看望自己的姐姐,而且我相信她期待此行已经很久了。

"非常抱歉,"布斯先生说,"今天早上她告诉我感觉不舒服,希望白天能有所好转。我敢肯定,她今天很想多看看你的。"

午饭后,布斯先生想带我们参观房子。伊莎贝拉无疑参观过很多次了，所以她问我是否介意她独自去客厅看会儿书。虽然，她和我一起的话，我会更高兴，但我还是让她自便了。布斯先生和我从另一侧走进大厅，他先带我参观了音乐室，那里摆放着一架闪亮的三角钢琴，比伊莎贝拉家里的那台大得多，还有竖琴、大提琴和单簧管等其他乐器。

"这些乐器您都会演奏吗？"我问。

布斯先生点点头，介绍道："和玛格丽特结婚前，我只会拉大提琴和弹钢琴。玛格丽特的竖琴弹得很好，单簧管是我们的结婚礼物。现在这些乐器我都很喜欢演奏，而且要我说的话，都演奏得相当不错。"

他的话语中透露出几分镇定，我立马相信了他。我想他一定有着特殊的音乐天赋，能把四种乐器都弹奏得很好。不过，我也怀疑他不是一个有很多空闲时间的人。

"如果你也喜欢音乐，我可以给你弹奏，"他说，"但现在不行。我想先带你看看其他房间，一会儿我还有约。"

我们离开音乐室，经过厨房时，布斯先生一言未发，随后我们便走楼梯到达了二层。他带我看了几间大卧室，然后又带我去了藏书室。当然，几个小时前我和伊莎贝拉也去过那里，但奇怪的是，现在我和布斯先生一起进去后，感觉藏书室似乎不太一样了。很难说清是什么缘由，但不完全是采光的关系，此时阳光没有直射在窗户上，所以橱柜的木料看起来更加暗淡，像是深黑色，而非巧克力色。更重要的原因是，藏书室本身所呈现出的氛围变化了：先前进入时，伊莎贝拉和我感受到的真实出现了暂停，仿佛有东西屏住了呼吸。布斯先生领着我去了上午我曾驻足过的书架前，并介绍起一些我并不太感兴趣的书。他还展示了收藏的路易吉·伽伐尼所著的首版《生物电的回忆》，他把这本书放在了玻璃柜子里，每年也只是拿出来翻阅一下而已。我礼貌地点点头，但布斯先生可能没考虑到我不懂意大利语，所以我不太清楚这本书是关于什么主题的，也不知道为什么这本书如此特别。只是从标题来看，它似乎与记忆、电流以及动物相关，这是我能理解的全部内容了。他问我是否还想上楼看看，我摇了摇头。

"我们回去找伊莎贝拉吧。"我说。

离开房间时，我突然想到，他对自己的藏书那么引以为豪，我刚才却没发表什么评价，所以我便说道："这间藏书室真漂亮。"

然后，他转过身对我说："谢谢你，玛丽。我就知道你会觉得这些藏书很有趣的。下次你来，我会带你看看我收藏的故事书。书架上层有部分藏书我个人非常珍惜。"

我想知道他所指的是不是那几层神话故事。当然，我对布斯先生几乎一无所知，但我不认为他是一个非常关心超自然现象的人。

在楼下的客厅里，我们发现伊莎贝拉坐在窗台边。屋内灯火通明，而她却闭着眼睛，有那么一瞬间，她像是睡着了。接着，她便睁开眼睛站了起来，带着一脸好奇的表情，似乎在我们离开时她一直在思考着什么，而我们的到来给了她想要的答案。

"女士们，"布斯先生说，"今晚我们一起吃晚饭，然后我安排马车送你们回家。现在我不巧有件急事要出去办，但你们要是无聊的话，我会过意不去的。所以，我建议你们再去散个步，可以去下僧侣井，或是远些的粮田。当然，也可以在藏书室、音乐室里待着。

很抱歉，我要离开你们几个小时。如果有什么需要的话，玛莎就在厨房里。"说完，他便转身离开了客厅。片刻之后，我们听到了马车离开的声音。

"你会演奏乐器吗？"我问伊莎贝拉。她站在窗边，背对着我。她的裙子上看不出有青草渍的痕迹，可能因为裙子是蓝色的，而且比我穿的那件颜色深很多，所以不那么显眼吧。

"我会点儿钢琴，但绝对没有玛格丽特弹得那么好。"她说。

此时此刻，她似乎把心思完全放在了别的地方，好像大脑中只有一小部分是用来说话和做事的，而绝大部分都用来思考，而且永远不会和我分享想法，这一点我很确定。

"我也只会弹钢琴，"我说，"但还需要多加练习才行。布斯先生说玛格丽特会弹竖琴。"

伊莎贝拉转过身来，似乎是被惊醒了，她说道："是的，她弹得很好。但布斯先生演奏得更好。在乐器方面，他更精通。"

"他应该很聪明吧？"我傻傻地问道。

"聪明这词还不足以形容他。"伊莎贝拉淡淡一笑，用手指抚摸着另一条手臂的皮肤，我这才注意到，她也被晒伤了。"布斯先生聪明绝顶，已经不能用言语来表达了。你知道吗？有时他似乎知道一些他本不可能知道的事情。"

"这是什么意思？"我问。

就在那时，我们听到了一丝声音，像是叹息声或是地板的吱吱声，但这里除了我们之外没有其他人。伊莎贝拉的脸绷紧了起来。

"我以前在这里看见过怪异的东西。"她的眼睛眯了起来，血色似乎从她脸上褪去了。

我注意到自己的心脏开始剧烈跳动起来，感觉就像站在高高的教堂塔楼上，钟声贯穿整个身体，响彻心扉。我又问了一遍："这是什么意思？"

"嗯。"她并没有接着往下说，她那刚刚被唤醒的思绪似乎又飘回了梦乡。"我们还是去外面吧。"

"这一带在苏格兰属于非常特别的地方。"伊莎贝拉说。这次，我们打着玛莎给的遮阳伞，沿着土路向麦田方向走了一段距离。"这里发生过许多诡异的事情。"她没有看着我说。在遮阳伞过滤后的光线下，她肤如凝脂：光滑、洁白、一尘不染，整个人的模样和玛格丽特截然不同，很难相信她们竟是亲姐妹。我想，在出事前，玛格丽特的行为举止和现在可能完全不同吧。也许，过去的她很优雅，有着一双清澈明亮的眼睛。伊莎贝拉此刻看起来一点也不快乐，但她却散发着难以言喻的力量，这是玛格丽特完全不具备的。一定程度上来说，在罗伯特和强尼身上也能隐隐约约察觉到一种力量，不过，即使这种力量再微弱，似乎也未曾出现在玛格丽特身上。

"什么样的事情？"我好奇地问道。我发现这里的风景令人叹为观止，很难想象会发生什么可怕的事情。我了解伦敦：它那光鲜亮丽的外表下，其实藏污纳垢，充满了喧嚣、困苦、贫穷和污秽。那里有形形色色的人，一切皆有可能发生。但我对这里却一无所知，这里是那么的安静，那么的祥和，一切都是自然的，是一个纯粹的世界，就像几个世纪来未曾发生改变一样。在这里，脚下踩着的是泥土，而不是石子路；可以用手抚摸树木，而不只是房屋；也可以随心所欲欣赏身边的美景，而不再是乏善可陈的枯燥街道。在这里，可以闻到整个世界的味道，而不单单是人类的气味。

"是女巫。"伊莎贝拉停下脚步说道。她看着我，开始大笑起来。她笑得是那么大声，那么放肆，我也跟着大笑起来。

"苏格兰女巫是所有女巫中最邪恶的。"她平静地说，"她们作恶多端，歹毒得令人发指。"

我想知道苏格兰女巫到底做了什么恶毒的事情。我能想到的最恐怖的事情是什么？引诱人类？然后用弯曲泛黄的指甲撕开他们的喉咙？再用受害人的血和头发酿造魔药？

"她们会吃婴儿，不是先杀再吃，而是直接生吞活剥，先吃手指头，再吃手掌，连骨头都舔得干干净净，她们会从血管里吸血，用骨头捣碎眼珠。此外，她还会在半路上伺机对独行的旅人下手，蛊惑他们跳海，或在附近的客栈里上吊自尽，有时也让他们用钉子或针头划伤自己的手腕。"伊莎贝拉讲述着。

我看着她，此时她清澈的眸子里透露着一丝兴奋。我承认我不知道该如何反应。她是想试探我吗？想知道我是不是很容易被吓到？还是她确信这种事情存在？不过，无论如何，这个故事都像是随意捏造出来的。但在我内心的某个角落，似乎已打开了一个空间，一个允许鬼怪存在的小地方，在那里，我无须刻意回避，隐藏残酷和暴力。而那个地方，我想，伊莎贝拉也知道。

我们走在麦田里，此时热气已经逐渐消退。远方的地平线上，一大片乌云正在天空中扩散开来。麦秆有一人多高，我们穿行其中，伊莎贝拉走在前面，我们什么也没说，只是走了很久。有一刻，我甚至开始怀疑这片麦田是否有尽头。沙沙作响的麦秆,伊莎贝拉扎起来的头发、瘦削的肩膀以及回眸时深绿色的眼睛,这些画面映入了我的眼帘,走出这片田野后,它们在我脑海中依旧挥之不去。我们坐在一堵爬着蚂蚁的石墙上享用着饼干,喝着同一瓶水。乌云从天空中消散,我们准备返回,这次要绕过田地,沿着小径走回去。伊莎贝拉又开始讲话了,仿佛她需要积攒了勇气,或者有了兴趣,或者从一种催眠状态中苏醒过来,才会和我讲话。

离房子大约半英里,伊莎贝拉突然停了下来。她看着我,叹了口气,脸上露出了浅浅的微笑。

"我很高兴你今天和我一起来。"她说,"我觉得有时做事非常困难,自从我母亲……"她转过身,向前走了几步。

"我为你感到难过。"我说。我还想说些别的,一些亲切、安慰的话,但又恐怕自己笨嘴笨舌,说得尴尬。突然,她转身抱住了我,这个拥抱里,包含着她的一切:内敛、沉默寡言、时而放肆的笑声以及虚构的精彩惊悚故事。此时,阳光照进我的眼睛,我闭上了眼睛,她搂着我的腰,我的手轻轻抚摸着垂在她背上的头发,就这样,我们站在那里。

"哎哟!"伊莎贝拉突然惊叫起来,吓得往后一退,只见草丛中掠过一道煤黑色的闪电。

"糟糕!"伊莎贝拉直接坐在了尘土飞扬的小道上,检查起自己的脚踝。她的长筒袜破了,可以看到破洞上留下了斑斑血迹。泪水顺着她的脸颊不住地往下流,她的表情看上去很痛苦。

"是毒蛇咬的。是吧,玛丽?"她问道。

我点点头，伤口似乎并没有大量出血，但这并不代表咬伤不严重。"走吧，我们得往回赶了。希望布斯先生已经到家了。"

伊莎贝拉平躺在沙发上，双腿搁在布斯先生的腿上。他已经脱下了外套，卷起了衬衣袖子。我站在边上，手里拿着她沾有血渍的袜子，上面还留有余温，像是一只垂死的动物躺在我的手心里。

布斯先生用两根手指紧紧捏住她的伤口：是两个小眼，挨得很近，鲜血从那里不断渗出，颜色则呈暗红色，散发着光亮，如此真实。他目不转睛地盯着伤口，仿佛这目光便能让血液凝固。伊莎贝拉侧了侧身，头向后仰去，强忍着疼痛，布斯先生随即给她服用了些鸦片酊。沙发旁的小桌子上还放着三个瓶子，标签上的字已经模糊不清。血止住后，他准备在伤口上轻轻涂抹其中一瓶药膏，然后用一块棉布包扎起来，以防止感染。伊莎贝拉看着我，或者更准确地说，在揣摩我。我们四目相对，好像透过眼睛，她便能读到我内心的感受，看到一些原本并不存在的东西。是的，我也感觉到了它们的存在，它们面目狰狞，体型巨大，是如此的真切。她看到的这些东西，我也曾怀疑过是否真的存在，但现在已经不信了。但她却将那转瞬即逝的恐惧、萦绕在我心头的私密想法镌刻进了我的体内。它们变得不可动摇。

我们到家已有几个小时了。伊莎贝拉睡着了，巴克斯特一家也都睡了，只有我还醒着。我坐在窗台边，唯有桌上的烛光与我为伴。我知道它不会消失，我的心、我的五脏六腑、我的脚趾都能感觉到它的存在。它在等待。

"救救我！"时而我会低声呻吟，但身边并没有人。

1816年5月
日内瓦，科洛尼

风暴，宁静，风暴

清晨是如此美丽，玛丽都快喜极而泣了，仿佛从未见过阳光那般兴奋。终于，在这里三个星期后，太阳完全冲破了浓密的阴霾，所有的色彩都像褪去了一层薄纱，显得更加鲜艳，更有生命力了。珀西实在太累了，不打算一起出门，玛丽便把威廉放在了他身边。小家伙时而发出咕咕的喉音，时而短促地尖叫，这些是他早晨惯常发出的声音。珀西还在呼呼大睡，而她已无睡意。

花园湿漉漉的，空气中夹杂着各种气味：百合、旱莲、剑兰、紫丁香、梨花、青草、泥土，以及生命的气息。幸好，她的靴子放在门口，穿上它在花园里行走，脚就不会弄湿了。随后，她把长裙提高了些，系上腰带，以免弄湿下摆。不过，她选错了路，一路上荆棘丛生，难免磕磕绊绊。再往前走，越过小山头，在谷仓以及路边废弃房屋的后面，就是一片草场。她觉得那里一定有牛，也许是好几头。有时，她在清晨能听到这些牛的叫声，声音中带着些许凄凉。

"玛丽！"约翰气喘吁吁地爬上山坡，他的靴子沾满了泥。"我刚看到你出来。"他说。

"你醒得也很早啊。"玛丽回答道。

约翰一副疲惫不堪的样子，脸上还起了许多红斑，胡子邋遢，眼珠深陷在眼窝里，眼袋也显得越发黑重。

"你没睡吗？"她问。

他轻声笑了起来，脚步也是跌跌撞撞的。

"你们是不是又喝了一夜酒？"玛丽躲开了路上的一个水坑。

"是的，除了珀西，他和……"他欲言又止。

"哦。"玛丽应了一声。昨晚，她一个人陪着威廉，她认为珀西和克莱尔应该与阿尔贝和约翰在一起，在迪奥达蒂别墅里。她觉得自己的嘴唇突然抿紧了起来，她厌恶这样的事发生。这让她觉得自己变老了。

在他俩到达山顶前，天空再次陷入了阴沉，阳光消失得就和来时一样突然。万物瞬间变得暗淡无光，她有些错愕。

"阿尔贝希望今天你们都能过来吃晚饭。他不知从什么地方弄来了几本法语的鬼故事。"他说。

山顶上，云海蔚为壮观。而不可思议的是，在这片乌云后，刚刚的太阳仍照耀着。

"玛丽？"约翰站在那儿，双臂无力地垂在身体两侧。

"好。"她说。她不愿看向约翰，因为四目相望时，她总觉得自己或多或少应该说些什么。约翰的眼神如此深邃、亲切，这种感觉迫使她说出更多的话，但其实她没有许多话要说。回想起来，她也不明白为何会如此。

这时玛丽看到了那些牛。山脚下，谷仓后，是一片贫瘠的草场，草场上有三头牛，它们骨瘦如柴，眼神暗淡、疲倦。她跑了起来，也听到约翰在后面跟着她，但他什么也没问。玛丽跑下山，来到了牛身边，提起的裙子掉了下来，发髻也散开了，她气喘吁吁地张开双臂，忍不住笑了起来。最后，她在栅栏处停下了脚步。片刻之后，约翰大口喘着粗气来到她身边。一头奶牛站在离他们几码远的地方，它抬起头，天呐，那双眼睛啊，充满着阴郁和忧伤。在所有黑暗的眼睛里，她认出了失去的东西。即使是这头牛，一生的经历也可能积累成回忆的海洋。这不仅仅是时间中的一个事件，因为它持续存在，永不消逝。这就是她所看到的，这就是她所认出的。每个事件都会以几乎相同的强度、影响和方式不断重复发生。唯一不同的是，事件第一次来自外部，进入大脑然后留下来，被重述，被模仿，被编成一个故事。但在她这儿例外，她的故事被打破了。

"牛怎么了吗？"约翰张开手，向牛伸去。玛丽没有回答。"我从来不知道，它们只是默不作声，还是已心如死灰了。"约翰继续说道。

玛丽笑了笑。

"我下午还要再来给你上意大利语课吗？"约翰问道。

"你知道我还有过一个孩子吗？"她依旧没有看向约翰，她从来不正眼看他。约翰问道："是在威廉之前吗？"

说完，两人保持了片刻的沉默。

"这孩子已经不在了吧？"约翰问。

"珀西不想谈起这事，他说太痛苦了。当然，失去孩子怎么可能不心疼呢？"玛丽说。

草场另一侧的上空，天色已愈发凝重昏暗，雷声大作。不了解情况的人，或许还以为是地球发出了低沉的轰隆声。此时，玛丽感到有水滴到了脖子上。

"玛丽，珀西没有你那般坚强。"约翰说。

"不是这样的，虽然我不知道该怎么说，但他还是挺坚强的。"玛丽反驳道。

雨一滴滴地滴在玛丽的鼻子上、下巴上和手上。她看向另一边。

"我觉得他的阅历没你丰富。"约翰说。

约翰是她认识的唯一一个对自己也不确定的男人，永远不确定。她觉得这是他身上最美妙的地方，那种永恒的犹豫不定，那么合乎逻辑，每个人都应该有，但没有一个男人会展现出来，至少没有一个男人会表现出自己的犹豫，除了约翰。

"你认为鬼魂可能存在吗？"玛丽问道。她听到远处传来了猛禽的叫声。这是一种野蛮的声音，她感觉手臂上都起了鸡皮疙瘩。

约翰先是若有所思地叹了口气，随后深吸一口气，说道："我认为这种可能性很小。"

"可有人见过它们。"玛丽说。他们开始往回走，前方有一条狭窄的碎石路蜿蜒向上。天空已乌云密布，还飘起了雨。

"没有任何证据能够证明鬼魂存在。从生理学的角度来看，这也不符合逻辑。一切活物都会凋零，最终走向死亡。要说死后会留下些东西，有些东西会回来，那就值得思考一下原因和方式了。"约翰一边说，一边跟着玛丽走上了一条小径。

她当然知道鬼魂不存在，她不像克莱尔那样愚蠢、迷信。尽管如此，但当她想到自己女儿时，仍会不禁想起这些。

"这些都是故事罢了，玛丽。"约翰说。

玛丽转过身，这回她看向了他，并问道："你指的是？"

约翰微微耸了耸肩。在他身后,天空变成了赭石色,他说:"鬼魂只存在于故事中,都是编造出来的,你不必对此害怕。"

他们继续往前走着。玛丽是害怕吗?约翰的确知道很多,也许他从她的眼睛里看到了一些她自己未察觉的事物。走着走着,玛丽突然发现约翰一瘸一拐的。

"你的腿怎么了?"玛丽问。

他低头憨笑着,说道:"我刚才是从阳台上跳下来的,这阳台比想象的要高。当时有点儿犯傻了。"

"从阳台上?"玛丽看到他眼里闪着光。这是一时冲动?还是在找乐子呢?

约翰跌跌撞撞的,差点扑倒在地上。玛丽只能勉强抓住他的手臂,才没让他摔倒。

"还是靠着我吧!"玛丽说。

玛丽勾起手臂,这样约翰就可以挽着她前行,减轻腿上的负担了。

就在他们跨过门槛时,大雨突然倾盆而下。他们脱下靴子,把斗篷挂在衣帽架上。此时,珀西也已经醒了,他点起了厨房里的炉子,煮好了咖啡,房间里散发着像是温暖的秋天的味道。他还把威廉的小摇床挪到了桌边,一手来回摇晃着小床,一边全神贯注地翻阅着柯勒律治的书卷。

"来杯咖啡!"约翰突然说道,屋内的安宁瞬间化为乌有。珀西起身,准备给大家去倒咖啡,同时问起了玛丽散步感觉如何。约翰则将一把椅子拖到了桌边,叹了口气后,便"砰"的一声重重坐下。

此时，威廉似乎已经醒了，也可能刚被吵醒，约翰挠了挠他的肚子，逗他开心。在灶台旁，玛丽搂住珀西，亲吻着他的后脖子。像往常一样，玛丽的嘴唇、眼皮和指尖感受着珀西每一寸细腻的肌肤，血液中融入了他的气味，全身被他急促的呼吸声所包裹。此时此刻，双方并没有言语，但她知道：他与她已融为一体。

一会儿，珀西端出他们的咖啡，放在桌上。"抱歉，我还要给哈丽特写封信，已经拖了很久了。我回书房里去写。"珀西说。

玛丽把威廉从婴儿床里抱了出来。他似乎感到有些热，小脸蛋儿红彤彤的。

"我要给他喂奶了，"她对约翰说，"你就待在这儿吧。"

玛丽把威廉抱进卧室，在床头叠放起几个枕头，随后便解开长袍的扣子，露出乳房来。自从埃莉斯到这以后，她的奶水比以前多了不少，也更明显地感受到了胀痛，但好在威廉每天都要吸奶。小家伙用力地吮吸着乳头，专心致志，额头都蹙了起来，小手还不停地揉捏着空气。当温暖的小脑袋窝在玛丽肘部时，她感到一阵又喜又悲的悸动洞穿了整个身体。她觉得，喜悦和悲伤，好像是相伴而生的，无法独立存在。似乎世界上的一切，即使是现存的一切，已然消失，因为这一切最终都会消失。她思考着这个问题，半梦半醒，梦中有关于万物之源的幻想，也有关于窗下暗影、水中湖怪的想象。

※

阿尔贝点燃了大吊灯上所有的蜡烛，玛丽不想知道他花了多久来做这件事，但效果是怪异的，天花板被照得透亮，吊灯的阴影投射在墙壁上。屋外，一场暴风雨正在肆虐，是他们来到这里后最猛烈的一场。蜡烛的火焰飘忽不定,仿佛被无形的手指来回拨动着。他们推来了一张大沙发,围坐在壁炉前。阿尔贝和珀西坐在壁炉边的地毯上,克莱尔躺在沙发上,脚搭在了约翰的一条大腿上。约翰则把另一条受伤的腿架在了凳子上。他给自己做了检查,判断是脚踝擦伤了,暂时需要尽量坐着。玛丽坐在一个单人沙发椅上,蜡烛的火焰似乎灼烧着她的眼皮,也许是她太累了,也许是酒里加了鸦片酊的缘故。一声猝不及防的响雷把所有人都吓了一跳,除了珀西,他正在阅读柯勒律治的书,这些书是玛丽带来的,是柯勒律治本人给她的,他经常去玛丽父亲家做客。现在,珀西似乎被他施了魔法,深陷书海之中。

阿尔贝再次给所有的杯子都斟满了酒。晚饭后他们喝了多少杯?玛丽不知道。对她来说,数字已毫无意义。

"玛丽,你先开始,怎么样?"阿尔贝说。

阿尔贝递给她一本灰色封面的书,上面写着"幽魂"二字。"选一个你觉得精彩的故事吧。"

这是一本法语版的德国鬼故事集。她翻了下,目光停留在一则名为《吻》的故事上。珀西把柯勒律治的书放到了一边,克莱尔也睁开了眼。玛丽开始了她的讲述。

她知道自己可以讲得很好。她的声音温暖、清晰,语调悦耳。故事一开始便氛围感十足:一座乡间别墅,一个家庭,一间儿童房,黄昏,蜡烛,故事,摇篮曲。夜幕降临,母亲来到孩子房间,亲吻她,和她道个晚安。屋子的窗帘已经拉上,孩子躺在婴儿床里,她本应该入睡了,但其实并没有。孩子时不时地会听到一些声音,是

73

风声、老鼠的动静抑或猫头鹰的叫声？她害怕得睡不着。如果待会儿还醒着可怎么办？如果那个时刻到了，还不睡着该怎么办？巫邪时刻来临之际，还醒着的人能够看到那时发生的一切，而看到这些的人将永远无法入睡。她想起了母亲的吻，坚定、温柔，只为她一人。她试着让自己安静下来入睡，但巫邪时刻已经到来，她注定无法入眠了。越是渴望睡眠，睡眠则离她越远，黑夜抛弃了她。床帘摆动了起来，仿佛有风吹动。一缕月光照进屋内，让原本不应看见的东西变得清晰可见：壁橱、合上的门、穿衣镜以及受人摆布的布偶。母亲刚刚的吻似乎充满了自信，认为今夜与往常无异。难道大人对黑夜真的一无所知吗？还是他们忘记了黑夜的恐怖？他们还在这巫邪时刻跳起了舞，是他们真的没发现什么异样吗？是的，他们什么也没发现。只见柜门慢慢被推开，一个瘦削的身影从缝隙中钻了出来。孩子害怕极了，开始相信关于巫邪时刻的传说。此时，她看清了那个身影的面目，由于只在夜里活动，它并没有长眼睛，指甲和头发一样长，还长着一张灰黑色的大嘴巴。这次孩子一定凶多吉少了。那怪物就站在她身边，她则尽量保持呼吸平缓，希望不引起它的注意。不过，那东西还是俯下了身，把嘴贴到了孩子的嘴上，就像一条冰冷的蠕虫一般，然后缓缓地吸尽了她的气息。第二天一早，刚打开门，母亲就预感到昨晚出事了。她的孩子躺在半掩的床帘后，没有了呼吸，悄无声息地离开了这个世界。母亲哭着爬到孩子身旁，弓起背，弯起腿，就这样将其搂在怀里坐在了儿童床上。她抚摸着孩子冰冷的身体，浑身开始颤抖起来。没有人告诫她夜里会有多危险。她亲吻着这个可爱的小身体，思绪回到了昨日太阳缓缓落山的时刻。之后，母亲把孩子抱到了自己床上，搂着她，睡着了。

故事讲完，大家都沉默了一会儿。然后，阿尔贝开始语无伦次地解释起叙述现实与想象现实的差别。不过，似乎没有人在听他讲什么。珀西在倒酒，约翰在拨弄炉火，克莱尔从玛丽手中拿过书，翻找新的故事，而玛丽则凝视着前方。百叶窗还开着，没有人愿意出去将它合上。树枝不停地抽打着窗户，天空中几乎不断地传来隆隆的雷声，雨一直下着。大家继续喝着酒。

克莱尔找到了要讲的故事，准备和大家分享。故事中，去世新娘的头颅被重新赋予了生命，但这内容几乎没有引起玛丽的注意，她想到了自己的女儿。当时，她把女儿抱回她和珀西的床上，也叫来了医生，但一切都为时已晚。玛丽蜷缩着身体，守护在女儿身旁，像是一座堡垒。女儿还太小，她却让她独自一人待着，自己竟然睡着了，完全没有意识到夜晚的危险，周围的人也没有给过任何警告。她应该把女儿留在身边，即使是晚上，尤其是晚上就在当晚，在女儿夭折前一两个小时，玛丽还去看过她。为什么是那时候去看呢？为什么之后没有再去看一次？玛丽构筑的堡垒没有任何作用，孩子死在了壁垒之中。她无法和女儿说再见。她的孩子去世了，柔软、光洁的身体已无任何意义。她小巧的嘴、贝壳般的耳朵永远成了记忆。那时，每一次呼吸都如同刀割，每一次呼吸都伴随着玛丽的咒骂，但她的呼吸一刻也未停止。一切的一切都在继续，没有人警告过她黑夜如此凶险。

"我们每人都写一则鬼故事吧。"阿尔贝的眼中充满了渴望。这也许是酒精的作用。

珀西点点头，附和道："谁的故事最可怕，谁就赢了。"

克莱尔这时不在场，也许是喝了酒，也许是无人给予特别关注的缘故，她已经去睡觉了。玛丽爬上沙发，靠在约翰身旁，她能够感觉得到约翰在颤抖，他越是颤抖，就代表越爱慕她。珀西并没有去注意他俩的举动，因为他早已了然于心，他是玛丽唯一的爱人，玛丽只渴望与他在一起。

"如果玛丽参加，我就参加。"约翰醉醺醺地笑着说道。

其他人看了看他，也看了看玛丽。

"当然，"阿尔贝说，"玛丽也可以加入比赛。玛丽，让我们开开眼。"

玛丽对此也没有考虑得太清楚，但这句话让她很生气。究竟为什么要让别人说服自己，去和这些男人一较高下呢？她不需要这样。不过，好像有什么东西阻止了她说出这些想法。她想要参加这个比赛，她觉得，可能，她也能写出一个非常恐怖的故事。

暴风雨比平时更为猛烈，像是一头猛兽，显得相当危险，所以玛丽就暂住在了迪奥达蒂别墅里。躺在床上，睡意已阵阵袭来，但她始终无法入睡，似乎有什么东西挡住了去路。她的思绪向她根本不愿去的地方奔去。它们在前面疾驰，而她根本控制不了，越是用力拽，它们跑得越起劲，就像马车在路上飞驰一般。"拜托，"她喊道，"慢一点。请站住！"但马匹完全没有听到她的声音，暴雨和狂风吹散了她的话。泥浆飞溅到车轮上，风吹乱了她的头发，吹得她泪水盈满了眼眶。"我们在带你回家，"其中一匹马哼了一声，"回到属于你的地方。"

她环顾四周，发现黑夜已经过去，风暴也消散殆尽。她漂浮在空中，看到了山丘、美丽的森林、宽阔的河流。她看到了熟悉的房子、花园的栅栏、花朵以及河对岸的庄园，一种让人心旷神怡的轻松感笼罩着她全身。她看见有人站在庄园的台阶上，召唤着她。她觉得一切都那么美好，当她飘近时，事情突然变得有些古怪，一切看起来都和刚才不一样了：树枝变得弯曲尖锐，天空泛着橙褐色的光芒，庄园里的房子变高了，比刚才高得多。所有的事情都已变得不对劲。她想转身离开，但无法做到，身体越来越靠近那人。她看清了。之前从没有人警告过她。

1812年
苏格兰，邓迪

1812年6月29日

伊莎贝拉的脚踝还没有完全康复。大家一度认为她去不了法夫的集市了，但她好说歹说，巴克斯特先生又再三检查了她的脚踝后，同意了她的请求，不过他吩咐格蕾丝尽可能裹紧伤口，并让伊莎贝拉保证自己会少站多坐，而且不会太晚回家。全家人分乘两辆马车一同前去，太阳落山时，我、伊莎贝拉会和强尼一起回来。

我俩兴高采烈地坐在一起，时不时地把头探出窗外，看看还有多久才能到。最终，由于路上的车马太多，我们的马车也不得不停了下来，最后一段路需要我们步行前往，伊莎贝拉尽力掩饰住自己跛脚的样子。我的心在欢呼，我从来没有经历过这样的场面，未知的事物和神秘的场景正呼唤着我，我渴望了解这些事情，这些原本不属于我的世界中的事情。集市上人头攒动，到处是尖叫的孩童，拿着啤酒瓶的青年以及衣着优雅的女士。强尼在我们身边上蹿下跳，罗伯特试图抓住他的手，避免和我们走散，可强尼实在太激动了。罗伯特冲我咧嘴一笑，想和我说些什么，但伊莎贝拉一把将我拉到了人群中，就这样，我们和家里的其他人分开了。这里的摊位应有尽有，除了贩卖糖果、饮料的，还有售卖围巾、帽子、阳伞、珠宝和画作的。往前走，还能看见一排帐篷，帐篷外有人招呼路人进去。

一路上，有各种新奇的人与物：留胡子的女人、小矮人和算命先生，还有会说话的鸟、双面女、老虎吃人表演和猫咪马戏。

"这些都是什么？"我兴奋地向伊莎贝拉问道。

她笑了起来，笑容中充满了美好，无拘无束的，我以前很少看到她这样。

"想看奇怪的东西吗？"她问。

我环顾了下四周，要想不看到新奇的东西还挺难。我点了点头。

"来吧。"她说，随后便把我拉到集市尽头的一个大红帐篷前，门口的木牌上用黄色和紫色的颜料写着"好奇心"的字样。

伊莎贝拉向门口一个粗俗无趣的女人付了两个半便士，为我撑起了帐篷门帘。

帐篷里很暖和，但有些昏暗，空气中弥漫着一股浓烈的花香，浓得让人有些难受。不过，花香中还隐藏着另一种味道，一种我无法辨认的气味。伊莎贝拉的脸上泛着红晕，虽然看不太清，但我觉得她正看着我。我能感到我们的手紧紧地握在一起，不知是她需要我的手，还是她认为我需要她的。我慢慢开始看清周围的环境。我们身后是一张高桌，上面摆放了三只猫头鹰标本，它们已失去了往日严肃的表情，看起来很悲伤，几乎是一种恐惧的神态，好像被禁锢在自己体内一般。猫头鹰标本旁边是一根柱子，上面立着一尊文艺复兴时期风格的雕像，雕的是一位年轻女子。她的臀部围着一块布，上半身袒胸露乳，不过她并没有嘴巴，而是长着一张又大又尖的喙。从她身边经过时，我几乎能感觉到她在注视着我们，好像她的目光正抚摸着我的背。我把伊莎贝拉的手握得更紧了，她咯咯地笑了起来。旁边的桌子上放着几幅画工精湛的人物像，画面上明明是些小孩，但脸上却全是诡异狡黠的表情。

"天哪！"我低声说。

伊莎贝拉用拇指揉了揉我的手掌，然后把我拉到一张点着两支蜡烛的桌子旁。桌上放着许多大大小小的玻璃罐，里面盛着浑浊的液体，有一罐装的是棕色液体，其他几罐是绿色的，而且还有些东西漂浮在里面。

"我的上帝啊！"伊莎贝拉惊讶地用手捂住嘴说。她松开了我的手，向后退了一步，说道："真恶心。"

我不太明白她的话，于是把头凑了过去，想仔细看看那个装了棕色液体的罐子。乍一看，我也震惊了，我看到一只小手按在罐子的侧壁。再仔细一看，里面不仅有手，还有手臂、躯干和头。这些组织加在一起不过与我的手掌一般大小，但该有的部位一应俱全。它的脑袋很大，鼓鼓的眼睛是闭着的。

"啊，可怜的小家伙。"我低声说。它曾经拥有生命，哪怕只是活在母亲的子宫里。它也曾感受过温暖，也曾做过梦吧。它是父母爱情的结晶，汲取过母亲的养分，生长发育过，它本应该来到人间。但可能发生了一些变故，也可能什么也没发生，可能有些人不想让母亲见到它、拥有它，母亲声嘶力竭地尖叫着，直到无可奈何地接受一切安排。那些人把它带走了，她躺在床上，躺在一堆红色的床单里，她的痛苦永远不会消失。无论她如何呼天喊地，再也不可能见到它了。我的宝贝，我的宝贝，我的宝贝！

"来，玛丽。"伊莎贝拉拉住了我的手，随后一把搂住我，将我拥于怀中。片刻后，我的脸颊沾湿了她的脸颊，她拿出手帕，擦干了我俩的脸，又在我的脸颊上亲了一口。突然间，一阵战栗进入我的体内，在我的胃里疯狂地翻转，试图席卷四肢百骸。

我们在集市上逛了几个小时。我买了几块麦芽糖，分给强尼和伊莎贝拉。强尼想坐旋转木马，我们便和他一起去了，木马的上下颠簸让我产生了一种头晕目眩的快感，围观的人群和帐篷一圈又一圈地在我眼前闪过。强尼骑在我左侧的木马上，笑开了花，伊莎贝拉则坐在我右侧，我可以感觉到她在看着我。我看了看她，但无法理解她此刻表情的含义，她好像在寻找我内心深处的某种东西。随后，她又看向了前方，她骑在马背上，那么庄严，那么严肃，看似有些滑稽可笑，实则不然。她修长白皙的双手紧握着把手，紧到微微颤抖着。不知是何缘故，我想握住她的手，想去安慰她，但我实在够不着。我们上上下下，不停地转着圈子。从木马上下来后，强尼和罗伯特去了别的地方，伊莎贝拉和我慢慢地继续走着。太阳已慢慢落山，当我看向伊莎贝拉时，发现她的皮肤和头发上散发着橙色的光芒，似乎还能闻到她的香味，她身上散发着阳光、香草的味道，还有一种只属于伊莎贝拉的气味，难以描述。

突然她停了下来，拉住了我。

"怎么了？"我问道。

"嘘。"她突然紧张了起来。

我试着顺着她目光看去，所及之处依旧是人山人海以及形形色色的活动，并没有发现有什么特别之处。

"是布斯先生。"伊莎贝拉低声说。

确实是布斯先生，他站在两顶帐篷之间，正和一个留着红灰色胡子的老人说话。布斯先生看起来不紧不慢的样子,但那人的手却在重重地比画着,似乎还提高了嗓门。布斯先生走向前,用胳膊搂住他的肩膀。这一招果然有效,那人平静了下来。

我问道:"我们要上前打招呼吗?"
伊莎贝拉迅速摇了摇头。
"怎么了?"我问道。
"布斯先生现在不来这种集市了。"伊莎贝拉回答道。
"然后呢?"我继续问道。
"你不明白,他跟到这里来的人不一样。"伊莎贝拉回答道。
"也许他有生意要做吧。"我说,"可能在这里卖啤酒?"
伊莎贝拉显得有些犹豫,说道:"这件事有专门的人负责。"
之后,他们两人朝着帐篷后面走去,我们便看不见他们了。
"年轻的女士们!"一声吆喝传来。

我被这突如其来的声音吓了一跳,我想伊莎贝拉也是如此吧。帐篷前坐着一个身材魁梧、年龄稍大的女人。她的穿着与集市上大多数人不一样:整洁的长袍,靴子也擦得发亮,白皙的脖子上戴着一条挂着吊坠盒的珍珠项链,白发被紧紧地扎了起来,她眼睛微微眯起,慈祥地看着我们。此时,太阳已经快要完全落山了。

"你们看起来像是喜欢冒险的年轻人,而且无所畏惧,是吗?"女人问道。她英语说得非常地道,没有一点儿苏格兰口音,我很好奇她是哪里人。"你们喜欢恐怖的事,但我猜,你们没看到什么特别惊悚刺激的事吧?"女人严肃地说着,但伊莎贝拉却笑了起来。

"如果让人不寒而栗的东西是真实存在的,"她继续说着,"那才是真正的恐怖。你们说是吗？"她也笑了起来，露出了黄褐色的牙齿。"真正的恐怖，要去哪里找呢？"她挥舞着臂膀比画了一下。"可以肯定的是，不在那里，不在那些帐篷里！那些都是假的，骗术和娱乐项目罢了。除了……"她转过身，指了指身后的帐篷说道。但这顶帐篷看起来和其他的也没什么两样，伊莎贝拉和我不明所以地看着她，咯咯地笑了起来。

"这里面是什么？"伊莎贝拉问。

"孩子，我无法回答你。在这里，你可以看到不属于这个世界的东西，所以用世俗语言根本无法形容。"那女人说。

说实话，我想离开那里，并不是因为害怕，至少不是害怕帐篷里的东西，只是不喜欢那个女人的说话方式，她似乎不像是随机招呼两位顾客进帐篷参观那么简单，而是特意引导我们进去一样。

"嗯。"伊莎贝拉看似深有体会地点了点头，"玛丽，你不觉得，我们俩应该进去看看吗？"

"两便士。"女人迅速地说道，并伸出了手。

伊莎贝拉把硬币递到了她手里，凳子嘎吱作响，女人站了起来，为我们掀开了帘子。帐篷里点着灯，放下帘子的那一刻，传来了一个女子的歌声。她的声音很微弱，好像失声了一样。伊莎贝拉和我停下了脚步，出于某种原因，深入帐篷是种糟糕的体验，每向前迈出一步都像是在重温最糟糕的记忆。

"啊，天啊。"伊莎贝拉轻声说道，她的声音听起来像是在哭。

太奇怪了，我脑海中好像瞬间增添了许多记忆，好像突然想起了一切。我不明白为什么在帐篷外、在生活中我竟然忘却了这些。

这些记忆很有意义，它们和我的关系是如此的紧密。我能看到去世的母亲，能够感受到她。她的眼里漂浮着毫无意义的希望，她的嘴唇在我的皮肤上灼烧。我能听到她在说话，是微弱的耳语，但并不知道她在说什么。然后，我又看到了一个孩子，是我的孩子，她睡着了，死去了。她在世的时光似乎并不真实，她离开得越久，存在感就越弱，仿佛只有她的死亡才是真实的，只有她的灵魂会存在，因为那是永恒的，会持续下去。突然，我感到心中变得一片漆黑，黑暗轻声地说道："猜猜看，母亲和孩子有哪两个共同点？"这既很残酷也很真实，谁说真相一定是美好的？黑暗的力量决定：你不可能既是加害人又是受害者。我的胸口仿佛被一条绳索恶狠狠地束缚住了，勒进了我的心脏。此时，伊莎贝拉用力地捏了下我的手，我整条胳膊都疼了起来。半明半暗之中，我看着她，她的脸颊已经湿润，眼里闪着光芒，睫毛也粘连到了一起。我想，歌声应该早已停止了。我们转过身，掀起帘子，径直从帐篷里跑了出去。我觉得帐篷外的那个女人已经不在了，但并不能确定，因为我们跑得太快，迫切想要远离那顶我们主动进入的帐篷。这顶帐篷从一开始便透露着诡异，但这并没有打消我们一探究竟的念头，直到黑暗向我们展示了它的全貌，围绕着我们，用恶毒侵入我们的身体。

在回家的马车上，强尼滔滔不绝地谈论着集市上的所见所闻：双面女（这是他给取的名字）、无腿男、各式各样的糖果、音乐、他买的绘本、人潮以及猫咪马戏。伊莎贝拉时而点点头，心不在焉地朝着他微笑，但一句话也没有讲。我试图认真地去倾听，但强尼的故事只在耳边匆匆闪过。我几乎不敢相信在那个帐篷里我看到、听到的那些事情。即使有人告诉我,那是在睡梦里,我也肯定会相信。也许一切都是我想象出来的。但是,伊莎贝拉湿润的脸庞、闪亮的眼睛也是我想象出来的?到底是什么让我们如此惊慌失措?不得不说,帐篷前的女人巧妙地挑动了我们的神经,从而使我们的头脑被灌输了来自未知深处的图像、力量和恐惧。

※

强尼上了床,我们给他喝了牛奶,又给他唱了几首歌,唱到第三首时他便睡着了。他的脸蛋、他的呼吸是如此的细腻美妙,这样的画面刺痛着我,眼睛也是酸酸胀胀的。离开强尼的房间后,我和伊莎贝拉一同去了我的卧室。我用壁炉里的火点燃了一盏灯,把它放在了床头柜上,伊莎贝拉躺在床上,而我则靠在床头板上。她睁大着眼睛,盯着火堆和天花板之间飘浮的东西。

"玛丽?"

一道火花闪过。

她一动不动,但没有看我。

"你在帐篷里看见什么了?"她继续问道。

话音刚落,那些画面又回到了脑海中,尽管我花了整晚的时间来淡化它们。画面中的那个孩子,我并不认识,但仍感觉是我的孩子,它有一种奇怪的特性,与深深的失落感紧紧相连。

我看着伊莎贝拉,但她的眼睛里空无一物,也许是因为她没看着我。"我解释不清楚。"我说。

随后,她看向我,嘴巴紧闭,眼睛发亮。"我当时看到一个人,但不知道他长什么样。他很高,我认识他,但现在已经不记得他是谁了。我很害怕，玛丽，他太魁梧了。我的意思是，他是假的，他是鬼魂，不是人类。"

一股黑暗的气息在我胃里搅动。

"轮到你说了。"她继续看着我。我愣了一会，随后说道："我看到了一个孩子，是一个婴儿，像是我的孩子，但她已经死了。还有一些别的东西，但我记不太清楚了，它也很庞大，是黑色的，很深邃。"

伊莎贝拉点了点头。

"那帐篷是做什么用的啊？"我问。

伊莎贝拉转向我，说道："我不知道。不过，我仿佛看到了不在这个世界，却属于我的东西。你能明白吗？"

此时，我又回想起了帐篷中的黑暗，这团黑暗也包围了伊莎贝拉，渗透进她的体内。那时，它存在于我们两人的体内。

我躺了下来，伊莎贝拉用胳膊搂着我，我的背靠在她的肚子上，她的呼吸撩拨着我的脖子。之后，她又轻声唱起了歌来。我从来没有听过她唱歌，虽然漏了一些音符，而且唱到低音时有些破音，但歌声依旧动听。由于有些歌词是苏格兰语的缘故，我没完全听懂她唱的内容，但大致是关于大海的，是关于几个世纪以来一遍又一遍袭来的海浪。大海不知道时间，不知道缘由，也不知道什么是罪恶，大海只知道悲伤。

1812年6月30日

  我今天起得很早,比以往早了一个小时,似乎有什么东西低声提醒我,让我最好能醒来。我洗漱完,穿好衣服,便准备下楼。在强尼房间的门前,我听到了"砰砰"的撞击声。外面的天气很冷,晨光还未给整栋房子披上色彩。下楼到一半时,突然响起了钢琴声,我并不了解这首曲子,只听到高低音快速且有节奏地交替出现。我停下脚步,聆听着这钢琴曲,我猜是罗伯特在弹琴,他通常会在早上弹一会儿琴,然后去工厂里给父亲帮忙。但我从来没听过他弹奏这么优美的曲子,在我印象里,他会弹些儿歌、摇篮曲以及他自己编排的曲子,但都缺乏深度,没有情感,完全没有层次感。

  突然间,弹奏停止了。我走进会客厅,看到是伊莎贝拉坐在钢琴前。她坐在凳子上,转过身来看着我,像是一直在等我。

  "玛丽,"她边说边站了起来,并朝我走过来,问道:"吵醒你了吗?"

  她知道,这应该是不可能的,我的房间在房子另一边,再往上一层。我摇了摇头。

  "你起得可真早。"我说。

  "你也是。"她若有所思地看着我说道。

我们是不是想到了同一件事？我们是不是在回忆昨日帐篷里看到的东西？她是否和我一样，感觉到黑暗依旧留存在她的体内？昨晚入睡时，她是否也在希望，那只是一种对黑夜的恐惧感到了白天便会显得可笑滑稽呢？而醒来后，她是否也立刻感觉到那个显而易见存在的东西，那个已经通过灵魂的缝隙渗入我们体内的东西呢？我们不知道那是什么，它的脸上充斥着悲伤、恐惧以及盛气凌人的愤怒，手中提着几个倒钩，从我们体内开始蛊惑我们，让我们消沉、让我们焦躁，毁掉我们的童年，就是此刻，就是现在。

我抬起头，望着伊莎贝拉那双水汪汪的绿眼睛，这双眼睛也鼓足勇气，见到了我所看到的东西：我们已经长大成年，鬼怪也是如此。它们不再躲在床下磨指甲，也不再藏匿于衣柜中、阁楼里，而是与我们如影随形。我们看书时，它们会坐在跟前；我们散步时，它们也会跟在身边；夜幕下，它们便和我们同床共枕。

"你弹得真好。"我说，"这是什么曲子？"

伊莎贝拉笑着回答道："这不是什么名家名曲，是我自己谱的。"

"是吗？你会作曲？"我惊讶地问道。

"她是从母亲那里学的。"罗伯特站在我们身后说。话音刚落，整栋房子便沉浸在一片寂静之中，仿佛有什么东西悄然消失了。

1812年7月7日

我又早早地醒来了，这次是被晨光赶下了床。在镜子前，我匆匆地扎起头发，便来到会客厅的壁炉前，壁炉里已积了一层厚厚的炭灰，我安静地坐在扶手椅上，睡眼惺忪地阅读起《奥特兰托堡》的最后几页。毫无疑问，克莱尔会期待我的来信。其实我也想知道，我真能安抚到她吗？《奥特兰托堡》是则非常成功的恐怖故事。夜里，故事里一些令人毛骨悚然的情节便会浮现在我的脑海里，有时在白天也会。这些情节虽然可怕，但也没到令人不悦的地步，因为我明白这些都是虚构的，也从未想过故事中可能隐含某些真相。但是，我不知道如何把这些诉诸文字去安慰克莱尔。在伦敦时尚且几乎不可能做到，因为她是个很难安抚的人，她会将恐惧深藏于内心之中。她内心有种东西笃定，有一种难以言喻的厄运笼罩着她，或许笼罩着我们每个人。尽管到了现在这个年纪，她还像一个不到六岁的幼童，害怕黑夜，听完故事后会担心这个世界存在鬼怪。在这方面，我很反感她，虽然我也觉得错不在她。这又让我想起了玛丽·简，如果她是我母亲，我很确定许多问题也会发生在我身上。玛丽·简是不是从来没告诉过她鬼魂并不存在？难道克莱尔做了噩梦，爬到玛丽·简床上后，她会任何安慰的话都不说，就把克莱尔抱回自己床上去？是不是克莱尔从小就出了什么问题？我经常会这么想，每每为克莱尔感到难过。哎，可怜的小克莱尔啊！

早餐后，教堂礼拜便开始了，几乎要持续一整个周日。巴克斯特先生家所属的格拉西特教会由一群非常友善的人组成，即便我是第一次去，都感受到了他们的友好，他们会饶有兴致地与我交谈。午餐时间，一位汤姆森夫人想要了解下伦敦的生活，了解我父亲以及我们的朋友。罗伯特坐在我另一侧，低声对我说，她是一个非常虔诚的女人，非常聪明，但不幸丧偶，脾气有些古怪。当着她的面，我不敢问罗伯特她脾气怎么古怪了。我父亲曾说过，笃信宗教和高智商在理论上是不可能并存的，但我认为要做到这一点太简单了。我认为宗教主要是"恐惧"和"希望"的问题，聪明人也会害怕，也许他们才是最害怕的那群人。

礼拜持续了整个上午，下午大部分时间也都在进行。离开教堂时，汤姆森夫人拍了拍我的肩膀。

"如果想找人聊天，聊圣经的故事，聊邓迪的生活，可以随时来找我。"她说。她淡蓝色的眼睛很清澈，同时又透露着一丝严肃。她继续说："如果需要帮助，任何方面的，我也随时恭候。"

我不知道该怎么回答，就感到她有些奇怪，我只好点了点头，随后便被离开的人流裹挟着向大路走去。

离吃晚餐还有些时间，我趁着空缝补了长裙，因为在这里长时间走路的关系，裙子的下摆磨破了。晚饭后，强尼想叫上我们一起出去走走，下午他发现了一个蚁穴，想向大家炫耀一番。伊莎贝拉累了，巴克斯特先生正忙着，所以只有我和罗伯特陪着强尼出去。

要再找到那个蚁穴可没那么容易,强尼在前面带路,时而还会皱起眉头,回忆着蚁穴的方位,罗伯特和我走在他身后,一想到强尼对这事竟如此认真严肃,我不禁笑了起来。可以看到,罗伯特也强忍着没笑出声,他一定和我有同样的感觉吧。在我们身后,太阳开始从地平线上消失,时而身边会快速闪过一道道尖锐的黑影,罗伯特说那是蝙蝠。蟋蟀的鸣叫声一直萦绕在我们身边,这是一个美好的夜晚,静谧地承载着时间和周遭可能发生的一切。不过,这一路上什么也没发生,也许是强尼忘记了蚁穴确切的位置,我们走错了方向。半小时后,他似乎也灰心了。正当我想问他是否要原路返回时,他瞪大了眼睛,跑到我们前面。

"玛丽!罗伯特!快过来看!"强尼喊道。

他一下子跪在了小路上,俯下身。

"看!"强尼说。

我站在强尼身后,俯下身看向地面,一开始还没看清那是什么。原来,那是一个鱼头,现在只剩下了骨架。它的眼窝深陷,鱼嘴大张,仿佛受到了惊吓。

强尼拿着一根树枝戳了戳它。

"鱼怎么会到这儿的?"我喃喃自语道。

罗伯特抬头看了看天,说道:"我觉得是鸟把它叼来的。"

"我要把它带回去。"强尼气喘吁吁地说。

我看着罗伯特,我们要制止强尼这么做吗?触摸鱼头会得病吗?不过,我看到罗伯特的嘴角上是挂着微笑的,也许他知道这是种什么样的感觉:在灌木丛中探险,不顾裤子沾上的污垢,在未知的新世界里寻找宝藏。

回家的路上，强尼还是走在我们前面，但这一次他对身边的环境就不怎么留意了。他似乎没有听到我们的声音，只是一言不发地走着，双手捂着肚子，护着那个捡到的鱼头。有时他似乎和鱼头在说话，但声音太小，听不见在说什么。

1812年7月10日

今天我们都在家，巴克斯特先生也在，可能是有什么事。今天他没去工作，我唯独没有看到伊莎贝拉的踪影。巴克斯特先生和我打了一会儿扑克，我弹了钢琴，陪强尼玩了捉迷藏。下午三点左右，我不想再看书了，也不想刺绣或者学习法语，我决定去敲敲伊莎贝拉的房门，不过，我并没有听到屋内有任何动静。走道中，我站在紧闭的房门前，想起了几个星期前第一次见到她的情景，她披着白色睡衣，白皙的脚有力地踩在地板上，仿佛涉水一般。突然间，房门打开了。

"我猜到了是你。"伊莎贝拉说，随后便转身走回了她的书桌。她刚才应该是在写信，墨水瓶是开着的，羽毛笔放在一旁，纸上的笔迹并不规整，笔锋尖锐。之后，她顺手用一本画集盖住了信纸，我想信上未干的字迹应该会被弄花，变成鬼画符吧。她站在原地，一言不发。我不知道当时为何自己有些肆意，竟直接进屋坐在了她的床上。毕竟，她的房间里还有一把椅子，而且，她并没有请我进来，也许是我觉得我有资格吧，毕竟我们一起度过了好几日的快乐时光，彼此间已经形成了难以言喻却极其重要的纽带。如果她选择一连把自己关在房间里好几天，我至少有权利知道她在做什么吧？她似乎也不惊讶，也没问我来做什么，只是看着我。她似乎和之前很不一样，在玛格丽特和布斯先生家时及集市上，她是那么的自由和友好，而现在我感到她身上散发着一种特殊的冷漠。

雨水敲打着她身后的窗户，仿佛有人站在屋顶上，往窗户上泼了一桶水。没想到普通的一场雨，声势竟有瀑布那么大。伊莎贝拉深深地叹了口气，也坐到了床上，和我一起。

"想吃点东西吗？"她指着一个托盘问道。托盘上放着茶壶、半个三明治和一个烤饼。

"你在做什么呀？"我傻傻地问。

伊莎贝拉微微一笑，回答道："在写信、读书、喝茶呢。"她看着我，眼睛中似乎包含了更多的言语，一种只有她会说的语言。

我问："想做点别的事吗？"我感觉自己的话像八岁的小孩儿说的，我怎么就不能干脆说出提议做的事呢？

"等等。"她说，随后站起身，蹑手蹑脚地走到书柜前，从最高层拿下一本书——《神圣的深渊》。她靠着床头板坐下，拍拍床铺，示意我坐到她身边来。

"这书实在太令人着迷了。"说罢，她便打开了书。她的声音里带着一丝温暖，我突然觉得有什么东西在眼前闪光。

她翻了一会儿书，最后在讲"水马"的那一页停了下来，对我说："快看。"书上写道，水马是最邪恶的水生生物之一，它会伪装成一匹普通的马，或者伪装成一位英俊的男士。如果它变成了普通马的形态，而恰巧有人骑了上去，那么最好不要靠近河流或者湖泊，否则它的皮肤会变得异常黏稠，并会立即带着骑马人到水流最深处去，骑马人只能在那里等待死亡的到来。人被淹死后，水马将吞噬受害人的身体。

我看到那页上画着一幅半人半马的插图，它长着一副马脸，胸部却像人类一样，但上面长满了鳞片。它的手臂是最令人作呕的：像是男性的臂膀，却长着锋利的、海草般粗细的爪子。

伊莎贝拉看了看我，脸上露出了欣喜的笑容。我也笑了。

"像这样的生物太多了。"伊莎贝拉说，"这里，或再往北去，直到西海岸乃至爱尔兰，都分布着这些生物，而我主要搜寻栖息在我们这一带水域中的。"

她的这一番话让我浑身起了鸡皮疙瘩。伊莎贝拉相信这些？我不敢问，她的想法很荒谬。我曾想当然地认为有思想的人不应该会相信神话或是神兽的存在，所以她也不会相信才对。但换一个角度思考这个问题呢？我才14岁，来自伦敦这样的大城市，我对生活又了解多少呢？我对世界其他地方又了解多少呢？如果我们不把看似不可能、无法解释的事情立即归为无稽之谈的话，生活是不是会变得更有趣呢？

"我们明天出去走走吧。"她大笑着对我说。

"我们要去做什么？"我问。

"如果天气好的话，我给你看些东西。你听说过格里塞尔·贾弗雷吗？"伊莎贝拉问道，她的眼睛瞪得又大又亮。

我摇了摇头。

"她是苏格兰最后的女巫，就被烧死在附近的火刑柱上。一百多年前，许多女巫被烧死在那里，她是最后一个。我要带你去那个地方看看，那里很特别。"她说。

我想着她去过那里多少次了，在那里做了些什么，自己也开始对那个地方有些好奇。伊莎贝拉的热情很有感染力，是的，我想去看看她说的那些，那些令人毛骨悚然、邪恶的东西。我想知道那些东西会对我产生什么影响。她带我去那个地方的时候，我的心会怦怦乱跳吗？晚上躺在床上我会有多焦虑？我能想象火刑的场面有多震撼吗？我想，但凡火舌经过之处，除了死亡，便别无他物了吧。

"他们过去常说，女巫只要给人一件物品，就可以对人施法。"伊莎贝拉扑闪着眼睛说道。

"什么样的物品？"我问。

"可以是任何东西。其实许多物品都带有这种魔力，无论如何，最好不要接受来自被怀疑为女巫的人的东西，这才是最明智的。如果接受了，女巫就能控制你了。"

我们又并排靠着坐了一小会儿，雨势逐渐小了，只能听到水滴溅到窗户上的声音。房间里很舒服，虽然壁炉里的火已经不旺了，但伊莎贝拉紧贴着我，还是让我感到了温暖。有时，我们随意地聊天，聊聊下雨，聊聊强尼对自然界事物的迷恋。有时，我们开怀大笑。我们说着话，互相紧挨着，却没看对方一眼，似乎都有些不敢。当她把头靠在我肩膀上时，我正打算问问刚才她在给谁写信，不过这似乎不关我的事，虽然心里有些不好意思，但我仍想知道，而且必须得知道。她的头很沉，热乎乎的，我闻到了她发丝上的香皂味。突然，有一种渴望在我身体里唱起了歌，就像一把闪着寒光的刀，以最温柔的方式，将我的小腹撕开。

"我曾经以为我能想到的一切都是真实存在的。"伊莎贝拉轻笑道，"无论如何，至少是可能存在的。我觉得这样才合乎逻辑。"她抬起头。

伊莎贝拉的热量瞬间从我身上消失了。

"如果那些稀奇古怪的动物、无耻卑劣的人可以存在于这个世界上，为什么我脑海中出现的可怕生物就不能呢？在我脑海里的生物，它应该也来自地球上的某个角落吧？"她看着我说道，很显然，她仍然坚信那些事情的存在，也渴望得到我的认同。而此时此刻，我却想到了我的父亲。我的父亲无所不知，无所不谈，能洞察一切。他知识渊博，因为他不停地阅读、不停地写作，没有人能超越他。过去，我一直很依赖他，他知道什么是真实，什么可能存在于世，他是我的指南。不过，我突然意识到他已经离我很远了，我身处于一个新世界中，身边有不同的人、不同的事以及不同的规则。从某种程度上来说，现在与父亲有关的事对我来说更像是故事，他身在伦敦，还是那么的理性、井井有条，有时会给女儿写信，他爱女儿的聪明伶俐，但不爱她胡思乱想。还有我的母亲，想起她又是另一桩故事了。母亲是睡前童话中不存在的故事，她有最甜蜜的吻，有最柔软的手臂，她不会离去，将永远陪伴着我，因为母亲在孩子们心里永远不会离世。而如果母亲离开的话，那么这个世界也就没有意义了。

"你母亲以前会为你读睡前故事吗？"我看着壁炉里的火，问道。火焰正慢慢蚕食着柴火，仿佛柴火变得坚韧起来了。

她好像没有听到我说话。在这里，没人谈论伊莎贝拉的母亲，就好像从来没有这么个人，好像只要闭口不谈，就能将她彻底遗忘。难道哀悼处在"拥有"和"失去"的中间地带吗？还是处在"记忆"和"遗忘"之间？我无法哀悼我的母亲，是因为我根本就没有关于她的记忆吗？

"我很小就可以自己读书了。"她说得很小声。

"但那之前呢？她抱你上床哄你睡觉的时候呢？"我问。

伊莎贝拉没有回答。房间里一片寂静，而我的心像着了魔一样在狂跳。她的手搭在我的胳膊上，手部皮肤似乎正传递着某种能量，以压迫、刺痛的方式渗入我的血液。

伊莎贝拉微微坐正，但手还放在我的胳膊上。

"我母亲从不念故事。她只会讲故事，她知道很多童话，也知道很多传说。父亲后来对我说，很多她讲给我听的故事，并不是从别人那听来的，而是她自己编的。"

"看来你母亲是个故事迷。"我说。

"她的确是。"她说。

我想问点什么，但始终开不了口，我想问问到底怎么回事，为什么家里没人谈起过伊莎贝拉母亲的离世，也不曾谈论她这个人。

"很遗憾你从没见过你的母亲，"她说，"我读过她的作品。她太聪慧了，也是一个很勇敢的人。"

我知道我母亲是个怎样的人，身边的人早已和我描述过，但我讨厌那种感觉。她是我的母亲，我应该自己去感悟她，我应该是最熟知她的人。但在我出生之前，无数的人就知道她是谁、她的模样、她的想法。还未等我睁开眼，看一看她的模样，她便离我而去了。我是她的女儿，但我却不知道她到底是谁。

我站起身，在房门口徘徊，伊莎贝拉只是静静地坐在原处，凝视着窗外。风还在咆哮，雨不停地下着，云朵早已没了任何踪迹。我打开门，准备离开时，她说道："明天，我们去格里塞尔·贾弗雷被执行火刑的地方。"

我点了点头。

1812年7月11日

"就是这里。"伊莎贝拉说。

我们站在山顶上,这里离邓迪不远,空气十分清新。天空又放晴了,但亮得有些刺眼。在山的另一侧是田野和农场。伊莎贝拉拉着我一只手,另一只手指向不远处的城市。

"看。你可以想象吗?格里塞尔被烧死在这座山上之前,身体被绑在柱子上,脚下堆着木柴,她看到的就是眼前这番景象。当木柴被点燃,火势越来越大,离身体越来越近时,你是否也能想象到火焰的灼热呢?她在这座城市生活了许多年,熟悉这里的一草一木,但人们却指责她使用巫术,甚至连朋友都背弃了她。临死前,她最后看到的就是这么一座城市。"伊莎贝拉说。

"为什么人们会认为她是女巫?"我问。

我无法想象。当年的人真有那么害怕巫术吗?

"我不知道,据说她的尸体被埋在附近的霍夫墓地。来吧!"伊莎贝拉说。

伊莎贝拉走在我前面,小路很窄。她的头发在明媚阳光的映衬下显得如此黑亮,光泽甚至刺痛了我的眼睛。

当伊莎贝拉推下墓地大门的门闩时,教堂钟楼正好敲响了十一点的钟声。随后,大门在一阵吱呀的刮擦声中被缓慢推开。我们沿着一排排的墓碑走着,伊莎贝拉边走边找,我则四处张望,看到了一位祖母的墓碑,边上是父亲、姐姐和孩子的,他们坟墓周围几乎长满了杂草以及苔藓。

"看。"伊莎贝拉喊了一声。她站在一块小石碑前,这块石碑与相邻的那块挨得很近,似乎没有过多空间留给这位墓主人。

这块石碑上的字迹已经很难辨认了,但仔细看的话,还是能够看到墓主人的姓名:格里塞尔·贾弗雷。除此以外,没有任何信息,没有生卒日期,没有别的文字或是祝福。

"她是什么时候被烧死的?"我问。

"十七世纪末。我祖母说我们是她的后裔。"伊莎贝拉回答。

"贾弗雷的后裔?"我惊讶地问道。

她微微地笑了一下,说道:"我祖母也是个故事迷。据说万一遇上麻烦或者不顺,给贾弗雷一些钱,她就会帮你摆脱困境。"

"在坟墓里帮别人?这女巫够厉害的。"我说。

伊莎贝拉笑了起来,说:"再见了,格里塞尔。"

说罢,我们便继续往前走去,临走时,我也回头低声说了句:"再见,格里塞尔。"

在墓地的最后一排,我看到了一座双人合葬墓。我停在它跟前,看见粗糙的石碑上覆盖着白色的苔藓。不过,墓主人的名字仍然清晰可辨:约翰·布斯(1752—1794)和埃莉诺·布斯(1756—1794)。

"这是布斯先生的父母吗?"我问道。与此同时,一种无法形容的不安刺痛着我的脖子。

"我想是的。"伊莎贝拉回答。她也走了过来，凝视着这块墓碑。

"他们同年去世，"我说，"你知道……？"

"我以为他没有家人呢。"伊莎贝拉说。

"每个人都有家人吧。"我说。

"他从没有提起过自己的家人。"伊莎贝拉说。

"你不是也从来没说过你母亲的事嘛。"我脱口而出道。

伊莎贝拉瞪了我一眼，说："我们回去吧。"

她没有等我，径直走向了大门口，一路上，都大步走在我前头。我想了一路，怎么才能收回刚刚说的话，尽管我确实想知道为什么她闭口不谈自己的母亲。这件事令我相当困惑，好像她刻意对我隐瞒了部分经历，我不知道这种感觉从何而来，但我想看清她的一切：她最黑暗的记忆、不羁的愿望以及最真实的想法。我想进入她的脑海，也希望她能进入我的大脑。我越想越生气，她这样无视我，是对我发火了吗？

然而，我的这次生气和在伦敦家中所经历的那些有所不同。在家里，我可能会因为许多事情而不悦。比如，父亲还要再忙"一小会儿"才能上桌吃饭，往往这"一小会儿"一晃就变成了一整晚；又比如，他压根没听我说话，但还要装模作样地点头；再比如，玛丽·简可能认为她现在取代了我的母亲，她就有资格管教我了；还有，克莱尔偷用我的信纸，五音不全却偏要唱歌将我吵醒；另外，玛丽·简刻薄地责备我父亲时，范妮只会像个布偶一样呆愣在一旁。有时，玛丽·简还会用力揪住我的上臂，不过片刻，指印形状的乌青便出现在了我的皮肤上。

但这次生气不一样，我感觉少了些许冲动，但多了数倍的伤痛。

这件事伤害了我，硬生生地将我撕开，我感到更加愤怒了。

我爬上了床，虽然离睡觉还早。我把被子盖在头上，想起了家，想起了伦敦，那里的事情多么简单啊。我会高兴，会生气，有时也会伤心，但至少事情都是明明白白的。而在这里，好像一切都悬挂在一根绳子上，没有什么固定的位置，一切都可能突然被风吹动，撞击到其他悬挂在绳子上的事物，而我站在其中，必须不断环顾四周，当一个现实触碰另一个现实，迸发出新现实时，我得小心翼翼，以免被压垮。

天开始下雨了，这是我下船后第一次想家，想念伦敦，想念自己的床，想念自己安逸的少女梦。

1812年7月18日

我已经好几天没和伊莎贝拉说过话了,也几乎没见过她。无论在走廊还是在厨房相遇,她的目光都会从我身边掠过。尽管如此,她似乎没有生气,她脸上的表情流露出深深的悲伤。有时,我想说些什么,但她已经走开了。我试着去读书,但始终无法集中注意力。我还是会和强尼一起玩,有时也会和罗伯特一起散步,但日子却变得漫长起来,苍白且平静。

我和强尼坐在后花园里。天气比较暖和,但天色却是灰蒙蒙的,阳光没什么温度。强尼给我表演了他所掌握的扑克魔术,比如让一张牌在指间消失再出现,猜出我抽到的是哪张牌,还能把红心五变成黑桃七。我觉得他是一个聪明的孩子,小小年纪却能够完成这些动作,我也和他这么说了。他笑了起来,然后摆弄了一下椅子上就放在他身边的什么东西。

我们又玩了一会,我教了他纸牌配对游戏的玩法,过去我常常和范妮一起玩。强尼激动得几乎都坐不住了,他对这个新游戏非常感兴趣,我在一旁忍不住笑出了声。随后,艾尔西来叫他了,他便跑回了屋子。

我不想站起身,不想去读书,也不想继续学法语。我只是静静地坐在那儿,听着附近果园里的鸟叫声。隔壁住着泰塞尔先生,他说他在果园里特意留了一棵树来喂鸟,鸟儿可以尽情享用这棵树上的果实,但其他树上的是绝对不允许碰的。我问他是如何做到让鸟儿远离其他果树的,他说鸟儿是聪明的动物,它们知道哪棵树可以去,哪些树不能去,否则就会被赶走。我觉得这是个奇妙的故事,不知道该不该相信他所说的。难道我现在听到的叽叽喳喳的叫声都是来自那棵树上的吗?

我想强尼应该不会回来了,于是打算把扑克牌收起来。有两张牌从小桌子上滑落了下来,当我弯腰捡起它们时,发现刚刚强尼坐过的椅子上放着一个鱼头。一时间,我动弹不得,那个鱼头直直地盯着我,它空洞的眼窝、大张的鱼嘴有些瘆人。我犹豫了一下,不知道该怎么做,我要把鱼头扔掉吗?一想到那东西在家里,强尼还拿着它玩,我就浑身不自在。但我也不想伤害强尼,他发现了这个鱼头,这个鱼头显然给他带来了乐趣。而且他拿它做过什么坏事吗?我不应该对此大惊小怪的。于是,我拿起鱼头,把它带回屋子里,它比想象中的更轻,也更光滑。在我的脑海里,一首歌曲正慢慢响起,虽然分不清到底是什么曲子,但我还是轻声地哼唱了起来。

※

"巴克斯特大型故事之夜活动特地为大卫推迟了一周,令人高兴的是,今天将继续进行!"巴克斯特先生大声地宣布。他脸色红润,目光炯炯有神,手中的酒杯已经满上了好几次。他站在壁炉前,还想再多说几句,调动起我们的情绪。可他醉醺醺的,时不时地需要扶着炉壁才能站稳,我们早已忍俊不禁。

玛格丽特这次也来了,她坐在罗伯特旁边的轮椅上,她是唯一没有笑的人。我什么故事也没准备，伊莎贝拉和我之间持续的疏远让我无法专心做任何事，那是段无聊并且充满忧虑的日子。伊莎贝拉很晚才下来，她坐在我旁边的沙发上，这是唯一空着的座位了。我时不时地看向她，想告诉她我想念她，而且心中还有许多困惑，但我却不敢说出口，只能这样看着。她没有回头，好像我不存在一样。

像往常一样，强尼首先开讲，他早已跃跃欲试，急切地想要坐到壁炉旁的凳子上去。他手里拿着鱼头，不时地抚摸着它。他的故事是关于一个小男孩的，他发现了一个鱼头，并带回家将它放在了窗台上。三天后，那鱼头竟开口说话了，小男孩当然很震惊。不过，这个鱼头很友好，他们最终成了朋友。故事结束后，强尼抬起头，高兴地看着大家。罗伯特表示这个故事特别有创意，非常不错，巴克斯特先生也同意他的观点。伊莎贝拉不想讲故事，她只是咬了几小口面包，大口大口地喝酒。然后轮到布斯先生了，他站了起来，手里拿着玻璃杯，开始慢慢地在房间里走动。他说多年前曾目睹过物理学家乔瓦尼·阿尔迪尼的一场演示。这场演示中，阿尔迪尼使用电流来刺激罪犯尸体上的某些部位，尸体竟短时间地复活了。

"尸体的下巴收紧了一下，它慢慢地睁开了一只眼睛，那只蓝眼睛直视着场下的观众，仿佛在抱怨着什么。这是不可能的事，但似乎这具尸体里还残留着一些生命，或者说尸体重获了生命。大厅里一片死寂，只能听到实验机器叮叮哐哐的运作声。阿尔迪尼本人似乎和观众一样深感震惊，他似乎忘记了正在给我们做演示，开始当场检查起尸体来，他把耳朵贴在胸口去听有没有心跳声，还给尸体抽了血。之后，现场传来一阵骚动，一部分观众想要离开，另一些人则争先恐后地挤到前排，想要看得更仔细。幸运的是，我人高马大，即使站在后排，也能看得一清二楚。我看得很明白，一旦电流的刺激停止，身体就恢复到了原先无生命的状态。阿尔迪尼无法做到起死回生。"

"讲得太棒了！"巴克斯特先生起身鼓掌，并说道，"这是则有趣的故事，但也同样耐人寻味。这又一次证明了，生命的气息是上帝的专利。没有灵魂，身体不过是一个空荡荡的器皿。"

布斯先生又坐了下来，他的嘴角浮现出愉悦的笑容。

格蕾丝端来了汤。我瞥了一眼伊莎贝拉，发现她一脸无助的样子。也许她也在想我，也许她的心境和我一样吧。

我们边喝汤边聊天，强尼偶尔会将汤勺送到张开的鱼嘴里，但没有人说什么。喝完汤，罗伯特讲了他从朋友托马斯那里听到的一则故事，说是阿伯丁附近有一间女童孤儿院，里面的孩子像动物一样被抚养长大。她们不允许说话，只能用四肢爬行，从地上的食槽里吃东西，并且不能洗澡。听着听着，巴克斯特先生的脸色越来越难看。

"就到这里吧。"巴克斯特先生说，他的声音很严厉，但并不坚定。

屋子里瞬间鸦雀无声。

"我想回家了。"玛格丽特轻声说道。

布斯先生吩咐马车送她回了家。故事之夜虽然结束了，但他还想多待一会儿，巴克斯特先生对此没有意见，当然，他也从未反对过布斯先生什么，他自己先上了楼，让罗伯特把强尼哄上床。

布斯先生、伊莎贝拉和我坐在炉火边，我们沉默了一会儿。然后伊莎贝拉轻声说道:"我觉得这是一个很好的恐怖故事。"

我点了点头。

"我也这么觉得,"布斯先生说,"这故事确实不错,还挺吓人的。伊莎贝拉,你家人有这方面的天赋,就连小强尼也开始学讲故事了。"说罢,他笑了起来,然后看向了我,问道:"玛丽,你不想讲些什么吗?我非常欣赏你上次讲的'鱼之瞳——玛丽安'的故事。"他笑得更开了,这样的笑容让人感到安心,从他灰色的眼睛里也能够看出,他很愉快。

"谢谢您,"我说,"但这次我什么也构思不出来。"

"有点遗憾啊。伊莎贝拉,你觉得呢?"布斯先生问道。

伊莎贝拉似乎本想耸耸肩,可还是看着我,半开玩笑地说道:"是的。这可太遗憾了!"

我突然大笑起来,可以看到伊莎贝拉正努力地憋住笑声。我的压力瞬间得到了释放。

"你们听说过德鲁拉梅斯吗?"布斯先生问道。

伊莎贝拉也如释重负一般,她拿起脚边的酒瓶,给我们倒满了酒。

我摇了摇头。

"这是一个非常久远的故事,至少可以追溯到四个世纪以前,流传于某些地区。德鲁拉梅斯是一种可以活很久的海怪,是地球上最古老的生物,几乎与地球同岁。它体型不大,不像尼斯湖水怪那么庞大,和你我的体型差不多。德鲁拉梅斯的奇特之处在于它可以听懂人说的话。你们知道,大多数怪物都非常蠢笨,但它却能理解你说的每一个字。它还拥有无与伦比的听力。如果有人站在水边说话,即使身处几英里外的海洋之中，它也能听到这声音。"布斯先生说。随后，他拿出一支烟斗，点燃，那股烟味熏得我喉咙发痛。布斯先生靠回椅背，喝了一口酒，露出灿烂的笑容。伊莎贝拉的眼睛一直盯着他，布斯先生继续说道："德鲁拉梅斯喜欢待在最深的水域，最黑暗的海底，在那儿倾听海滩上、港口里、船舶上的所有谈话。它想了解、认识人类，这不是没有理由的。"

我听到走廊里传来了声响，可能是艾尔西，也可能是格蕾丝回自己房间关门的声音。这时大约十二点了，布斯先生又吸了一口烟斗。

"德鲁拉梅斯认识你后，危险也就悄然接近了。一旦它了解你的恐惧、梦想和愿望后，就会在夜晚呼唤你。它的声音很微弱，只有你能听到。它不会把你从睡梦中叫醒，而是把你带入一种沉睡的状态。在那个状态里，你会起床，开始走路，它的声音会把你引向大海，到了那儿你才会醒来。不过，它并不会引你下海，而是让你自己做出选择。在海边，它会让你看到生活会变成什么模样：你所有的恐惧都会成真，梦想会在大海的泡沫中破灭。你生命中的每一刻都会充满恐惧、痛苦、悲伤和失落。或者，可以随它一起进入海洋，那又是另一番景象了：你可以感到脚面上的水波柔软细腻、温热清澈、令人舒适。走得越深，大海就越紧紧地抱住你。你义无反顾地潜入水中，去它所在的地方。呼吸不再有任何意义，而你觉得此时才是幸福快乐的。终于，它出现在你的面前，用舌头舔舐着你的太阳穴，与此同时，你的心脏会在胸腔里沉重地跳动起来，持续数小时之久。伴随着每一次心跳，身体就会消失一部分，直到你不复存在为止。"

我们一声不吭地听着。布斯先生看着我们的样子,哈哈大笑起来。

伊莎贝拉喝了一口酒,在沙发上盘起了双腿。

"这是一个人人都知道的故事吗?"我问。

"算是吧。这是一个很久远的故事,现在很少有人讲了。只有邓迪最年长的居民才会记得它。玛丽,你喜欢这个故事吗?"他很友善地看了我一眼,此时的他看上去很年轻,仿佛比我还小,脸上洋溢着一种孩子的喜悦。

"好了,我得走了。我到家了,玛格丽特才会安心。"他站了起来,伊莎贝拉和我一起走到了大厅。他拿好帽子和大衣,亲吻了我们伸出的手,他的吻很温暖,也很痒。到了屋外,他坐上一辆马车离开了。

伊莎贝拉和我坐在炙热的余烬旁,等待炉火完全熄灭。我一直想问她,我们是否已和好如初了,但我不知道该如何开口,而且,我总感觉芥蒂并未完全消除,我只是希望问出这个问题后,我们的关系就会转好。最终,我说了一句:"对不起。"

她抬起头来,说道:"对不起什么?"

"我说了你,说了你母亲的事。我不是有意伤害你的,我以为我们是朋友,可以互相倾诉心中的事情,一切事情。"我说。

伊莎贝拉没有看向我,她深深地吐了一口气,脸色看起来很阴沉,她问我:"你来这儿也几周了,你有没有见过我和其他人说话?"

我想了想,除了礼貌性地打招呼,她确实不太和其他人讲话。除了有时同布斯先生说两句外,只有上次去她姐姐家时,和玛格丽特说过话。

"玛丽，你没发现吗？我其实只和你交谈，你是唯一的那个人。我不想谈论我的母亲和她的死，这太黑暗了。谈起这些事，情况只会变得更糟。夜里，我会想起她，那时恐惧便会萦绕着我，你根本无法想象这种情景。但在白天，我不想和这些事有任何关联，只想好好地和你聊聊鬼怪的故事，和你一起散步，一起欢笑。请相信我，如果我想找人谈论我的母亲，那人一定是你。"她仍然没有看向我。她眼中映出了快要熄灭的火焰，房间里变得昏暗起来。

"对不起。"我重复了一遍。

她依然没有看我，只是把手搭在我的胳膊上，脸上露出了微笑。

"我们刚刚应该问下布斯先生，他之前在集市上做什么。"我说。

"也许，不让他知道我们看见过他，对我们才好。"她说。

说罢，一股阴暗的感觉涌上了我的心头。"你为什么会这么想？"我问。

伊莎贝拉沉默了，她始终没有正眼看过我。片刻后，她问道："玛丽，我们和好了，是吗？"

我点点头："是的。"

"你不生我的气了吗？"她问。

"我爱你。"我尽可能平静地说出这句话。我看着她搭在我胳膊上的手，那手突然短暂地颤抖了一下。

终于，她看向了我。那一瞬间，我甚至以为她要哭了。然后，她把我一把搂进怀里，嘴唇紧贴着我的脖子，低声说道："我也爱你，亲爱的朋友。"

晚上，伊莎贝拉睡在我的床铺上，我们挨得很近。伊莎贝拉几乎倒头便睡着了，而我还清醒着。我躺了一会儿，听着她深沉的呼吸。每呼吸一次，我便更爱她一些；每呼吸一次，我都会产生失去她的恐惧。

1812年7月23日

今天天气异常炎热，我们来到一片草地暂时躲避高温。在大太阳底下，我们已经走了将近一个小时的路，浑身汗流浃背，口干舌燥，早已精疲力尽。穿着靴子实在太热了，于是我们解开鞋带，从湿透了的脚上脱下靴子，褪去长筒袜，光着腿躺在草地上，青草尖扎在腿上感觉痒痒的。这又怎么样呢？我们在山上，周围并没有其他人，几个小时都没有见到路人。我们周围的生命只是些昆虫、绵羊、鸟类和偶现的兔子，当然还有绿头苍蝇。这些苍蝇总是停在我们身边，在伊莎贝拉的头发上，在我手臂的红疹上，在我玻璃杯的边缘，我的杯子就放在野餐布上。

"我们应该再也不穿袜子外出。"伊莎贝拉说。她将一缕散发撩到耳后，然后又打了个哈欠。

"我们应该再也不穿紧身胸衣外出。"我接道，脸上尽量做出严肃的表情。

"没错！"伊莎贝拉用力点了点头。她站了起来，背对着我说："帮我一把。"

"是，女士。"我戏谑地说道，然后微微鞠了个躬，解开了她长裙背后的丝带。

她将长裙褪到腰部，说道："帮我把这个解开好吗？"我解开了她的蕾丝系带，她随后脱下了紧身胸衣。此时，我已不得不直视她的身体，她脖子以下有些细小的红斑点，她的乳房在我眼前一闪而过，白皙、坚挺，乳头也是粉嫩的，用眼睛就能感受到她胸部的柔软，她的身体好似一幅波提切利的画作，真切地在我面前呈现。我看着她的脸，她满面笑容，眼睛闪烁着狡黠而愉悦的光芒。"再系上这个就好了。"她对我说道，她穿上长裙，我重新为她系好丝带。

"你呢？"她问道。

我随即转过身。她的手指抚摸着我的后背，呼吸慢慢靠近我耳边，苍蝇落在我的鼻子上。我脱下长裙，乳房和乳头毫无拘束地裸露在世间，一股自由感深深地贯穿了我的全身。我就像脚下的小草，或是一棵小树，可以随风摇曳。她把我拉近，用手盖在我裸露的小腹上，我此时的心跳仿佛失去了节奏。她在我耳边说："你真漂亮。"我能感受到阳光、空气抚摸着我的腹部，我的乳房。之后，伊莎贝拉把袖子套回了我的手臂上，为我穿好长裙。我转回去，此时此刻的我们都是自由的。

"我去解个手。"我说。

伊莎贝拉躺回草地上，四肢舒展，她喝了一小口酒。我从她身边走过，走向远处的岩石堆。我看了看脚，它们毫无拘束地在草地上行走着，脚趾缝里渐渐满是泥巴。我们再也不用穿紧身胸衣了，再也不用穿长筒袜了，我们要尽情地放松身体。我可以再次自由、随心所欲地深呼吸了，呼吸间，我能看到肚子的起起伏伏，宛如那里是一只有思想的动物一样。我绕着那块岩石，走到了伊莎贝拉看不到我的地方，环顾四周，依旧四下无人。然而，我却听到一种陌生的声音传来，听起来像是动物的叫声，但又像人类的声音，短促而原始，仿佛在克制着。我抬起头，怀疑是一只猛禽飞过。突然，我从眼角的余光里发现了动静，有什么东西好像蹲在岩石缝中，它的身材比例和人类类似，但明显更高大，更魁梧。它的皮肤黝黑，背部和腿上长有毛发，手臂很长，像猿猴一样，但又不是猿猴。它的脑袋很大，脸上的皮肤很粗糙，长着类人的五官，只是不太协调：小眼睛、小鼻子，但嘴巴却很大。突然，那怪物张牙舞爪起来，似乎想在岩石之间以及那个岩洞里做点什么，但我看不太清。我试着调整了下姿势，却发现已经吓得控制不住自己了。我战栗着，从灵魂深处发出战栗。如果它回头的话，该怎么办？它会看到我的，它不会对我视而不见的。我想起了伊莎贝拉和我一起想象的所有怪兽，想起了在玛格丽特和布斯先生家中时讲述的所有故事，有夜晚在床上讲的，也有白天在花园里讲的。我又想到了《神圣的深渊》，这本书对海怪的描述那么逼真，就好像作者见过它们、认识它们一样。我还想起了童话故事，想起了克莱尔和我在伦敦的家里，在我床上借着烛光互相讲述的鬼故事。也许所有这些恐怖故事并不像我们在成长过程中了解到的那样，都是捏造的，所有孩子都相信女巫、鬼魂以及恶魔的存在。而随着年龄增长，我们不再相信这些事情，或许是因为我们不敢继续相信它们存在于世。但也许孩子们才是对的，他们能够看到成人看不到的世界，因为成人的世界经过了认真细致的遮盖和包装。或许，也只有孩子才能看到完整的世界，看到世间万物，看到"信则有"的一切。

我试着平复呼吸，蹑手蹑脚地离开岩石堆。等离开一段距离后，我赶忙跑回伊莎贝拉身边。她看着我的模样,哈哈大笑起来,并给我递了酒。

"真的,"我气喘吁吁地说道,"你一定要去看一下。"

她一边咯咯地笑着,一边跟我走到岩石堆。我告诉她要非常安静,不要笑,也不要说话。她直直地盯着我,我想她应该已经意识到我刚刚是认真的,我确信刚刚看到了怪物。两分钟后,伊莎贝拉也相信了。我们躲到了一块低矮的岩石后面,观察它的动静。

"看那手臂,"我轻声说,"还有它的头。浑身长满了毛发,体型多么魁梧!快看,我觉得他正在劈砍什么东西,也许是木头。你看到它那身肌肉了吗?"

伊莎贝拉看着眼前的这一幕,气都不敢喘了。我们在那儿站了很久,我注意到她的眼光死死地盯着那个怪物。我抓住她的手,试图把她拽走,拽回我们熟悉的世界,在那里我们可以谈论我们所看到的,或者我们想象中所看到的,但她不愿离去。她似乎想确保这个怪物不会突然凭空消失。过了很久,她看了看我。我无法判断她刚刚在想什么,她的感受如何。她是害怕吗?还是疑惑?还是对眼前的一切难以置信?

"这……"她沉默了一会儿,然后说道,"玛丽,这太不可思议了。"她双手捧着我的头,亲吻着我的脸颊。

那天晚上,我做了一个梦,梦境很模糊,但仍能感受到它的恐怖。那个梦更像是一种氛围而不是情境;更像一种感觉而不是事件。我还记得有东西一直在嗡嗡作响,整个梦中我都在疑惑那是什么,直到它停在我的脸颊上,原来是只苍蝇,它就停在伊莎贝拉亲吻我的位置。我的脸上有一个创口,那只苍蝇就从这里吃了起来。

1816年5-6月
日内瓦，科洛尼

什么东西想活下去,什么东西在守望

玛丽站在沙滩上。她知道,这一切并不太真实,但却可以真切地感受到脚趾间的沙粒,也可以听到海鸥的叫声,担心着某种存在的到来。太阳刚刚没入海平面,天空呈现出蚯蚓般的紫红色。她来这里做什么?突然,在她的跟前,一个男孩坐在沙滩上,正在用一根树枝在沙子上画画。虽然看不清他的脸,但她确定认识他。

"强尼,"她问,"是强尼吗?"

他点点头,但并没抬起头。

"强尼,你好吗?"她继续问道。

"不错。"他边回答,边用树枝画着,脚下的沙滩上留下了道道的划痕和条纹。

"其他人在哪儿呢?"她追问道。

强尼继续在沙子上画着。

"能抬头看我一眼吗?"她有些着急了。

他摇了摇头。

"为什么不抬头呢?"她跪坐在沙滩上,把手搭在他肩膀上,但强尼扭开了身子。

她不明所以:"发生了什么事?"

"你不是玛丽。"强尼回答道。

这一刻,她意识到了,她觉得强尼说的没错,她也有同样的感觉,这张脸孔不属于她,双手也不属于她,那双被沙子困住的双脚也不属于她。她听到自己开始哭泣,至少她认为她是在哭,然后她看到了,有什么东西突然掉了下来,她却放开了手,那是件重要的东西,然后一切都变得黑漆一片。她窝在毯子里,不知看到了什么,但伴随着每一次心跳,她能感受到它的存在。

她擦了擦哭湿的脸,过了许久,才平复下来。

她身边没人。这是当然的,小威廉和埃莉斯待在查普伊斯小屋那儿。

"珀西?"她喊了一声,房间里空荡荡的。玛丽的声音听起来很疲倦,她还没有清醒,还没准备好迎接朝霞和露水,还没准备好与克莱尔、珀西、约翰以及阿尔贝交谈,她什么都没准备好,她的声音、思绪、身体都没有做好准备。由于昨晚喝多了,她的胃疼痛难忍,就像老鼠在她腹中打洞般钻心地疼痛,太阳穴也随着脉搏一次次地跳动,苍白的手不住地颤抖。

她开始想象每个人在床上躺着的姿态:阿尔贝身体半裸,打着呼噜仰面朝天;约翰笔直地坐在床边,一动不动,生怕自己会呕吐;克莱尔趴在床上,睡得很沉,枕头上还有一摊口水。珀西,在克莱尔身边,但并没有贴在一起,因为有人在他身边时,他会睡不着。还是说,只有玛丽在他身边时,他才无法入睡?可能吧。毕竟珀西把一只手放在了克莱尔腰下。

而玛丽自己醒得太早了。她总是这样,即使生着病,哪怕以后临终时,只要过了六点,她就睡不着了。迪奥达蒂别墅的百叶窗要比查普伊斯小屋的好，光线几乎无法透过，而且，房子周围的高大树木也在这方面发挥了作用。身上的毯子感觉湿漉漉的，过去几周的雨水已经渗透到房子里。

突然传来了一阵敲门声。玛丽猛地坐了起来，将毯子整齐地裹在身上。

"是谁？"玛丽问道。

原来是克莱尔，她穿着和昨天一样的长裙。这是当然，她们昨天没有回家，但玛丽看得出来，克莱尔是穿着这身裙子睡觉的。克莱尔爬到了玛丽床上，把头靠在她肩膀上。

"你现在感觉怎么样？"克莱尔问道。

"嗯。"她只说了这些。好吧，她也不知道为何看到克莱尔就如此讨厌，即使克莱尔没做任何恼人的事情。

"昨晚我实在睁不开眼了。珀西说你们每个人都要写一个鬼故事，是吗？"克莱尔问道。

珀西什么时候和她讲的？当他爬到克莱尔床上，闷闷不乐，满腹心事，紧贴着她后背搂住她的时候？难道他认为克莱尔才是自己的最爱？就因为克莱尔对他没有任何要求，还是因为他还没得到她呢？

玛丽点了点头。

"你也打算写一个故事吗？"克莱尔问道。她哆嗦着依偎在玛丽身旁。

玛丽心中已经有了一些灵感，她将这些想法慢慢地沉淀下来，为创作鬼故事做好准备。不过，这些灵感野性十足，可能会愤怒地撕咬她；但它们又极其脆弱，甚至可以轻而易举地用手捏碎。因此，玛丽还不敢轻易地去触碰它们。

"你也会加入我们吗？"她看着克莱尔问道。有那么一瞬间，她感受到了那份难得的亲情，不仅对威廉和珀西，还有对克莱尔的。她希望克莱尔能给大家带来一个故事，一则让男人们都拍手叫好的故事，也希望所有人能对克莱尔刮目相看，让她自己也对克莱尔刮目相看。

"我可不敢参加，"克莱尔说，"讲鬼故事不适合我。这对男人来说才有意思。"她脸上挂着尴尬的笑容，又补充道："当然，你也适合参加。"

玛丽掀开毯子，下了床，套上长筒袜，穿上紧身胸衣。

"要我帮你一下吗？"克莱尔问。

她总是让自己接受别人的帮助，但她很孤独。

※

下雨、下雨，还是下雨。玛丽回到了查普伊斯小屋，她坐在床上，将阿尔贝的手稿放在膝盖上，威廉则躺在她身边。她需要两支蜡烛，因为屋外又是没有白天的一日。她在读书，她在思考，时不时地还对着小威廉说说话。小家伙紧紧握住拨浪鼓，好像这是他的命，有时他会不由自主地摇晃它，但突然的鼓声还是会吓他一跳，他似乎忘记了，这鼓不是自己身体的一部分。不过，他既没有松开手，也没有哭闹，可能小小的刺激总会让人产生喜悦吧。

玛丽每天都要看到这个小家伙，他们之间有着千丝万缕的联系，但他对她而言却是个谜。她明白这并没有什么关系，就像有时自己并不了解自己一样，完全解读一个人不是神圣无比的，爱和自我认知往往模糊不清。她不了解小威廉，或许正说明了他是她的亲骨肉。

她有时会给他唱歌，唱《蓝色薰衣草》和《柑橘与柠檬》，有时她也会现编曲子，里面有可爱的小动物，也有着优美的歌词，这是属于他们的歌曲，只属于他们俩。

阿尔贝的书稿写得非常好，她简直提不出一点不同意见。这让人犯了难，她不想给人留下没仔细阅读的印象。

珀西脸上带着微笑闯了进来，但当他看到玛丽正在读书稿时，不禁皱起了眉头。他径直走到床边，在威廉旁边坐了下来。珀西让他握住自己的手指，冲他微笑，然后说道："嗯？"

当然，这句话算不上是个问句。玛丽抬头看了看珀西，但珀西却没有看她。他希望玛丽从阅读和写作中抽出身来，给予他应有的关注。珀西不善于寻求关注，因为他习惯受到关注。

"我觉得这写得非常非常好。"玛丽说。她看见珀西的鼻翼微微动了下，却没做出其他任何回应。玛丽继续夸赞："阿尔贝知道如何诗意地去讲故事。依我所见，他的文字表述符合诗节中的韵律规则。而且韵律在故事中的形式很恰当，几乎没有比这更好的行文方式了。"

玛丽看不出她对阿尔贝的赞美是否真的让珀西难堪了，但她怀疑有。珀西把手放在了她的脚上，指尖滑过她的袜子，随后慢慢地向上抚去，进入越来越敏感的区域。这是一种爱抚，无疑是他的本意，但又感觉像是一种要求。她的确有渴望，但又觉得不应该抱有这样的渴望。让他来求求我吧，她脑中这样想。此时，她的腹中好像传来一阵嘀咕声："来吧，来吧，脱掉袜子，不要抵抗了。"玛丽向来不擅长反抗，因为她心中的欲火太旺了，也太爱珀西了，一直以来都是如此。

珀西穿上衣服，亲吻玛丽后，便离开了。屋外，雨还在下，仿佛源头的水取之不尽、用之不竭。他们永远战胜不了雨水。雨水会渗进看不见的缝隙里，让衣柜下、床背后、靴子里，甚至酒里都会滋生霉菌，而雨水也透过眼睛、耳朵和说着话的嘴，进入了她的体内。现在，她的体内充满了雨水。慢慢地，她开始感到阵阵凉意袭来。她钻进毛毯，给威廉也盖上了一层，然后紧挨着他躺了下来。她看见威廉饱满的小嘴唇一张一合，像是在说话，又看见他眼皮上纤细的血管，那是流淌着生命的细丝。她还记得同样的细丝，她的女儿也有，同样纤弱。她的女儿很完整，虽然生命已经走到了尽头，但很完整。当她身体变冷时，这些细丝仍旧带着颜色，但生命已经停止了，他们把她带走了。她呼天喊地，她苦苦哀求，她责备自己。刚开始的那几晚，她总是忘记女儿已经走了。不，不是忘记，她只是觉得一直都没发生过。那几晚，她的孩子还活着，每天晚上都会用力地吸吮玛丽的乳头，虽然非常疼，但她甘之如饴，这是属于母亲专属的疼痛，与幸福无异。而每日醒来，发现疼痛已不在时，她便意识到，女儿已经不在了，伴随着痛苦一起消失了。生活就这样被击垮了，暗无天日，阴雨连绵，寒冷刺骨。炉火、热茶、暖水袋，这些都无济于事。那几个星期，珀西尽力了，他陪伴着她，为她洗澡、亲吻她。但她不想洗澡，也不想被亲吻，她想回到孩子还在世的时候，她希望自己那时能保持清醒，如果可以的话，她愿意永远清醒着，这样她才能听到死亡的来临，她要把女儿藏在她的床上，怀抱在自己的胸膛里，盖上被子。她会用自己的生命让她活着，让她温暖。她的孩子之所以离开了，是因为她的生命之火熄灭时，没有人重新将它点燃。她当时孤身一人。

从那时起，玛丽的床就成了一张临终床，在她的脑海中，母亲去世时也躺在这张床上。生产后的第一个晚上，母亲的目光呆滞，定格在木制家具的装饰花纹上，神志不清地认为女儿已经不在人世了。第二天夜里，她又梦见自己时日不多，会留下女儿一个人，这不是她的错，而是她女儿的。第三天夜里，她的床下出现了一个怪物，她能听到它的咆哮声，但她丈夫却听不到。那只怪物想要带走她，或是她的孩子，她可以选择。但选择早已做出，因为她是一个母亲。

玛丽很孤独。

※

今天的意大利语课上得并不顺利。约翰虽然很努力地在教，但玛丽还是发现他有些心不在焉，她也是如此。于是，她把书收了起来，叹了口气。

她问道："有什么事困扰你吗？"

他们坐在迪奥达蒂别墅的书房里，壁炉周围放着四张扶手椅，约翰躺坐在其中一张里。在他们身后，是七个摆放着意大利语书籍的书柜，面前的七个书柜则放了德语书籍。门边的柜子上摆满了各种物品，有小雕像、花瓶、绘画等。房间里还有两扇高而窄的落地窗，窗外树木葱郁。仔细看，还可以透过树枝的间隙看到远处的湖水。玛丽和约翰就借用这间藏书室上意大利语课，她也奇怪为什么大家不常来这里坐坐，珀西和阿尔贝很少来，而克莱尔从不会来这种地方。

"恐怕我已经要输了。"约翰的眼睛扫视着书柜，说道。

"要输了？"玛丽不解地问道。

"要知道我是在和阿尔贝以及珀西比试,我怎么可能写得过他们呢?"约翰略显失望地说。

"他们也从来没写过鬼故事。他们只是诗人,不是小说家。"玛丽鼓励道。

"他们的写作经验比我丰富得多。"他瘫坐在椅子上,好像已经失败了。

"鬼故事是需要原创的,关于精神力量,要让人毛骨悚然,产生恐怖的感觉。他们在这方面并不一定不比你强。约翰,你的梦里出现过什么怪物?你知道哪些噩梦?你应该把它们写下来,这才是关键。"玛丽说道。

约翰身体前倾,稍稍坐正,脸上露出了一丝微笑,右眼微微眯起,他问玛丽:"你打算写什么?"

轮到她自己,她却对自己刚刚给出的建议心存疑虑,近来一直反复思量,并未付诸实践,她用笑容掩饰住这些忧虑,说道:"我还不太确定。"

约翰站起来,略显不适地说:"你不介意吧?我的偏头痛又开始折磨我了。我需要休息一下。"

"当然没问题。"玛丽回答。

"那明天我们继续,讲解词形变化。"他鞠了一躬,玛丽也不确定他是不是认真的。通常,他会亲吻玛丽的手,但从他的状态不难看出,完成这个动作也很费劲。

玛丽靠向椅子的一侧,闭上了眼睛。她的故事要讲述世界上存在着的最可怕的东西,关于情感欲望、生离死别、忧愁悲痛。但目前,在她面前还有许多阻碍,还不能将它们一一推开。有一个想法,已经存在很久了,差不多有几个世纪,自从地球苏醒以来,它一直盘桓着。这个想法已经见过玛丽,已经选择了她,但玛丽还不敢去瞭它一眼,因为时机尚未成熟。一旦看上一眼,她将不得不面对它的全貌,它不仅是叙述中暗含的奇妙真相,古老而新生,使人胆寒颤抖,而且还是暴戾强横的、嘶吼着让她睁开眼睛的东西。这一切都是真实的。

这是个梦。她坐在迪奥达蒂别墅的藏书室内,闭着眼睛,侧靠在椅子上,天啊,她越来越消瘦了。约翰因为严重的偏头痛上了床,他侧躺着身子,蜷缩起腿来,双手捏住枕头,他的脸颊已被泪水打湿。阿尔贝坐在书房里,哼着歌,满脸笑容地看着自己写的诗。这首诗滑稽、粗俗,就像是个笑话,还挺别具一格的。他吸了一口烟斗,还想喝些酒。在客厅那边,珀西坐在窗边的红色扶手椅里,腿上放着一本卢克莱修①的书。不过,他没有在读书,而是看着克莱尔,她躺在壁炉前的沙发上,双臂搭在扶手上,胸部伴随着呼吸起起伏伏。她睡着了吗?克莱尔知道珀西在看她,她的皮肤可以感知到这一点,她经常问自己,她到底需要什么,她没有确切的答案,但可以肯定的是,她只想得到还不属于她的东西,一旦得到了,就会去追求别的东西,她永远不会满足。在查普伊斯小屋,埃莉斯正在给小威廉喂奶,因为长期哺乳的关系,她并不感觉疼,乳头已经很硬了,上面甚至长出了茧子,这才是母亲的乳头,正因为埃莉斯是母亲,所以这对乳头才知道该怎么哺乳,它们大小合适,小威廉每次吮吸都能获得分量恰到好处的奶水。和埃莉斯在一起,他不会

---

① 提图斯·卢克莱修·卡鲁斯,古罗马诗人、哲学家,以哲理长诗《物性论》(*De Rerum Natura*)闻名。

窒息，也不会哭闹。她对他很好，但他却不是她的孩子，她和他都能感觉到这一点：这不是他母亲的奶水，而是来自一位善良女士。

玛丽突然坐了起来，她似乎听到了什么，是克莱尔在哭，也可能是尖叫，或是在哭天喊地。她揉了揉眼睛，走到阿尔贝的书房，声音就是从那里传来的。那是阿尔贝的声音，语气激烈，但又压低了声调，所以玛丽没听清他在说什么。门是虚掩着的，克莱尔抽泣着说了些什么，玛丽也没听清。

她该进去吗？就在这时，她听到一阵脚步声正慢慢靠近。她躲进了隔壁的房间，那里很黑，百叶窗是关着的，几乎什么都看不见。她听到了珀西的声音，他问了一个问题，克莱尔随即哭了起来。阿尔贝接着说了些什么，简短而大声。然后，门砰的一声关上了，走廊上，两组脚步声越来越远，克莱尔的抽泣声也是。玛丽犹豫不决是否要去阿尔贝那里，最终好奇心占了上风，于是她敲响了阿尔贝的门。

"又怎么了？"

玛丽想，他应该是以为克莱尔又来了。当他看到是玛丽时，他的目光柔和了下来。他叹了一口气。

"你打她了吗？"玛丽问。

阿尔贝笑道："我永远不会打你妹妹的。"

"是继妹。"玛丽说。

他们都没说话。阿尔贝的烟斗没有点着，案头上也没有诗作，只有一本打开的书。

"我真的很喜欢她。"阿尔贝说。

她觉得阿尔贝是认真的。他的浓眉使得表情更显严肃，她没怎么见过这样的阿尔贝。

"她就像是阵轻浮的风。拉着你，拽着你，在你耳边喋喋不休，往你脸上吹气。她想要的太多了。"他望着玛丽说道，"很抱歉。我不是有意说你妹妹坏话的。不，你的继妹。"

玛丽站在这位诗人的桌前。他看着她的眼睛，她看到了他对她的尊重。这种尊重与他给予大多数女人的尊重不同。为什么她如此与众不同呢？为什么她可以与这位大诗人平起平坐呢？他把她当作男人看待了吗？

"我去看看她。"她说。还未等阿尔贝开口，她便离开了。

玛丽本以为他们会在一起，但克莱尔是一个人，天知道珀西去哪儿了。克莱尔抱住双腿，蜷缩着坐在木制长椅上，悲伤压垮了她的肩膀。玛丽在她身边坐了下来，把手搭在了她一侧肩膀上，她的肩膀温暖而紧绷。过了一会儿，克莱尔的呼吸平静些了，她抬起头来，眼眶是红的，眼白也泛着淡淡的粉红色。随着一声沉重的叹息，她倒向了玛丽，玛丽没想到她会这样，木然地伸出手去搂她。

"他真是个可怕的人，"克莱尔用微弱、不稳定的声音说道，"天哪，玛丽，可我还是爱他。"

你当然是了，玛丽心想，然后她便为生出这样的念头讨厌起自己来。有时，爱上克莱尔不是一件容易的事，玛丽尽力而为了，不是吗？有时，玛丽确定她是爱克莱尔的，她是她的妹妹，但多数情况下并不爱。也许如果她牢记克莱尔也会胆怯，像正常人那般，而不是歇斯底里式的，玛丽就会疼爱她了。因为每个人都害怕，包括克莱尔，因为每个人都是人，克莱尔也是。

克莱尔留在了迪奥达蒂别墅，坐在玛丽身旁，板着一张脸，喝着玛丽酒杯里的酒。她没看向阿尔贝，尽可能地不看他。而珀西和约翰似乎也没有注意到克莱尔的冷静。今天下午，珀西便开始服用鸦片酊，他现在有些兴奋，手舞足蹈地哼着歌、咧嘴笑。

"就是这本书。"阿尔贝举起一本书，玛丽也了解这本书。"这是塞缪尔·柯勒律治写的，在出版前，我就有幸读过。特别是这首诗，太棒了，读起来令人毛骨悚然。"阿尔贝说。他看了看玛丽，笑了起来。这就是他们的共同点。

"灵感来了！"约翰边喊边拿着两瓶酒走进客厅。

"你说的是酒还是诗？"阿尔贝正翻阅着书。"看这里，"他说，"我指的是这首。"

约翰把酒瓶放在地上，坐在了玛丽身旁。他靠得很近，望着她。他想要什么？是掌声吗？

阿尔贝大声朗读起这篇诗歌，玛丽也曾读过。柯勒律治写得很好，内容很恐怖：午夜时分，一个叫克里斯塔贝尔的年轻女士，准确地说，是个女孩，在森林里遇到了一个楚楚可怜的女人。克里斯塔贝尔将她带回了家。女人脱衣服时看着克里斯塔贝尔，想亲吻她，想让她躺在自己怀里。女人的丝袍滑落在地。啊，天哪，她根本不是女人，她面目可憎，是个女巫！

珀西尖叫了起来，这是玛丽以前从未听到过的声音。就在刚才，他还坐在地板上，仰着头专注地听着。而现在，他把头埋进了自己的臂膀，呻吟了起来，他哭了。玛丽坐到了他的身旁，想去搂住珀西，但他把她推开了。

"我的天啊！"阿尔贝站了起来，把珀西拉到壁炉边的一张椅子上。"雪莱，怎么回事？"

珀西答得含含糊糊的,但仍可以从尖锐的声音中听出充满了恐慌。约翰跑到厨房拿水,克莱尔坐到珀西的另一边,把手放在他的脸颊上。唯独玛丽,愣愣地站在客厅中央,她被所爱之人推开了。

珀西用颤抖的声音轻轻地说:"我曾经听过一个故事,讲的是一个女人,眼睛长在了原本乳头该在的位置。"

克莱尔吓坏了。

"就是她,"珀西说,他抬头看着玛丽,用手指着她,说道:"我看到了,她就长着那双眼睛,在她的乳房上。天哪,我看到了。"他又抽泣了起来。

阿尔贝、约翰、克莱尔都看向了玛丽。她还站在那里,站在房间中央,像一尊雕像一样,一动不动,她能感觉到众人正在注视着她的乳房。突然间,她害怕了,也许珀西没看错,也许他看清了她的真实身份。她是畸形人,是怪物,是魔女。但也许,她的眼睛并没有长在乳房上,而是在她的体内。但长在体内的眼睛同样糟糕,同样畸形。玛丽的耳边传来一阵心跳声,像是响亮的脚步声,脚步声越来越近。众人的目光仍然注视着她。

克莱尔把珀西拉了起来,安慰道:"来吧,我送你去床上躺一会儿。"

珀西离开了客厅,他哭得像个孩子,刻意避开了玛丽的目光。

那天晚上,玛丽独自一人睡在查普伊斯小屋,其他人留在迪奥达蒂别墅。她也不清楚,克莱尔应该和珀西在一起,阿尔贝继续在写作,约翰喝着酒,抽着烟,凝视着窗外。当然,小屋里并非只有她一个人,她最珍视的宝贝也在,威廉就躺在她床边的婴儿床里。他睡着了,真的睡着了,而且睡得很香甜。明天,珀西肯定不记得今天发生了什么，也无法再回忆起那个画面。不过，有一种感觉将会留存下来，每当他看着她，心中都会升腾起一种不安，他无法用言语来形容那种感觉，甚至都不会有意识地去注意这种感觉。但是，有些事情已经发生了改变，那一瞬间，他目睹了玛丽的真实一面。虽不清楚原因，但面对玛丽时，他会胆怯。是的，他会胆怯，玛丽是唯一知道这原因的人。

※

玛丽回头望了一眼，埃莉斯站在门口，手里怀抱着小威廉，她的站姿以及怀抱小威廉的姿势，莫名让她感觉有些不安。一会儿，大家要去划船。在玛丽脑海中，一幅幅生动但毫无根据的画面已经展开：这可能是她最后一次见小威廉，她预感到船可能会倾覆，她将无法游回岸边。她的衣服太累赘，阻碍她划水，她也害怕自己上岸后会失去挚爱。她和珀西去世后，埃莉斯会暂时照料小威廉，直到玛丽的父亲和玛丽·简来接他回伦敦，他的祖父会变成父亲，而玛丽·简则会成为他的母亲。一想到这一幕，玛丽就感觉到一阵恶心，她告诉自己：我们不会淹死的。湖面风平浪静，船是崭新的，我们不会死。

珀西小心翼翼地上了船。虽然他很喜欢划船，却很怕水，他不会游泳，真是一个奇怪的结合体。他，就是这样一个人，恐惧和欲望在他身上共存。克莱尔跨过舷缘，在珀西的搀扶下坐了下来。约翰则扶了玛丽一把，他们在阿尔贝身边的长凳上坐下。阿尔贝手握船舵，等待珀西解开缆绳，准备扬帆起航。当他们离岸时，玛丽觉得心里涌起了一阵笑声。这是一阵无声的笑，她感受到了一种只有在水上才能懂得的自由。他们滑过水面，船头将水面劈成两半：左边一个湖,右边一个湖,他们在中心,难得的阳光照亮着湖面。

克莱尔展开阳伞,请玛丽坐到她身边。珀西坐在克莱尔的另一侧,凑在克莱尔耳边低语着,没人知道他在说什么。玛丽摇了摇头,抬头望向船头,随后将目光落在远处。

"还没想好写些什么。"她听到约翰这样说。

"试试看。不要一味地等待,现在就开始动笔。"阿尔贝的话盖过了风声,"你呢?玛丽。"

噢!玛丽非常不愿意谈论自己的想法。她确信那些要落在纸面上的想法和感受,一旦通过言语说出来,就会失去生命力。她什么也不能说,因为任何思绪一旦脱口而出,就会立即变得不真实。她需要等待,他们也需要等待,她会去写作,她心中的故事也会推动着她去写作,写成之日,她便能够给出答复。

"我还没有想法,"玛丽眼睛注视着头顶飞过的一只白鸟,回答道,"我还不知道要写什么。"这是目前为止,玛丽能够给出的最确切答复了,即使这并非真实的答案。虽然还未动笔,但她心中已有了一些眉目,它们即将问世。

"我承认,我也发现写鬼故事很难。"阿尔贝把船舵放回原位,点燃了他的烟斗,说道:"诗歌让我有所分心,现在要我创作诗歌不是什么难事,但散文完全是另一种文体。"

"我希望我的故事能够摄人心魄,读完后大家都不敢入睡。"珀西坐直了身子,他的手从克莱尔的腿上滑落。

"这很难,"阿尔贝说,"要让读者相信鬼怪的存在,或是可能的存在,不是一件易事。"

"你是说在现实生活中的存在吗?为什么不是易事?"约翰把主

帆的线绳放松了些。湖水溅到了船头，一团轻柔的水雾打在玛丽的脸上。

阿尔贝耸耸肩，挑着眉毛看着约翰："如果没有身临其境的感觉，那鬼故事就不可怕了。"

"其实，每个人都知道鬼故事是编出来的。"珀西掏出一瓶酒，并准备打开它。

"有些鬼故事不是。"克莱尔看着那瓶酒说。

珀西的手停住了，问道："什么？"

"有些鬼故事可能不是编的，可能的确发生过这样的事。"克莱尔抬起了下巴，似乎要争论个明白。

阿尔贝哈哈大笑起来。

"是真的！很多事情无法解释，我就亲眼看到过。你知道的。"克莱尔紧盯着珀西，嘴唇绷得紧紧的。

珀西举起双手，将酒瓶夹在膝盖之间，说道："我不知道是不是……"

"克莱尔，别说了！"阿尔贝勃然大怒。他面无表情地看着前方的湖面，手按在舵轮上。

克莱尔睁大了眼睛，眼眶也湿润了。珀西把手放在她的背上，安慰起来。约翰看着玛丽，做了个鬼脸，她几乎要笑出声来，但还是克制住了。

"雪莱，把这瓶酒打开吧。"阿尔贝的声音又恢复了正常语气。

珀西默默地给艾德琳提前准备好的杯子里都倒满了酒，约翰调整了主帆的位置。喝酒缓解了原本尴尬的气氛。一杯之后，他们又开始面对彼此了。两杯之后，克莱尔的眼泪不见了，悲伤已经被遗忘，阿尔贝又笑了，珀西也开始说话了。很快，珀西、约翰和阿尔贝就开始讨论起法国大革命的成果，以及希腊人民渴望从土耳其独立的事。

克莱尔倚靠着珀西，整个人似乎伴随着思绪一起沉入了水中。有时，玛丽想为谈话做出一些贡献，但每次都要附和着思考一些与男人们谈话话题相关的内容，最终她还是没有开口，就当男人们是在一个透明、封闭的空间里吧。也许，她不想开口说话。也许，她根本就不喜欢这种对话。但作为女人，她的想法并不重要，她必须参与其中，即便她觉得没有必要。如果她是个男人，她可以选择置身事外，看着流淌的湖水，看着周围的群山，看着两岸千姿百态的森林；她可以喝酒、可以放飞想法，让思绪去想去的地方；她也可以望着克莱尔，看看这个孩子究竟有多可爱、多漂亮；她还可以徜徉在云雾缭绕的大脑中，在那里找寻灵感，把它们拖出脑海，放入故事里。这些故事不属于这里，它们的起源也不为人所知。但她还是要参与男人们的谈话，因为她只是一个女人，没有人期待她能做到这些事。她有太多的角色需要充当，但她希望被人重视，尽管有时她并不想这样，只是想做好自己。

珀西靠向她，给她倒满酒，深深地亲吻她，玛丽被吓了一跳，那个透明封闭的空间仿佛突然不复存在了。太阳的倒影在水中晃个不停，粼粼的水光在她眼前舞动着。

※

"我要写一些关于童年的事。我曾有一个家庭女教师，叫克雷迈尔夫人，她有些不太对劲。"珀西靠坐在毯子上说道。阿尔贝端着酒坐在他旁边。今天的酒味道还不错。

"由于我父母经常不在家,很大程度上他们把抚养我的责任交给了克雷迈尔夫人,所以每周从早到晚我都和她在一起。她辅导我,陪我玩,陪我吃饭,哄我睡觉。她是在我六岁时来我家的,从一开始我就觉得她有些古怪。上课时,我会感觉她用异样的眼神盯着我,不是一次两次了,而是一直如此。出门散步时,她总是离我很近。"珀西说。

突然,克莱尔尖叫起来:"水好冷!"船已靠岸。克莱尔跳入了水中,水刚好没过臀部。约翰已经把身体没入水中,他得意扬扬地在她身边戏水,脑袋时不时地浮出水面。小船则在他身后,随着水波前后摇摆着。

"每天晚上,她哄我上床睡觉。她会唱歌给我听。她的嗓音非常低沉,几乎像个男人,唱得又慢又悲。有一天,她带我去看她睡觉的阁楼,那里有一间她的小房间,但里面什么也没有。我想,天底下怎么会有人一无所有呢。克雷迈尔太太坐到床上,开始解她的裙子。我不敢看,我当时还小,才十岁,但又觉得需要一探究竟。她露出胸脯,我本能地开始想象它们会是什么样子,但我所看到的与预期完全不同。她的乳房非常苍白,青筋暴起,乳头就像眼睛。我知道了,这原来就是一直盯着我的那对眼睛。我在花园里玩耍时,这对眼睛一直追踪着我,因为克雷迈尔太太就站在凸窗前。洗完澡,当她用散发着我母亲气味的亚麻布擦拭我的身体时,这对眼睛就注视着我赤裸的身体。这对眼睛还在睡梦中注视着我,发现了我的梦想、我的恐惧,包括我对她的恐惧。"

"竟有这等事!"阿尔贝目视前方,咧嘴一笑。

玛丽看了看珀西,看到了他紧张的笑容,他的期待。他只是看着阿尔贝,没有顾及玛丽。玛丽将酒杯里的酒一饮而尽,说道:"故事很好,让人忐忑不安。"

克莱尔从水里跑回来,抓起篮子里的一块亚麻布,裹在身上。她白色的长腿裸露在外面。

"你冷吗?"珀西歪着头笑着问。

"冷死了。"她夸张地颤抖着,硬是挤到了珀西和阿尔贝之间。

玛丽努力憋住了叹息声,她伸手去拿酒。

约翰也回来了,穿着短裤瑟瑟发抖。水从他身上流下,玛丽递了一块亚麻布让他裹上。他对她微笑了下,表示感谢。

"我要去散散步。"说罢,不等别人回答,玛丽便独自上岸了。

她走开了,手里拿着一瓶酒。她要远离珀西的故事,远离阿尔贝令人恼火的冷漠,远离克莱尔的撒娇,远离约翰的善良。她不知道到底什么事让她如此烦恼,甚至不能和其他人待在一起,她知道自己这样做太过分,不管怎么样,都是她的错,她需要通情达理,不能那么幼稚。天哪,她竟然和克莱尔一样了,但她别无他法,她需要一个人待一会儿。

转过一个弯角,沿着小道下坡后,真的就只剩她一个人了,这是她今天第一次畅快地呼吸。一只乌鸦在头顶的树枝上鸣叫,树荫下无比清冷,她不禁起了鸡皮疙瘩,一切的一切都助长了她的绝望。怎么了?怎么了?到底怎么了?她没有答案,只有疑问。这些疑问远远超过她能解决的范畴。不过,这些困扰无法阻碍她,她会行动起来,她会动笔,她将进入这个故事,将会发现等待她的是什么,什么东西想活下去,什么东西在守望,什么东西没有她就不复存在了。

"我们就不再等等吗？"克莱尔细声说道。

阿尔贝拉住帆绳，将它固定住，并催促大家赶紧上船。珀西拉了一把玛丽，也拉了一把克莱尔。此时，雨水不偏不倚地倾泻在他们身上，躲雨已不再可能了，乌云笼罩的天空已经发现了他们，他们无处遁藏，身上的衣服黏在了胳膊和腿上，靴子摩擦着脚。

"该死的！"珀西把船推离岸边时，不小心失去了平衡，一只脚落进了浅水区。约翰把他拉上了船。

玛丽抬头看了一眼，她以为听到了远处隆隆的雷声，但仔细一听，这只是雨声，是急速下落的雨水撕裂了空气的声音。约翰正将前舱的雨水舀出去，克莱尔躲在玛丽的怀里，她们的颤抖似乎使船摇晃了起来。阿尔贝时不时地在掌舵处大声呼喊着，珀西则在船舷一侧呼应着他的叫声。要是溺水了，人多久后会意识到自己快死了？还是会抱着一丝获救的希望，直到水面没了任何动静？如果最终被拖入水中，说明躯体不再依附于你，而你也不再是水面之上的人了，水下有什么东西需要你，那些东西用钩爪把你拉到冰冷的地方，水漫过你仍在奋力呼吸的嘴唇，将思想稀释成模糊的梦，直到它们在水下深处溶解。一旦沉到水底，万物都会变得沉重，永远也不会重出水面了。

夜里，玛丽的嘴唇慢慢靠近了珀西的脖子，她说："珀西，那天早上发现我们女儿去世时，我想起了我的母亲。"

珀西转向她，他刚洗完澡，身上还留有肥皂味，呼吸中还带着甜茶的香味。

她转过身,仰望起头顶的黑暗,说道:"这也太奇怪了,一个生命的开始,意味着另一个生命的结束。生死交换,而这次,恰恰是相反的结局,克拉拉去世了,而我却安然无恙。"

他吻了她,他的舌头想要在她的嘴唇上说些什么,但他什么也没说。窗外,整个世界都在消亡。她想起了停靠在码头边的船,想起几个小时前他们还在湖中央,他们柔软的身体离绵绵不绝的溪流只有几英寸远。

她的思绪回转。"她是第一个孩子,"她轻声说,"我们的第一个孩子。"

珀西的手指抚摸着她的小腹,抚摸着她的皮肤,仿佛要将她开膛破肚。

"而且我还在思念她,你知道吗?当我看着威廉,每次看到他的时候,我都会想起她。这种感觉会结束吗?"玛丽问道。

"你已经尽力了。"珀西用他那不常用的低声说道。

"我知道她是个安静的孩子,我知道她安静得出奇,这点我很欣慰。那天晚上我可以睡一觉了。我真的睡着了,睡得很深沉,完全没有听到她的动静。而当我醒来时,她已经离开这个世界了。离开得那么突然。我想到,要是我没有睡着……要是我重新给她盖上了被子、亲吻了她的话……"

"她太小了。"珀西说,"你知道她多小吗?她应该继续待在你的肚子里。对于这个世界来说,她还是太小了,那不是你的错。"他亲吻了她,玛丽流下了泪水,泪水流过额角。

"威廉降生的时候,我很害怕。珀西,他也那么小。"玛丽抽泣道。

"他没那么小。"珀西安慰道。

"他长得也很小,皮肤青紫、苍白。但当他吮吸乳汁时,我知道他会活下来的。是的,他会活下来的。"玛丽点了点头,凝视着屋里的一片漆黑。

"是的,他会好好活下来的,亲爱的。"珀西说道。

几分钟后,她听到了珀西的鼾声,噪声使她有些愤怒,但同时也感到些许宽慰。她又独自一个人了。之前,她的女儿喝不下足够的乳汁,没喝几口便睡着了。玛丽想方设法地去喂她,但她不愿意喝。她的女儿像牛奶一样苍白,脸颊、肚子和手臂都瘦得没了形,长成了一个"棱角分明"的婴儿。她的眼睛大得如核桃,随着时间的流逝,原本海蓝色的双眸变成了深灰色,像是一潭死水。就像大海一样,海水的颜色会随着四季、天气的变化而改变。那么,当大海自己油尽灯枯时,会是什么颜色呢?

第二天一早,她已记不得夜里想过的事,她坐在写字台前开始动笔了。起初是一个个单词,随后连成句子,想法与记忆勾连,编织出一个真切的故事。突然间,她意识到她所写的东西一直就在那里,它急不可待地从束缚它的茧中跳了出来,发出嘎吱作响的声音,它丑陋、没有血色、形象模糊,因为它一度自以为无法示人。现在,它急切地试着发出声音,开始尖叫,急切地想要出现在世人面前。她写下这些,它重现了自己的血肉,这一切令人惊悚。这就是了。

1812年
苏格兰,邓迪

1812年7月26日

一时间，发生了很多事。我没能来得及跟伊莎贝拉讨论我的梦。她父亲和罗伯特被叫到了工厂，伊莎贝拉则带着强尼进了城，因为他需要一套新衣服。我进入了无所事事的世界。我在巴克斯特家徘徊，厚颜打开了我无权打开的房门。我参观了卧室，看向窗外，只是想看看他们眼中的风景。我翻阅了他们的书柜，想看看是否有什么吸引我的书，但之前罗伯特已经给我看过一次他的书，巴克斯特先生的藏书则以纺织工序的书籍以及宗教论著为主。我在床上坐了一会儿，坐在巴克斯特先生睡觉的那一侧，这从床头柜上摆放的烛台和书本，以及地板上拖鞋的款式可以看出来。另一边，床头柜是空的，一年前，巴克斯特夫人应该还睡在这一侧，现在巴克斯特先生独自躺在这儿，身边是一片回忆。我的手抚过光滑的床罩，当我走到巴克斯特夫人睡的一侧时，一种不愉快的感觉涌上心头。我的手不想再往前了，或者说我不想再往前走了，因为感觉不太对劲。我无法准确解释原因，但我知道那一刻，如果手再伸长一点，就可以感受到毯子下她的身体轮廓。我吓了一跳，立马把手收了回来。一秒钟后，我便不那么确信我的感受了，只有些许记忆还在，一些毫无意义的记忆。当我关上身后的房门时，我感到有些内疚，我很庆幸自己还有内疚感,因为我所做的事并不合适,在他人卧室如此从容是极其不合适的举动。我揣着一颗沉重的心,默默地走下楼梯。这时,艾尔西匆匆走进大厅,手里拿着一封信。她的眼睛里闪烁着惊慌,她在寻人,寻找巴克斯特一家人,但只找到了我。

"玛丽小姐,我们需要一位信使。必须有人去找巴克斯特先生。玛格丽特的情况有些不妙。"她焦急地说道。

脚底似乎传来一阵冰冷,蔓延到了我的指尖。

格蕾丝提着满满的菜篮子走了进来,随即便被要求指派人去工厂通知巴克斯特先生,来回需要一个小时。艾尔西一边泡茶,一边祈祷。我则在屋子里来回走动,到屋子的前窗观察巴克斯特先生是否回来了,又到餐厅的窗边看看伊莎贝拉和强尼乘坐的马车是否到了,再到厨房告知情况,然后又回到前窗继续观察。我们非常紧张,已经到了只能简单思考,说些短句,做些简单动作的程度。一小时前,艾尔西打开的那封信,是由法夫的邮差送来的,情况非常紧急,家里所有人都得到了寄信人布斯先生的许可,都有权阅读这封书信。我现在也是巴克斯特家的一分子,我想我也有权读吧。这不是一封长信,信中说,玛格丽特两天前突发高烧,身体不适,现在,高烧越来越厉害,她已几度昏迷不醒,布斯先生今天早上叫来了医生。医生预见病情不太可能会有好转,所以布斯先生转达了玛格丽特想见伊莎贝拉的愿望。信的内容到此为止。艾尔西用充满希望的眼神看着我,好像我或许能从信里读出什么不同的消息。我知道她识字,只要不是难懂的文字,看懂这封信应该不是问题。

"伊莎贝拉到哪儿了?"我问。

我并不指望得到答案。我听到屋外一辆马车缓缓驶来。艾尔西、格蕾丝和我跑到门口,看到伊莎贝拉和强尼从马车上下来。他们拿着两个盒子,强尼一边笑,一边向我跑来。乌云在头顶上飘荡。一阵急促的风刮了起来,似乎在预示着什么。

"我买到了一套好漂亮的衣服!"他喊道。

"来,"格蕾丝说,"艾尔西烤好了饼干。"然后她把强尼带到了厨房。

当然,伊莎贝拉知道一定有什么事情发生了。她给马车夫付钱时,艾尔西和我就面无表情地等在门口。当她抱着衣服盒子向我们走来时,我看到她的眼里充满了疑问和忧伤。不仅如此,我还看到了愤怒,是对一家人经历不公命运的愤怒。这次又是谁遭遇了不幸?她就站在我面前,我亲爱的朋友,而我所能做的就是向她张开双臂,抱住她,在她耳边说道:"玛格丽特情况不是很好,说实话,她病得很重。"

而伊莎贝拉能做的只是靠在我怀里,抽泣着,她知道自己又要失去一个亲人了。

※

布斯先生和玛格丽特的乡间别墅充满了荒凉的气息。从高大落地窗透进来的光线照亮了壁炉、四柱床、床单,但光线失去了往日的明亮,从前它总能把现实照进屋里,但现在只是勉勉强强。光线洒在墙面上,映照到天花板,屋内装饰品的轮廓看起来更加锐利了,仿佛它们即将拥有生命一般,天使的头颅挣脱束缚,露出隐藏在石膏中的身体,即将降临到客厅、藏书室、大厅和玛格丽特的卧室。在我的记忆中,楼道的墙纸是绿色的,上面装饰着紫色、金色的华丽藤蔓，而现在我看到墙面是棕色的，上面只剩下了枯枝。

我坐在玛格丽特卧室门对面的小沙发上，等待着。几个小时前，刚读完这封信时，伊莎贝拉非常悲伤，她要我一起去她姐姐家。巴克斯特先生那时还没到家，等了一个小时，格蕾丝叫来了一辆马车，载着我和伊莎贝拉先去了法夫。沃尔瑟姆先生为我们开了门，我以前没见过他，而布斯先生却不见踪影。

天快黑了，墙壁上的灯还没点亮，落日余晖透过一扇长方形的窗户照进屋内。屋子里一片死寂，只是偶尔能听到屋子周围短促的疾风声，就像猎鹰围着它的猎物盘旋一样。

"玛丽。"我的身边传来一个声音。

我吃了一惊，随即感觉自己就像个傻瓜，站在我旁边的是布斯先生，他手里拿着一根蜡烛。他似乎比上次见面时更高大，鬓角也更浓密了，眼睛也大了。他在我身旁坐了下来。

"玛格丽特发生这样的事，实在太糟糕了，"我说，"您一定很担心吧。"

布斯先生点点头，他没有看我，他的目光定格在房门上。我们在沙发上坐了一会儿，有时我会从侧面看着他，烛光在他脸上留下了轮廓清晰的阴影。他的表情有些严肃，也有些听天由命的感觉。他开始说话时，声音比我记忆中的要更柔和，他说："我希望我能说点别的，但玛格丽特并不坚强。她不像她妹妹那样意志坚强，也不像你。"

我看着他。他的脸色没有变化，目光依旧盯着妻子卧室的房门。

"我最近一直在做奇怪的梦。"布斯先生将蜡烛放在我们中间，双手交叉放在膝盖上。坐在那里，他就像变了一个人似的，一副无能为力的样子,几乎丧失了信心说:"玛格丽特不是我的初恋,但我想过,她应该是我最后一个爱人。"

"她还没有……"我没有继续说下去。我该说什么呢?

"我觉得这是不可避免的。"他缓缓摇头,仿佛渐渐发现好像这个世界从来没有应允过他什么。

"有什么可以为您效劳的吗?"我问道。

布斯先生微微一笑,说道:"你人真好,但我这边还不需要。我有帮手应对生活事务,可以自己安排一切。"

"你认为什么时候……"我欲言又止。

"她什么时候会去世吗?"布斯先生看着我,他的眼睛几乎是黑色的,他说:"她活不了多久了。"

"医生是这么说的吗?"我继续问道。

"医生没有说,但他们无力回天了。再过两晚,最多三晚,她就会走到生命的尽头了。"

就在这时,卧室的门轻轻地打开了,伊莎贝拉走了出来。她满脸泪水,想努力挤出一丝微笑,但她做不到。布斯先生站了起来,张开双臂拥抱她,令人震惊的是,她倒向了他的胸膛,随后布斯先生抚摸起她披在背上的头发。我站在他身边,看着伊莎贝拉发出叹息,把湿漉漉的脸颊靠在他的肩上。她已经闭上了眼睛,几乎不知道我站在那里看着她。他紧紧地搂抱着她。

两天过去了。巴克斯特家的气氛变得紧张而阴沉,罗伯特不再开玩笑,强尼玩耍时安静多了,伊莎贝拉经常待在自己房间里。我发现巴克斯特先生经常陷入沉思。他会坐在窗台上盯着外面看,也会站在楼梯走到一半时,手扶栏杆盯着前方愣上几秒。只有艾尔西和格蕾丝继续着她们平日的工作,尽管也很沮丧,但她们尽量不惹眼地在屋子里走动,仿佛宁愿消失,也不愿成为这场悲剧的一部分。

与此同时,巴克斯特先生每天都去看望玛格丽特,伊莎贝拉、罗伯特和强尼也陪伴左右。我则待在家里,伊莎贝拉没有再叫我一起去,我也不想打扰他们一家人。这期间,我读了约翰·米尔顿的《失乐园》,吃了艾尔西烘烤的玛德琳蛋糕,每天从早到晚都在喝茶。晚上,家里人都围坐在壁炉边,除了强尼之外,大家都会喝些白兰地,他喝的是热蜂蜜牛奶。我们没有谈论玛格丽特,特意避免谈论她,但每个人都知道我们为什么那样坐在一起。我们轻声交谈,彼此说着亲切的话语,给对方讲述爱意满满的故事。伊莎贝拉坐在我旁边,有时她会握一握我的手,那是最幸福的时刻。

今天一大早,伊莎贝拉敲了敲我的房门。我打开门,她直接扑向我怀里,她没有作声,身体却颤抖着、抽搐着,她抽泣着,呼吸声极不规律。我抱着她,闻着她沉静的气息,深沉而温暖,当然还有一丝辛酸。我的手抚摸着她的后背,另一只手紧紧地把她抱在怀里。几分钟后,她脱离了我的环抱,看着我,她的眼睛满是血丝,含着泪水,脸颊苍白得毫无血色,黑发披散着。我觉得她真的很漂亮,像天仙一样。

"你下楼吧,"她说道,听起来仿佛失去了一切,"我们都在那儿。"

楼下,巴克斯特先生和罗伯特并排坐在厨房的桌子旁讨论着。

格蕾丝把强尼放在腿上，他不停地轻声哭泣。艾尔西在厨房里忙碌，点蜡烛，烧水，眼泪从脸颊上落下，她也顾不上去擦拭。伊莎贝拉从身后抱住她的父亲，头靠在他肩膀上，这时巴克斯特先生开始颤抖，发出痛苦悲怆的声音，这声音似乎来自他的灵魂深处。罗伯特看着他们，把手搭在父亲的手上。这一切是如此可怕、如此悲痛，而我站在那里，目睹了一切，却无所适从，于是我决定去帮艾尔西的忙。她困惑地看了我一会儿，但还是同意了，我便帮着她切面包，摆桌子，沏茶。

早餐呈现出肃穆的气氛。由于时间尚早，外面的光线几乎没有透进房子，我们点上了蜡烛，因为大家知道今天一定会用上。今天，所有的事情都要安排好，有很多事情要去处理，这一天也会充满那种突然涌上心头、难以抑制的悲伤。我们轻声交谈着，强尼吃得不多，但其他人似乎都明白互相安慰、鼓起勇气面对现实都需要食物作为保证，不知何故，我感到他们今天能有精力应付所有的事情，也有我的功劳，即使我只是给大家切了面包。

早餐后，巴克斯特先生和罗伯特去了布斯先生的家，帮忙安排葬礼。伊莎贝拉、强尼和我留在家中，天慢慢亮了起来。强尼偶尔会忘记悲痛，这意味着我们有时也会忘却这份痛苦，我们会去花园里扔球玩，或是三个人一起唱歌。但大多数时候，我们都默默地坐着，轻轻地哭泣，眼神呆滞地凝视前方。

"她是怎么死的？"临近中午时我问道。我和伊莎贝拉坐在后院的长椅上，阳光穿破云层，温暖着我们的手臂和脸。

"布斯先生说是因为感染，一星期前还好好的。"伊莎贝拉回答。

她揉了揉自己的手臂,身上起了鸡皮疙瘩。

我几乎无法想象,在一周内,一个健康的人竟能变得病入膏肓,直至最后死亡。但我知道这种情况是有可能发生的,且时有发生。我母亲也是死于感染,面对这股强大的力量,医生束手无策。这是一股无形的力量,也是一股真实的力量。

"我为布斯先生感到难过,"伊莎贝拉说,"他非常爱玛格丽特。"

"这确实很可怕,"我说,"对布斯先生和你来说都是如此。"我把手放在她的胳膊上,抚摸着她的鸡皮疙瘩。

伊莎贝拉没有再说话。突然,屋子里传来了强尼细弱的声音,他在叫她,伊莎贝拉立即起身,冲向了他。

1812 年 7 月 29 日

格拉西特礼拜堂内座无虚席，巴克斯特一家和布斯先生坐在前排，众人齐声祷告、歌唱，但强尼并没有跟着一起，他静静地坐着，环顾四周，在口袋里摆弄着什么。当然，这不是他第一次参加葬礼，也许他在想下一次会是谁的。布斯先生脸上露出了痛苦的平静，我也不忍心朝他看去。伊莎贝拉似乎还没有注意到我，她坐在她父亲身边，一边握住他的手，一边抚摸着强尼的头。在一片无声的悲痛中，巴克斯特先生不住地流着眼泪。罗伯特的脸色则非常苍白，眼睛肿胀，他是唯一偶尔会看我一眼的人，然后他会对我微微一笑。

玛格丽特将被安葬于霍夫墓地，走到那里不需要花很长时间。走进墓地大门时，我突然意识到伊莎贝拉的母亲一定也安葬于此。几周前，我们在这里的时候，她没有提到这一点。我们甚至都没有经过她的坟墓。不过，这次我们经过了，玛格丽特被埋葬在她母亲的坟墓边。牧师开始说最后的悼词，几个人把棺材放进墓坑时，天空开始下起了小雨，伊莎贝拉靠在她父亲的怀抱里，罗伯特紧紧地把强尼搂住，而他还在摆弄着口袋里的东西。他带了什么来？布斯先生笔直地站在坑边，像根柱子一样，他似乎陷入了沉思，似乎在整理一个复杂的账目。当牧师说完悼词后，他点了点头，便转身离开了。

参加葬礼的人们向出口走去，而我拐进了大门前的一条小路，走到那一排的尽头，稍作停留。那块写着模糊不清字母的小石碑当然还是那个样子，但有些东西是不同的。我仔细研究了下周围的地面，边上的其他坟墓和我脚下的泥土，我什么也没发现。格里塞尔·贾弗雷的坟墓看起来和几周前一模一样，但我确信有些东西是不一样的。这很明显，我能感到它的存在，它是活生生的、沉重的。虽然看不见，但它就在那里。

1812年8月2日

"你在干什么？那是什么东西？"罗伯特把强尼的手从他口袋里抽了出来。

我们坐在桌旁，桌上放着肉食和面包，我们在喝汤。强尼坐在我旁边，小手一直在他的口袋里忙个不停。他手里拿着我们几周前散步时发现的鱼头，他不但把它带了回去，而且还随身携带。

"你把它洗干净了吗？"罗伯特问。

"那是什么？"艾尔西在炉子边问道。

强尼环顾桌子四周，他似乎害怕我们会拿走他的玩具。

"你不应该玩这个东西，知道吗？"艾尔西说。

"它很干净！"强尼举起了它。这个鱼头已是亮白色的了，还微微带了点光泽。很明显，他花了很多的工夫来清洁这个骨头。

巴克斯特先生也在桌边，但他已经好几天没说话了。他似乎没有注意到身边人的一举一动，只是目光呆滞地看着前方，除了吃、喝，就是睡觉。有人和他说话时，他也会回答，但总是有气无力地蹦出一两个词，痛失长女淹没了他生活中的一切。

罗伯特和艾尔西说教着，告诉强尼鱼骨头有多脏，里面可能还长了虫子，保存骸骨是不正常的，是一种罪过。突然，巴克斯特先生大声说道："随他去吧。"

桌上陷入一片寂静。罗伯特直视着父亲，强尼微微一笑把鱼头放回了口袋里。伊莎贝拉看着我，表情有点惊讶，脸上带着压抑的微笑。

1812年8月12日

沃尔瑟姆先生为我们开了门,他点点头,接过我们的斗篷。自从玛格丽特死后,这座房子看起来还是一样,但感觉却大不相同。就好像这里从来就不是玛格丽特真正的家,就好像在她咽下最后一口气时,她的一切都被遗忘了。布斯先生在客厅里,跷着腿坐在壁炉旁的扶手椅上抽着烟斗。当我们走近时,他抬起头来,脸上露出了灿烂的笑容,他走过来同我们打招呼。

"伊莎贝拉、玛丽,你们能来真是太好了。"他亲吻了我们伸出的手,并微微鞠了一躬,随后示意我们坐下。

我们紧靠彼此,坐在布斯先生对面的沙发上。桌子上有一盘饼干和一大瓶红酒。他没有问我们想喝什么,就给我们倒上了。

"很荣幸你们接受了我的邀请。"布斯先生咳嗽了一声。他灰色的眼睛里似乎像大海一样打着漩涡。

不仅房子给人的感觉不一样了,布斯先生看起来也不太一样了,仿佛先前在暗处躲藏的东西,此刻出现在了世人面前。

"你们以前是来找玛格丽特的,现在只是来看我了。"布斯先生说道。

大厅里的摆钟敲了八下。

"好吧!"布斯先生快速地站了起来,"让我们一起喝一杯!"

伊莎贝拉和我拿起杯子,站了起来。酒色和窗户上的锦缎窗帘一样深。

"为了生活干杯!"布斯先生说。

"为了生活干杯!"我们跟着他重复道。第一口尝起来,这酒有点苦。

沃尔瑟姆先生带我们去了餐厅,壁炉里的火熊熊燃烧着,吊灯里的蜡烛都点着了。桌子上摆着菜肴和陶罐,里面盛着豆子、馅饼、三文鱼和马德拉岛蛋糕。伊莎贝拉和我面对面坐下,布斯先生坐在我们中间的主位。沃尔瑟姆先生为大家分好食物后,在布斯先生的示意下离开了餐厅。

我们开始用餐。布斯先生谈到了他的啤酒厂,向伊莎贝拉询问了她父亲的纺织厂,向我询问了我父亲的近况,他似乎很了解我父亲。他在读完我父亲的一本书后,给他写过信,从那以后他们两人经常互通邮件。

"事实上,是布斯先生让我父亲邀请你来我们家的,"伊莎贝拉说,然后把一口食物放进了嘴里,冲我咧嘴一笑,"其实,我父亲根本不认识你父亲。"

父亲没有告诉我这些,他告诉我的都是关于巴克斯特先生的事。布斯先生又给我倒满了酒。这已经是第几次了?突然间,我仿佛看到父亲出现在了我面前。他手里拿着一杯葡萄酒,也可能是白兰地,另一只手拿着一本书,让我和克莱尔保持安静。在他眼里,除了工作还是工作。范妮不需要他的提醒,她本来就不吵闹,因为那里并不是她的家，她不是家里任何人的孩子。父亲认为已经和我们理论得够多了，他就亲吻了下我的额头，随后便回到了书房。我试图让自己安静下来，我喜欢在安静的环境里读书，但往往这个时候，克莱尔就会和我说些道听途说的故事，或是用小提琴拉出不成调的曲子来打扰我，又或是打扮成她母亲的样子，模仿她的声音，说一些挑逗的话语，活脱脱就是她母亲的翻版，这样一来，我就无心阅读了，看着她滑稽的动作，我笑得四仰八叉，真担心自己会笑得停不下来。这时，我父亲又出现了，他手中的酒杯已经空了，眼睛更饱满了，也抑制不住地在一旁小声笑了起来。我觉得，克莱尔比范妮更像我的姐妹，尽管范妮和我是同母所生，而克莱尔和我没有任何血缘关系。

我看了看伊莎贝拉，她吃着菜，喝着酒，脸上带着笑容，和布斯先生说着话。她失去了唯一的姐姐，我想我可以成为她的妹妹，但我立马打消了这个念头。我不想当她的妹妹，"姐妹之间不能亲吻"。当然，这不是我的想法，只是脑海里闪过的一句诗。我抬起头，看到布斯先生正大声笑着，他笑得很开心，连头都仰起来了。我甚至可以看到他的喉咙，好似一个黑洞，可以吞噬一切。伊莎贝拉的眼神似乎黏在了他的身上，或者说是布斯先生让她着了迷，用酒，用眼睛，用他那双可以为所欲为的手，那双承诺了安全但带来疯狂冒险的手。我确信，我的盘子刚刚已经空了，但现在又满了，里面盛了更多的豆子和鱼。我看了看布斯先生，他的衬衣敞开着，可以看到胸口仿佛是一片黑色的沼泽，水草黝黑闪亮，茂密得让人有种窒息的感觉。伊莎贝拉不该抚摸这片沼泽，但她的手指可以顺着我的背，划过腹部，进入我的沼泽地带。她的手指绵柔无比，比

159

我柔软得多，这些指头仿佛被电荷推动着前进，在我两腿之间跳舞，在我的沼泽地里迸发着电火光，它们像蛇一样沿着我的敏感部位滑行，所及之处均能够感受到阵阵酥麻。布斯先生又给我倒满了酒，伊莎贝拉大声笑了起来，露出大白牙。此时，布斯先生的眼睛已经变成了一片黑海。

"我吃不下了。"伊莎贝拉喊道。随后，她便将盘子滑过桌面，一些豆子掉落到了桌上。

布斯先生起身，走到了伊莎贝拉身后，把手搭在了她的肩膀上，那双手大得吓人，我以前怎么没发现呢？他的指甲变成了爪子，皮肤正在呼吸，脸颊两侧还长出了鱼鳃。伊莎贝拉把头靠在他的胳膊上，她是我见过的最美丽的公主，她的美貌在我心中是独一无二的。她的睫毛在眼前颤动着，眼里饱含着所有的悲伤，她看着我，她想离开。我点点头，却发现自己站不起来了，身体好像不再属于我，而是属于这个房间。我成了这里的摆设，又像是碗里的食物——那些食物看起来动都没动过，这是怎么回事？我看了看伊莎贝拉，想看看她是不是也动弹不得。此时，布斯先生的爪子已经恢复成了正常的手的模样，从伊莎贝拉的肩膀上挪了下来，他背对着我们站在那里，望着窗外。乌云瞬间密布，我听到了敲击窗户的声音，想必漫漫长夜都会有雨水相伴吧。

傍晚时分，屋里传来了"啪"的一声，刹那间我们所在的场景就切换了。我们出现在了客厅里，三个人都坐在沙发上，布斯先生坐在中间，但有时他又会突然回到窗前。壁炉里的余火未尽，仿佛要在熄灭前最后一次证明自己的存在。

"暴风雨就要来了。"布斯先生说，听起来他似乎很高兴。

我的手做了个别扭的动作，酒杯从手中滑落，掉在地上摔碎了，酒就像血液一样渗入了木地板的缝隙中。

伊莎贝拉看着这一幕，呼吸似乎停止了。她低声说道："玛丽，我们得回去了。"她尖锐的嗓音中透露出的严肃好像扼住了我的嗓子。伊莎贝拉紧盯着地板看，眼神逐渐迷离了起来。

我感到身体很沉重，好像有什么东西拽着我，将我固定在这间房中，固定在这幢屋子里。

"我们要回家了。"我说道。至少，我觉得我是这么说的。

"我们得走了。"伊莎贝拉起身说道。

房间里多了些许凉意，伊莎贝拉和我又做回了自己，不是部分，而是完完全全的自己。我能够起身了，布斯先生领着我们走到大厅，沃尔瑟姆先生提着我们的斗篷在那里等着，护送我们上马车。我觉得，马车离开时我不该透过窗户回头看，不该去看外面的东西，但我无法抗拒，我太害怕看不见它，看不见它在我身后，我无法做到漠不关心。

所以，我还是回头看向了窗外。

台阶上站着一个人，可能就是布斯先生，他笔直地站着，双手背在身后，我一直注视着他的一举一动，直到马车转弯离开，因为我知道有事要发生了。我的猜测没错，就在他即将消失在视野之际，我看到了让我内心瑟缩呜咽的东西。站在原地的布斯先生突然动了起来，腿、胳膊和头一起，就像一条蛇，他平稳地朝着一个目的地移动，就像在跳一支优雅、轻盈的舞蹈，似乎在重新整理他的皮肤，以便慢慢地将其蜕去。

我想，在看到那一幕之后我就睡着了。早上醒来时，我半躺在

161

床上，衣衫不整，头痛欲裂，一动就感到胃里翻江倒海。我不记得马车拐过弯后发生了什么，我们是怎么回到家的，伊莎贝拉和我是怎么找到房间的，我显然脱掉了一些衣服，但我一点儿也不记得了。我的记忆中好像有一些空白。窗帘沉重地垂在床边，墙纸上的花朵在我眼前颤抖，房间包裹着我，旋转着。我闭上眼睛，但无法持续，仿佛有什么东西强迫我睁开眼睛，让我感受乘坐旋转木马般的眩晕。我眼前浮现的一切、胃部的不适、脑海中逐渐成形却没有结局的故事，都让我感到阵阵反胃，我甚至一度以为我要死了，好在最后，我又睡过去了。

整个上午，我时不时地睁眼醒来，每次醒来不适感都会有所缓解。到了中午，我决定去看看伊莎贝拉的情况。我穿上了睡袍，悄悄地走到她的房间，敲了敲门。我只听到了一声轻微的、疲惫的呻吟。我又等了一会儿，房内还是没有回音，于是我推开了门。她的房间里昏暗无光。窗户前的黄色窗帘透过了些柔和的光线，让房间显得温暖而明亮。伊莎贝拉背对着我躺着，她的脸朝向窗户，我猜她是醒着的。

我走近了些，地板嘎吱作响，我轻声问道："伊莎贝拉？"伊莎贝拉好像嘟囔了什么，我走到她身边，钻进了她的被窝里。

她用肘轻推我，说道："躺着别动。"她的声音略微有些沙哑。

她的体温慢慢传到我的身上，我还能感觉到她的呼吸，感受到她身体微弱的起伏。突然，我听到她叹了一口气。

"我感觉很糟糕。"她说。

我紧紧搂住了她，我们靠得更近了。她那一缕缕的卷发轻轻地划过我的颈间，弄得我痒痒的。同时，我也闻到她的发丝间散发出夜的气息。这夜里，清醒与沉睡交织成一片，这是漫长而又神圣的时刻，思绪无法控制，意义难以捉摸。

"我想我是生病了。"伊莎贝拉说。

布斯先生到底给我们倒了多少酒？我看到了什么，又梦见了什么？我脑海里闪过一些模糊的影像，却不知道它们究竟是真实的回忆还是虚构的梦境。

"昨天的事你还记得什么？"我问。

"你指的是什么？"说罢，我便感觉她的身体有意识地和我分开了。

"我是说，昨天你觉得怎么样？在布斯先生家的时候？"我继续问道。

"什么感觉？你到底是什么意思？我当然记得昨天发生的事情。"她有些不耐烦起来，几乎是被激怒的感觉。

我想还是先找些其他话题来聊吧，于是说道："我还想再去看看之前岩石堆旁的那个怪物。我们应该去弄清楚它到底是什么东西。"

伊莎贝拉耸耸肩，咕哝了一句。

"你和我一起吗？今天下午？"我想邀请她一起去。

"今天下午？"她笑了起来，哼了一声。"我今天哪儿也不想去。"

我沉默了。她这样拒绝我，我很生气，仿佛彼此间的关系变得疏远起来，又好像我们之间发生了什么我不知道的事情。其实，相比于生气，我的内心更加难过。

"你真的不好奇那到底是什么吗？"我做了最后的尝试，想要拉近和她的关系。

"什么是什么？"她不耐烦地问道。

"就是那个怪物啊。"我无力地回答道。

房间里一片安静，最后她说道："玛丽，我现在有更重要的事情去处理。我的姐姐去世了，我不能总和你编些看似有趣的故事。"

听完这话，我愤怒极了，好不容易才忍住没有使劲推她一把。说得好像从前她只是为了哄我开心才陪伴在我的身边似的。我深深地吸了一口气，感觉全身的肌肉都在颤动。我突然用力地掀开被子，抛下她一个人跑回了自己的房间。关上门后，我的心绪慢慢缓和了，却更清晰地感受到了愤怒，颤动变成了抽泣，泪水顺着脸颊滑落，我知道有些事情不对劲，有些事情彻底出错了。

我穿好衣服，把头发挽了起来，穿上靴子和斗篷，因为我想出去走走。临走前，我又向艾尔西要了一瓶水，她还给我带了一块蛋糕和一个梨。看到这些食物，我突然间觉得很饿，也确信吃完这些东西后，一切都会好起来。

我沿着小路走了几英里，确实感觉好多了。摄入的食物让我精神起来，空气也格外清新。我看到了鸟儿、兔子和一只狐狸，但最令我欣慰的是没有看到其他人的身影。我出生以来，几乎从没离开过伦敦，那是一座美丽而肮脏、嘈杂而迷人的城市，但当我来到苏格兰之后，才意识到这里才是我的归宿，我可以更畅快地呼吸，新的思想源源不断地随风飘进我的脑中，在这里没有什么不可能。你能想象的一切都有可能以某种方式得以实现，这让我感到了前所未有的喜悦。

我找到了之前和伊莎贝拉野餐的地方，也认出了那些岩石堆。天色灰蒙蒙的，它们看起来和几个星期前不一样了，好像一切都没有发生过。我又走近了些，几乎没有任何恐惧，因为我太想再次见到那个生物了。我躲在上次那块岩石后面，心脏开始剧烈跳动起来，似乎要从胸膛里跳出来时，我从石头后面探出头去看了个究竟。

但那边什么也没有。上回它站在岩石缝里，发出野兽气息十足的低沉吼声，现在那里空空如也。我站起来，小心翼翼地向岩石走去，越是靠近，我越确定这里没有什么怪物，也没有它留下的踪迹，甚至连它夜里取暖的火堆残渣都没有，就好像从来没有发生过什么。突然，一阵寒意袭来，让我浑身起了鸡皮疙瘩。我拨开灌木丛，绕着其他的岩石一一走过，听过，查看过，依旧什么都没有发现。

回去的路上，我没有了刚才的欢乐和自由感，只觉得自己是个傻瓜，是一个傻孩子。我怎么会相信世界上存在怪物呢？我已经十四岁了，应该明白一些事理了。巴克斯特家离这里还有好远，我努力让自己放松，去听鸟儿唱歌，感受清风抚过我的脸庞，欣赏眼前开阔的美景，但我脑海里一直在想着这件事：这怎么可能？我怎么会相信明显不存在的东西？仅仅因为我看到了它，就这样相信世界上存在这种子虚乌有的东西？可另一个声音在我的心里说，不要自欺欺人了，你亲眼看到了它，怎么能否认它的存在呢？你难道不相信自己的眼睛吗？看到天空中飞翔的燕子，你不会质疑它们的存在吧。地上软绵绵的青草，黑莓刺划过你皮肤留下的伤口，还有从你脸颊流下的泪水，这些都是你真实感受到的啊。走了好久好久之后，我突然发现路边有一个人影，他身材高大，旁边有一匹马和一辆马车，他们停在一棵大树下。我不知道该不该靠近他。一个人在外可能会遇到危险，这点我很清楚，但并不是所有人都有恶意吧。我想回家。我不知道那人在做什么，但我不打算等到他先行离开再走。而且他也可能和我一样，要去同一个方向呢，那就避无可避了。所以，我只能壮着胆继续往前走，走到他跟前时，我抬起头看了看，惊讶地发现他竟然是个熟人，原来是布斯先生。他似乎是在等我，站在马车边上从容地朝我微笑。

"下午好，玛丽。"他问候道。当我走到他身边时，他摘下帽子和我打了个招呼。

"下午好，布斯先生。"我说，"我正在这里散步呢。"

他点点头，说道："散散步有益身心。这是我养的马，它叫杜骐，今天我特意带它出来遛遛，不过我自己也可以锻炼一下。要我陪你走回巴克斯特家吗？我猜你正好要回去吧？"

我点了点头。

布斯先生拉着缰绳，把马牵着跟在我们身边走。

"您经常骑马吗？"我问道。

"不像以前那么频繁了。玛格丽特还能下地走路时，我们经常一起骑马。"他说。

"很抱歉提到您的伤心事，您一定非常思念她吧。"我说。

"我当然想念她了。"他说。这样的回答听起来有些失礼，不过我想要怪就只怪我们是熟人吧。

我们沉默了一会儿。远处，我看见一只鹰隼落在树枝上，它嘴里好像叼着什么，但距离太远，我看不清楚。太阳缓缓地落山了，夕阳的余晖将西边的天空染成了灰红色。我太想吃上一口热腾腾的食物了，刚出炉的馅饼或是艾尔西最拿手的芝士焗土豆，我还想要一把椅子和一个可以温暖我疲惫面孔的壁炉，我要坐在边上，忘却那些不太肯定的离奇事件。我突然意识到，今天我走的路太多，吃的又太少，还有我太想念伊莎贝拉了。

"我接下来要说的事，你最好不要跟伊莎贝拉提起，我很担心她。"布斯先生语重心长地说。我听出来，这些话他藏在心里很久了，直到现在才和我说。

我的思绪飞回到了昨晚，他的双手放在伊莎贝拉的肩膀上，她大声笑着把盘子推到桌子另一边，她好端端地突然凝视地板，仿佛看到了有什么东西在动。

"为什么这么说？"我问。

"你可能注意到了，她的性格不像你或我，也不像玛格丽特或她父亲那样冷静。有时候，她很快乐、和蔼、亲切，似乎对当下的生活很满意；但有时候，她会变得暴躁、阴郁、厌恶别人的善意关怀，把自己封闭起来，谁也无法接近。某种程度上说，伊莎贝拉一直有这样的倾向。但自从她母亲去世后，这种多变的性格就越发凸显了。我也可以告诉你，玛格丽特的死只会让情况更糟。她的表现对于爱她的人来说是件非常难受的事，而对于她自己来说又何尝不是呢？"

事情确实如布斯先生所言。不过，我很庆幸她的反复无常并不是因为我造成的，而是她的性格使然。现在我知道了这一点，也许能更好地接受她对我忽冷忽热的态度。

"这次，我是非常谨慎地和你说这些话。我不喜欢在背后议论人家，但这次，我必须破例。我想巴克斯特先生和罗伯特应该没跟你提过这件事吧。但是我觉得你有必要知道，因为你和伊莎贝拉相处得很好。"布斯先生嘴角带着一丝苦涩。我想，这次谈话让他很煎熬吧。

"不仅仅是她日益显现的多变性格让我担心,玛丽。还有一点,我怕你把她当成了朋友。"他说。

我心里的温暖,就像是被一阵冷风吹散了一样,那是从我第一眼见到伊莎贝拉开始就有的感觉,现在却不复存在了。布斯先生的目光落在我身上,他的眼睛里没有任何波澜,只有深深的疲惫。

"伊莎贝拉很聪明,是个迷人的姑娘,但她不会交友。我相信伊莎贝拉自己也不明白,甚至都没有意识到这一点。"他叹着气说道。

我呆呆地望着前方。我和伊莎贝拉之间的那份情感,除了友谊还能叫什么呢?我们的友谊是不羁的,也许正是因为这样才更加亲密。

布斯先生继续说道:"也许,你曾经问过她和玛格丽特之间发生了什么事。我想她应该跟你说过她们关系冷淡的原因,但也许没有说全。"

可伊莎贝拉什么也没告诉过我。但当布斯先生提到她们之间的生疏时,我突然想起了那些细节,她们见面时礼节性的寒暄、简短的对话,而且我们很少见到玛格丽特的身影。我原以为这是玛格丽特的原因,因为她遭遇了不幸,或者因为她天生就不快乐,但现在我明白了,这一切都是因为她们的关系出了问题。

"玛格丽特是个心事重重的姑娘,我认识她的时候就是这样,"布斯先生开口说道,"每次我去巴克斯特家做客,她总是躲在房间的一个角落里。我偶尔试着和她聊聊天,发现她其实是个很温柔的人。她对这个世界、对我都很感兴趣,但她不愿意谈论自己。每当我问她什么事情的时候,她的眼神就变得阴沉,回答得简单而含糊。有一次，碰巧她家只有她一个人时，才稍微坦率了一些。我们在花园里喝茶，我发现她不仅心地善良，而且体贴温柔，聪明伶俐。她告诉我，虽然她是家里的长女，但却从来没有感觉到自己是家庭的一员。伊莎贝拉那时候十二岁左右，活泼开朗，独立任性，满脑子幻想，古灵精怪；罗伯特是个爱开玩笑、讨人喜欢的弟弟，毫无疑问他会继承他们父亲的纺织厂；强尼则是他们母亲的宠儿，父亲的骄傲，在伊莎贝拉出生多年后又有了一个孩子，让他们夫妇欣喜若狂。这样一来，家里的每个孩子都有了自己的角色和特点让他们受到父母的宠爱。但玛格丽特呢？她仿佛还沉浸在大姐对小妹的嫉妒之中。她觉得自己像只老鼠一样默默无闻、沉默寡言。我相信她很乐意和我交谈。我想，我是唯一一个能就她的感受和她谈这么久的人。几个星期后，我决定向她求婚，她答应了，我们沉浸在幸福的喜悦之中。在筹备婚礼的过程中，我们其实想办得简单些，我注意到伊莎贝拉比平时更加吸引人们的注意力了，平日里，她就不缺关注，人们喜欢和她在一起。但现在，她姐姐要结婚了，这成了那段时间里最大的新闻。巴克斯特夫妇、邻居、镇上的人，他们都在集市上找玛格丽特聊天。在杂货店里，人们问玛格丽特过得怎么样，她打算怎么布置新家，打算要多少个孩子……玛格丽特进入了成年人的世界，也意识到自己是有存在感和价值的。作为妻子的新生活非常适合她，她容光焕发、神采奕奕，带着人们参观我们的房子，在那里我们将共同生活。你知道，那座房子对很多人来说都令人印象深刻：高大的落地窗，馆藏丰富的藏书室，大厅里敞亮宽阔的楼梯，等等。来参观的人都为之惊叹。"布斯先生回忆着。

我眼前浮现出了那座楼梯，每次在上面走过，都不禁想起在玛格丽特身上发生的事情,每次看到它,我都能感觉到肚子里突如其来的坠落感,那是一阵痛苦的战栗。

"玛格丽特特别耐心细致地向伊莎贝拉展示房子。她希望她的妹妹为她高兴,但伊莎贝拉对什么都不屑一顾,她觉得很无聊,想离开,这让玛格丽特很伤心。婚礼上,伊莎贝拉和罗伯特两人开着玩笑,故意大声说话引起关注。忍无可忍之际,玛格丽特把伊莎贝拉带到了屋外,她恳求伊莎贝拉停止这样做,停止用作秀的方式毁了自己的大婚之日,因为这是她一生中第一次也是唯一一次属于自己的日子。但伊莎贝拉显然不能接受这个事实,她不愿意祝福玛格丽特。随后,我跟着出去了,想看看究竟发生了什么,就在那时,我听到伊莎贝拉用尖酸刻薄的语气对她姐姐说:'我倒是希望你从这华丽的楼梯上摔下来,摔断两条腿,布斯夫人。'"布斯先生接着说道。

我能想象出当时的场景,但完全无法想象伊莎贝拉会这样。伊莎贝拉是很任性,有时说话也很冲,态度也不好,但她真的会说出那样的话吗?再者,她那时可才十二岁啊!或许年少时,人都有可能会做一些日后想想也会后怕的事吧。

布斯先生望着前方,他的马发出了厚重的鼻息声。"从那时起,玛格丽特和伊莎贝拉很长一段时间没有说过话,每当玛格丽特和我去巴克斯特家时,她们都互相无视。我觉得很难过,也曾经试图让她们和好。虽然玛格丽特愿意这样做,但伊莎贝拉却不在乎,她自认为受到了伤害,也许是出于嫉妒吧,她看不惯她的姐姐得到应有的关注,性格又太自负,不愿消除矛盾。"布斯先生无奈地说着。

"之后,玛格丽特真的摔倒了?"我疑惑地问道。

"是的,她摔倒了。那时,我们结婚还不满一年,玛格丽特和伊莎贝拉仍然没有对彼此说过一句话。玛格丽特在走上最高的台阶时，被自己的裙摆绊了一下，她从二十四级台阶上滚了下去。她的锁骨断了，拇指和食指也扭伤了。最严重的是，她的脊椎受到了损伤，导致双腿瘫痪。好几个医生都给她检查过，但都说了同样的话，这种损伤是无法恢复的，玛格丽特会一辈子残疾。医生们说她很幸运，从这么高的地方摔下来，一般人连命都没有了。"布斯先生的下唇颤抖着，我觉得看到了罕见的一幕。我想安慰他，轻抚他的胳膊，但我不敢。

"太可怕了。"我说。

天空慢慢地变成了深紫色，我听到了猫头鹰尖厉的叫声，看见了蝙蝠在树顶之间飞翔。鹰隼已经消失了，带着它的猎物离开了这里。

"我是一个不相信超自然现象和巫术的人。但我总觉得伊莎贝拉预言了玛格丽特摔跤，这事很诡异。"布斯先生继续说着。

她真的能预言未来吗？还是这个可怕的诅咒碰巧变成了现实？如果我们编的那些故事都是真的，那么伊莎贝拉是否知道会发生什么？还是她真的做了什么？我感到一阵恶心，我开始担心起了巴克斯特一家。

"我说这些，并不是想让你担心……"虽然布斯先生这么说，但他的话还是在我心中激起了深深的不安。"我不认为伊莎贝拉是个坏女孩。我只是说，你要谨慎些，仅此而已。"

我点点头，我不想怀疑伊莎贝拉的意图。然而，我的内心告诉我必须要重视起布斯先生的话，哪怕只是为了保险起见。

天色已经暗了下来，只能勉强从茂密的草木中分辨出小路。突然，一阵疾风吹来，我的胳膊被人紧紧抓住，我和布斯先生一起跌进了灌木丛里。有什么锋利的东西割破了我的脸颊，我感觉到脚踝似乎扭伤了。我听到布斯先生急促的呼吸声就在我的耳边。

　　"玛丽，我有没有伤到你？"他急忙问道。

　　我感到他的手握着我的手，把我扶了起来。

　　"没有，"我说，"发生了什么事？"

　　"对不起，玛丽。我看见一条蛇。"他回答道。

　　"一条蛇？"我背上涌起一阵热流。

　　"可能是毒蛇。我没看清楚。"他说。

　　咔哒。脑中似乎有个开关响了一下。突然，一段回忆像气泡一般浮现到了我眼前。

　　布斯先生看着伊莎贝拉，像是着了迷一样。"你在餐厅里就见过它了，对吧？"他问道。

　　在吊灯烛光的照亮下，伊莎贝拉的眼睛似乎在流泪，她的脸颊、颈部、胸前都闪着光点。

　　"它跟着我们过来了。"布斯先生站起身来，绕过沙发。在门口，他弯下腰，一眨眼的工夫，他的手里便拽住了一条蛇。那是条黑蛇，身上有黄色的条纹。

　　"那是什么？"伊莎贝拉低声问道。她的脸色苍白，我看到她的手不停地微微颤抖。

　　"我还没有把我的宠物——艾米利亚介绍给你们吧？"布斯先生搂着那条蛇，就像怀抱婴儿一样，将它紧贴自己的身体。那条蛇缠绕在他的胳膊和肩上，蛇头抬起，警惕地看着我们。

伊莎贝拉惊得从沙发上站了起来，站都站不稳了。

"别，别，别，"布斯先生安抚道，"别害怕。艾米利亚很乖。它很听话。"

伊莎贝拉站在那里，一只手扶着沙发靠背，眼睛直盯着门。

"坐下。"布斯先生简短地说。伊莎贝拉又坐了下来，但视线依旧没有从那条蛇身上移开。

布斯先生拿着蛇向我们走来，他的手中仿佛捧着一件珍贵的礼物。他坐在我们中间，那是给他和蛇留出的位置。或许他对我们施了法，我正这么想着，他坐了下来，握住我的手，把它放到了蛇冰冷的身体上，我感受到了鳞片的光滑和非同一般的触感，然后他又握住伊莎贝拉的手，重复了同样的动作。我想，她可能是太害怕了，已做不出任何反应，也或许她已经无感了，已经屈服于眼前发生的一切。我的目光从蛇身上移开，看向了伊莎贝拉，她也看着我。我们同时抚摸着蛇冰冷的鳞片，我能感觉到鳞片下隐藏着的邪恶在颤动，好像它还在隐忍着什么。伊莎贝拉和我对视着，我们看到了彼此眼中从未见过的深邃，但我并不是害怕。

"要勇敢地面对恐惧的东西。"一个低沉的声音指引着我们。

伊莎贝拉笑了笑，但只是对着我。

那天晚上我躺在床上，有一股风吹过。床帘随风摇曳，透露出一种无法抑制的渴望，一种让我陷入半梦半醒的渴望。虽然没见到怪物，但怪物的存在是不可否认的。它的气息在每个黑暗的角落里都能感觉到，在地板上的每条缝隙里都能听到。无论我走到哪里，它都在。它不是童话里的怪物，也不是故事里的，它是我失去伊莎贝拉时感到的孤独，它是我臆想出来的母亲的亲吻，是堆积如山的悲伤，又或是收集起来的童年梦想。它能够预见未来，它由极度的渴望和悲伤组成，并且它比岩石堆旁的怪物更真实。

我们抚摸着这条曼妙、冰凉、着了魔般的蛇，我们害怕地都紧绷住大腿的肌肉。布斯先生，我们叫他大卫，他解开衬衫，任由这条蛇消失在衣服的层层叠叠之中。在屋子里的某个地方，我们听到了玛格丽特的笑声。伊莎贝拉和我继续抚摸着蛇，我们相视而笑，我甚至以为我们亲吻了。当我低头看时，我看到了大卫那毛茸茸、暗粉色的东西，像一条被困住的鱼一样跳动着，而我们还在抚摸着，无法停止。这个活生生的、愚蠢的、颤抖的东西就是我们的怪物，伊莎贝拉在蛛网般的肌肉下对我说，以免大卫听到。"它很臭"，我说，"也许我要吐了。""那是因为海水的缘故。"伊莎贝拉说，"你还指望什么呢？"

1816年6月
日内瓦，科洛尼

来吧，怪物

从本质上讲，有两个原因会使人不快乐。首先，当然是死亡，因为生命总有尽头，曾经存在的一切，有朝一日都将不复存在。因此，从严格意义上讲，任何事情都可以是无足轻重的。然而，当所爱的人去世时，人人都会觉得天塌了一般。这种差异就是痛苦的根源。玛丽深知这一切，每个活过的人都知道这一点。这就是第二个原因：生命。生命是唯一存在的东西，是我们唯一拥有的东西，这使它成为重中之重。而生命的意义在于我们要历经诸多磨难，不是身体受苦，就是心灵受到煎熬。人出生时就拥有意志，这是生命的驱动力。但每个人都能得到他想要的东西吗？在极少数情况下，可以。获得后呢？他就想要更多，或是别的东西，懂得满足的人是不存在的。

玛丽小心翼翼地将小拇指滑入威廉的嘴角，让小家伙松开口，随后给他转个身，让他含住另一侧的乳头。他的上颚已露出了一点点牙齿，有时会狠狠地咬住她的乳头。她轻轻地抚摸着他稀疏的红发，那几乎是一层绒毛。当大脑无所事事时，思绪就会跑得很远，有时，在喂奶的过程中，玛丽会陷入梦境，不是白日梦，而是真正的梦，她能看到大脑营造出的东西：聚会，范妮拿着手帕掩面而笑，父亲拿着一杯杜松子酒,玛丽·简眼中带着醉意,她的生母怀抱着一个婴儿,在沙发上喂奶,她迷迷糊糊地望着前方,仿佛也在做梦。当然了,那个婴儿就是玛丽自己。玛丽记得的事同从未发生过的事融合在了一起。有时,她觉得能凭空想象出一些事物来,也能创造出感觉真实、根深蒂固地存在于每个人心中的故事,它能勾起每个人的认知和回忆:哦,我见过这个,我还记得这事。

门外传来轻轻的敲击声。

"玛丽?"克莱尔推开门,脚上只穿着袜子走进来,她的脸色如同死人一般苍白,头发也没有梳,一缕缕地散落在肩头,一头棕色的卷发显得更加凌乱。她走到梳妆台前,不知所措地摆弄着玛丽的香水瓶和粉盒。

玛丽努力让自己从沉睡中清醒过来,问道:"怎么了?"

克莱尔突然转身,眼中饱含着晶莹的泪珠。接着,她就扑到了玛丽的床边,无声地颤抖着身体。是阿尔贝还是珀西惹得她这样?玛丽心里猜测着。克莱尔只是不停地哭泣,一句话也不说。

威廉打了个嗝,松开了口,一滴乳汁滴落。玛丽把他抱在怀里,让他的头靠在自己的肩上,她尽量不去大声喘气。

"发生什么事了?"玛丽问。

克莱尔哽咽了一声,那是从心底涌出的悲伤,压抑了许久才爆发出来的。玛丽轻轻地拍着她的背,安慰着她。威廉在她怀里打了个饱嗝,一些奶水从他的嘴角溢出,顺着玛丽的颈项滑落。虽然玛丽闻到了一股酸臭味,但她把这气味与爱联系在一起,觉得无比温馨。

"阿尔贝真是个混蛋!"克莱尔哭诉着,"为什么会这样?我们明明相处得很好啊，前一天我们还在卿卿我我，可后一天他就变了个样！说我的存在妨碍创作，让他没法思考，还说我愚笨无知！我到底该怎么做才对？"她转过头，红着眼看着玛丽。

玛丽叹了口气，说道："你知道我要说什么，对吧？也许你就是因为这个才来找我的。也许你只是想从别人口中听到原因。克莱尔，他不会要你的，他并不爱你，甚至有些讨厌你。你应该放手。"

克莱尔一动不动地看着玛丽，她的嘴唇开始颤抖。她把头埋在被子里，哭诉道："我就知道你会这么说。我怎么能放下他呢？我觉得只有你能做到：对你不好的人，你不会对他留有任何爱恋。玛丽，你是怎么做到的？怎样才能如此冷漠？怎样才能违背自己的心呢？我爱阿尔贝，我爱他，而且我甚至不清楚为什么我会这么爱他。求你告诉我该怎么做，把我的爱转变成冷漠。"

玛丽觉得克莱尔并不是在挖苦她。她有没有说对？自己是不是很冷漠？这就是别人眼中的自己吗？

"你不知道你为什么爱他？"玛丽反问道。

克莱尔爬起来，坐到了玛丽的床头，她轻抚了威廉的鼻子，小家伙发出一声快乐而惊讶的声音。

"很奇怪吧？我承认，他对我不好，大部分时间都不好。但当我们开心的时候……我总想和他在一起。人们说，有时候爱上一个人，是因为那个人对自己也有好感。而我爱他，偏偏是因为他对我没太多好感，"克莱尔摇摇头，"我真是疯了。"

玛丽咯咯地笑了起来。她用空着的手将克莱尔拉向自己，说道："你神经有些错乱！"

※

"我开始创作自己的鬼故事了。"约翰宣布道,他的脸颊涨得通红,好像发烧一样。

大家坐在迪奥达蒂别墅的门廊里,山后的天空一片粉、一片紫、一片红,几乎和约翰的脸颊是一样的颜色。今天是美好的一天,几乎没有下雨,天气也不太冷,天空的边缘还透着淡淡的蓝色,这是灰暗的夏天难得一见的景象。他们沿着湖边散步,玩了会儿纸牌游戏,又在门廊里吃饭。现在,只剩下玛丽和约翰两人了,阿尔贝想要去写作,他要把今天没有完成的工作补回来。克莱尔感觉不太舒服,吃得少,也没喝什么,只是想早些回查普伊斯小屋休息。可能是出于礼貌,珀西主动提出陪克莱尔走回去,走山下的那条捷径。玛丽心生不满,又恨自己这样小心眼。

"玛丽,我想我已经有了个不错的主意,等我再多写些,我想让你看看。"约翰说道。

"好啊,"玛丽说,"真为你高兴。"

约翰把油灯调得旺了些,并问道:"你的故事写得怎么样了?"

玛丽该说什么呢?她一直在努力落笔,但更多的是在脑海里进行构思。这是一个现成的故事,她在脑海中发现了它,正把它和其他故事剥离开来。但这并不意味写下这则故事会轻而易举,或是她觉得自己能做到。有太多的东西阻碍着她。首先便是恐惧,她对发生过的事感到恐惧,也害怕未曾发生的事。她对自己的记忆惶恐不安。故事创作的过程,她无法用言语表达,更准确地说,她不想用言语表达。她不想对约翰说,也不愿对珀西或阿尔贝讲,她觉得只有当这则故事成形后,才能公之于众。而当这个故事不再是一个简单的叙述或想法，而是成为一个完整的叙事后，她才能将自己从这个故事中解脱出来。所以，这个故事必须在她心中发育成熟，真切成形才行，待它从羽毛笔尖流出之时，它要像真理一般让人信服，没有人能否定它，连她自己也不行。

她微笑着说道："我不知道。应该还行吧。我在动笔，但主要是在思考。"

约翰说道："我就是思考得太久了，但只要动笔写起来，就会好的。前几天晚上，我在藏书室里坐着，拉上窗帘，点上两三根蜡烛，火焰在壁炉里跳动着，这种感觉很舒适。阿尔贝躺在壁炉前的沙发上，翻开了柯勒律治的书，但并没有阅读，而是盯着壁炉里的火光。他身上散发出神秘的气息，一种难以捉摸的东西，好像他并不完全属于这里，仿佛他头脑里正发生着超越我们日常生活的事情。突然间，我似乎想通了一切，我回到房间，立马坐在写字台前，那一夜，我写下了开头两个章节。"

这是玛丽第一次看到约翰这么快乐，她一把握住了他的手。

"太好了，约翰。"玛丽高兴地说道。

约翰举起酒杯，说道："是阿尔贝启发了我。但我不知道为什么会这样。"

"他是一个伟大的作家。"玛丽和约翰碰了个杯。

"不，不单是这样。也可以说是，但不仅仅是这样。他的做事方式、生活方式，是如此的……如此的纯粹。"约翰说。

"他又不是上帝。"玛丽笑着说。

天几乎全暗了下来，但看不见星星。

约翰笑着说："他当然不是上帝。"

他们凝视着湖面，湖水开始褪去颜色，身后的山脉、迪奥达蒂别墅周围的树木同样如此。

"你和珀西之间还好吗？"约翰问。

"当然。"但其实，玛丽没有预料到他会问这个问题。

远处有匹狼在哀号，也可能是一条狗。

"你们相信自由恋爱，对吧？"约翰继续问。

她对自由恋爱的信仰动摇了。她越来越觉得，这只是一种虚幻的信念，就像上帝一样遥不可及。它是一个美丽的理想，却无法实现。每当她把真心交付给别人，又被抛弃时，她都会感到一片空虚，她已经没有了任何幻想。珀西肯定会嘲笑她愚蠢，他是个彻头彻尾的无神论者，不相信任何超越自己的东西。玛丽觉得自由恋爱和虚幻的信仰是可以类比的，她之所以不能接受自由恋爱，是因为在她心中，只有珀西才值得她去爱。

"是的，"她违心地说，"我当然相信。"

"我觉得这很好，"约翰说，"你和珀西还有克莱尔，你们三个相处得很融洽。"

玛丽觉得胃里有什么东西在翻腾，让她难受。难道是艾德琳不好意思地从厨房里端出来的焦糊布丁？还是酒的原因？今晚他们都喝得不多，但这酒也许很有劲，让她觉得头晕目眩？还是这个夜晚太过沉闷？她看到阿尔贝自以为是地望着她，他刚写完一首诗，满意地笑着。珀西和克莱尔坐在一起，互相挤眉弄眼，嘻嘻哈哈地说着悄悄话。也许是眼前这一幕让她心烦意乱？玛丽感觉到风越刮越大，她盼望着天快点黑下来，最好永远不要亮起来，她需要时间去独自思考、去喝酒、去做梦。她想要逃离这里，躲进自己的世界里，不再理会其他人。她想要静静地看着威廉，在摇篮里安稳地睡着的威廉。他是他们的孩子，他们无中生有地自己创造出了这个孩子。不，不是无中生有。他们用爱创造出了这个孩子，他的皮肤如此吹弹可破，让她轻轻一碰就心疼；他的生命如此鲜活，让她凝视就泪流满面。

"作为医生能够救死扶伤，但作为作家却能影响人的心灵深处，你觉得呢？"约翰突然问道。

玛丽走神了，她并没听清楚他说什么，只觉得门廊外漆黑一片，令人胆寒，她把外套裹得更加严实了。"你是个很好的医生，"她敷衍地回答道，"并不是每个人都能做你做的事。"

"玛丽，我也想做你做的事，你是我的天使。"约翰说道。他凑近了些，玛丽看到他稀疏的胡子如同一抹暗影。

面对此情此景，她有些想笑，但最终还是忍住了。突然，她感觉到有双手搂住了她的腰，湿润的嘴唇轻轻地贴在她的嘴唇上。一条陌生、粗糙的舌头正跃跃欲试，不断地索求着，玛丽可以想到千万条理由阻止这事的发展。她想到了珀西，想到了威廉，想到了克莱尔，还有阿尔贝。此外还有一个理由。正当那条舌头准备裹挟她的舌头时，大量夹杂着酒气的唾液涌进了她的嘴里，陌生的气息弥漫在周围。此时，她的脑海里只有一个问题：她要这样做吗？这一问让她瞬间清醒，她猛地从这火热的亲吻中挣脱出来。约翰吓坏了，六神无主地看着她。

"对不起。"她尴尬地说道，随后便站起了身，准备离开。此时，她觉得天旋地转，桌子、门廊护栏、地上的阴影，都旋转了起来。她暗自说道："没事的。"她迈开步子，小心翼翼地走下门廊的楼梯。

回查普伊斯小屋的路上一片漆黑,天空是黑色的,草丛是黑色的,树木是黑色的,小路也是黑色的。她没有灯,也没有蜡烛,她试着凭感觉找到自己要走的路。她想象着家里有盏灯正在指引着她,灯光在远处跳动着。她听到了自己的呼吸声,仿佛有人在她身边走着。约翰陌生的味道仿佛还留在体内,未来得及消散。他的舌头抵着她的舌头,像一条蛇在嘴里钻来钻去,气味又苦又怪。

她开始飞快地跑起来,头发随风飘扬着,一缕缕地散落开来。她边跑边喘着粗气,祈祷回到家时大家都入睡了。

回到家后,屋里一片死寂,她也已筋疲力尽。再走几步就能到卧室,就可以躲进被窝,就能逃离这一天的烦恼了。黑暗中,她脱去衣服,摸索着找到了自己的睡衣。她轻轻地用手摸了摸摇篮,可以感受到孩子温暖的呼吸。她钻进被窝,床上空空如也,她不知道自己在期待什么。她轻声地抽泣起来,幸好还能这样。

※

父亲说她是静静地来到了这个世界,她的头发像她出生那晚的夜一样乌黑,她的眼睛像第一次迎接她的白昼一样明亮。她是个女孩,尽管他们原本期待着男孩的降生,但她的到来还是让全家人喜出望外,一切似乎都很顺利。那天夜里11点40分,风像巨人的呼吸一样强劲,煤球般大小的冰雹从天而降。她母亲的宫口已经打开,那是她通往现实的门户,母亲深吸着寒冷的空气,来调节自己的气息。那晚,她降生了。

接生婆布伦金索普太太准时赶到,玛丽的父亲在楼下的客厅里等待着,他泡了杯咖啡,他知道如何泡咖啡,因为他的妻子并不是总有时间或兴趣去泡。他盼望着能去看望自己的女儿,虽然布伦金索普太太告诉他孩子出生了，健康无恙，但他还不能上楼，只能焦急地等待着。凌晨两点左右，接生婆带来了令人担忧的消息：必须请医生来。于是，她的父亲匆忙乘坐马车前往威斯敏斯特医院，一个小时后带着一位法国医生回来了。医生尽其所能地将胎盘从母体里取出来，甚至将其分成了小块儿。

直到此刻，她母亲才感受到那疼痛是苦涩的，充满了敌意。医生将手伸入其腹中，就像在抓挠着一个敞开的伤口。迄今为止，分娩从未让她如此绝望，让她不禁想到了心中隐约闪现的毁灭情形。

玛丽是父亲的第一个孩子。父亲还在楼下，对楼上发生的一切浑然不觉。母亲在床上痛苦地呻吟着，血不住地往外流，床单已被汗水和血液浸透，她的面容因剧烈的疼痛扭曲变了形。医生每次用力地按压使她抽搐不停。还能转危为安吗？她母亲清楚这一点吗？如果她一无所知，只是喘息着、嘶吼着，如同一头垂死挣扎的野兽，那么谁能知道这个问题的答案？她的身体吗？

他一生中读过的所有书籍，与作家和哲学家的所有谈话都无法应对现在发生的事。这是不同种类的挑战，涉及另一个领域——女性领域。当时，要是玛丽的母亲在他身边，无疑会嘲笑他一番。这是女性领域？难道孕育孩子，就把这个领域完全推卸给女人吗？男人也应该参与其中，因为正是他们促成了新生命的诞生：两者之间产生化学反应从而形成了新的个体——孩子。虽然孩子在母体内成长，但父亲仍参与其中，并不能被视为局外人。新创造出来的生命及周围环境都属于整个人类的范畴，不应分男女。

她父亲虽然喜欢与人辩论深刻的话题，却不忍心与她母亲争执。他想说些什么，关于大自然的法则，关于做母亲的使命，关于人类的本能，可是，他对她的爱胜过了一切。他只能静静地看着她，看着她每次阵痛时扭曲的面容，在昏暗的烛光下闪着的泪花，像一个被困在痛苦中的幽魂。他只能无言地点头，表示赞同。

她的母亲并没有嘲笑他，也没有呵斥他。她的母亲已经离开了这个房间，只是身体还在呼吸，但灵魂已经飞走了。虽然眼睛还睁着，但已无神，看不清任何东西。她父亲凝视着，感受到了一种他从未体验过的深沉的恐惧。

清晨五点半，医生离开了。雨水夹杂着冰雹猛烈地砸在窗玻璃上，小玛丽被裹得严严实实，安静地蜷缩在父亲怀中。他不敢以爱人或父亲的目光正视她母亲那张苍白无力的脸庞，只能用医生那客观冷静的态度，去观察那张沾满汗渍、长满鸡皮疙瘩、几乎没有血色的脸。她紧闭着的双眼周围是层层的黑眼圈，胸口处，如果仔细看，还能看到微弱的呼吸起伏。她身下的床单上一片暗红的血迹，皱皱巴巴，湿漉漉地黏在她身上。他就这样坐在床边，抱着他们唯一的孩子。医生对他说，只能祈祷奇迹出现了。布伦金索普太太忙前忙后地换水、换布、换床单。孩子从出生到现在还没哭过一声，但她有气息，眼睛也睁开了，他相信她会没事的。

但十天过去了，事情并没有朝好的方向发展。她的母亲虽然一度有所好转，但又渐渐地陷入了自己意识的迷雾，如果她还有意识的话。夜晚的希望和梦想在清晨的冰冷现实中消失殆尽。刺目的白光，冻透了她筋疲力尽的骨骼，她的生命已经进入了一片无人区。

又过了五天，她的母亲被安葬在了圣潘克拉斯墓地。那时，小玛丽已经能哭出声了。

当然，以上的画面全是玛丽想象的。如果没有加入想象，她母亲的去世似乎就没有太多可讲的内容。玛丽切开一片面包，抹上奶油，把摇篮推到了厨房里。威廉俯卧着，挺起身子，睁大眼睛看着玛丽吃了一口面包，她轻轻地挠了挠他的下巴。此时，门外传来重重的脚步声，是珀西从外面回来了，他们已经习惯了每次回家都要把靴子上的泥土踏掉。屋外冷风刺骨，他随手便把门关上了，朝屋里走去，走廊里木地板发出了咯吱的声响。珀西露出头来，朝厨房张望了一番，这里一定很温暖，三支蜡烛、一壶茶、一盘刚烤好的面包、火光闪烁的暖炉，窗户上凝结着水汽，一对母子坐在厨房桌边。

"你好，亲爱的。"他说。

"克莱尔呢？"玛丽问。

"克莱尔在迪奥达蒂别墅。"珀西从橱柜里拿出一个杯子，给自己倒了一杯茶，亲吻了她，也亲吻了威廉。

"过来坐一会儿。"玛丽说。

珀西拉来一把椅子，咧开嘴，对着玛丽笑了起来。

珀西的嘴是她最着迷的地方，那张嘴能说会道，丰满的双唇曾向她默默诉说一个未知的世界。那个夜晚，在父亲的书房里，他故作羞涩，故意碰到了她的膝盖，手指划过她的背部。在她母亲的墓碑前，珀西曾温柔地拥抱和爱抚过她，用只属于她的语言在耳边轻声细语。他们一起旅行、一起欢笑，在床上，他把冰冷的脚搭在她的脚上，一面给她朗读诗歌，一面做爱、喝酒。这些美好时光都由珀西的双唇带来，它们也描绘着两人未来的生活。从此以后，珀西的嘴唇和脸庞就成了她心灵上最坚实可靠的支撑点。无论时间如何流转，这张脸永远留存在她的记忆里，并将伴随着她度过余生，因为失去他，也意味着失去一切。

"你今天下午想去散步吗？"珀西喝了一小口茶。"我想应该不会下雨，埃莉斯一会儿就来了，对吧？"他看着她，同时又看了看她的身后。

她点点头。自从他们来到这里，散步的次数就少多了。不过，她倒是有过，只是和约翰、克莱尔一起去的，或者自己一个人。但是几乎没有和珀西一起散过步。总之，她和他在这里不怎么一起活动，或者说，自从威廉出生后，情况就这样了？其实更早就已然如此，她脑中有个声音提醒道。还记得怀孕期间是什么情况吗？孩子在她体内发育成长，是她和他之间的联系，她知道，也感受得到。但对珀西来说，这种联系有别的叫法。他没去关注玛丽有何变化，当然是外表上的改变，但那也不重要，她身体和头脑中的变化才是让她待在家里、读书、轻声吟唱的原因。她不想多喝酒了，因为这让她不适。珀西也不去察觉她作为母亲的觉醒。他和克莱尔经常一起去城里，去剧院，有时候回来时，她已经起床了。她想知道他们一起做了什么，但又不想知道，虽然她没有开口问，但还是很生气，暗暗地生气，对自己生气。直到有一天，她终于明白了，孩子在他们之间建立的纽带，对珀西来说不叫联系，而叫束缚。

下午，他们穿过湿漉漉的草地，靴子上沾满了沉重的泥巴。鸟儿从灌木丛中飞起，飞向灰云笼罩的天空，这里的云层像条巨大的毯子，遮蔽着世界。她犹豫着是否该说些什么。她想要说一句话，一句将一切恢复到正常关系的话，一句清除所有错误、将他们带回时间和事情原点的话，一句将所有误会化解的话。她想表达她的爱意，也想知道他是否爱她。他们相识、相爱，在玛丽看来，他们是世上唯一相爱的一对。

"约翰吻了我。"玛丽低声说道。

话说出了口，却没有产生玛丽期待的效果。

珀西微笑着，直视着前方，好像那里有什么可看的一样。玛丽没想到他竟是这样的反应，她感到自己的心脏在抽搐，她想要保持冷静，想要呼吸，想要跟在他身边继续走下去，想要更多期许，但这一切都很艰难。她嘲笑着问自己，到底在期待着什么。这不正是珀西想要的"自由恋爱"吗？也许她希望看到他震惊的表情，哪怕只是一点点？尽管这是他们曾经向往的生活方式，珀西对此深信不疑，并且身体力行，但这事一点都没让他感到痛苦吗？

"感觉怎么样？"珀西问道。

玛丽试着去回答这个问题，她的内心并不愿意回想那段经历，但似乎又无法做到，那些记忆深深地刻在了她的心里。那条宽大、贪婪的舌头，在她身上留下了一道永远无法愈合的伤口。她不知道该说什么好。

"你觉得呢？"她问道，她竭力让自己听起来平静无波。

远处，仿佛在世界的另一端，她听到了一个孩子的笑声。路边的灌木丛中一阵骚动，有个东西飞快地蹿了过去，玛丽没看清它是什么。

珀西站在那里，握住她的手，看着她，说道："你不会承认，但我知道你不喜欢我和克莱尔在一起。这一切都会过去的，真的。我只是想让你放下包袱，轻松一点。"他的语气很冷静，他是认真的。

"那约翰呢？"她感觉嘴里好像有什么脏东西。

她身体里仿佛有一头野兽，一头怪物蠢蠢欲动。它在怒吼，它

189

想撕裂玛丽的身体，它想独立于玛丽，踏足这个世界，它想要肆无忌惮地破坏这个世界，因为它并没有良知。

不过，玛丽并没有被怪物吓到，她认识它，在破碎的镜子里她曾见过它，当时她还以为是自己。那怪物满嘴污言秽语，玛丽喘着粗气。她看着珀西，一巴掌打向了他淡粉色的脸颊。珀西向后退了一步，又后退了一步。他皱起眉头，一边脸颊也变成了夕阳般的红色。他没有说话，转身便离开了她。

她内心传来一阵号叫，那个怪物苏醒了。

数小时后，她回到了住处，她本不想回家，所以漫无目的地走着，走得比以前更远，甚至迷路了，她也并不在意。直到开始下雨，她的脚趾冻得冰冷，手指颤抖时，她才想到问路回家。一位板着脸的农夫推着车将她送回了查普伊斯小屋，她给了农夫五个便士，那人没打声招呼便离开了。查普伊斯小屋里，只有埃莉斯和威廉，威廉正在睡觉。埃莉斯走后，玛丽坐在厨房的桌子旁，呆滞了几分钟，什么也没有做。她看着壁炉架上的摆设，那只瓷制的白色小鸟在灯光下闪闪发亮，看起来很有生命力，但又像是在睡觉。她切了两片面包，倒了一杯酒，拿起她的笔记本，蘸上墨水，拿起羽毛笔，她终于开始动笔了。

她写得乱七八糟，几乎没有思考，没有逻辑，她笔下的人物泯灭人性、肆无忌惮。此时的写作对她而言纯粹是一种冲动，她对自己写下的文字毫无感觉，仿佛有人在给她口授，然而这些文字又是她自己创作的故事，只属于她一个人。她的身体喝着酒、啃着面包，奋笔疾书，试图跟上内心的变化，写下她心中狂暴的故事。有时，她也会停下笔来。时间到了午夜，屋里只剩她和小威廉了，她正希望如此。现在，她无法忍受珀西，她不想再看到他的眼神，听到他的道歉，也不想再回忆她所做过的事，那些本不该做、永远无法挽回的事。不过，她并没有因此而后悔。威廉睡着了，每过半个小时，她就会去看一眼：还好，他还在。随后，便又继续她的创作，她的鬼故事，属于她自己的故事。这个怪物，一直依附着她，躲藏在她的胸脯之下，感受温暖，积蓄野性，但现在是放开它的时候了，将它释放在这间昏暗的厨房里，在油灯微弱的光芒下，在墨水的颜色里。这个怪物俘虏了她，刺激着她，也吓坏了她。它就像夜晚，在漫长的一天里，经历了炎热、希望和鲜艳的色彩之后，终于降临。夜里一切皆有可能，因为它属于幽灵、怪物，属于所有内心的黑暗。

威廉开始哭了，他的哭声很轻，却充满了悲伤，仿佛他在梦中深刻地明白了生活将会是什么样子。玛丽把他从摇篮里抱起来，用一块毯子包裹住他，把他放在胸前。威廉没有办法吸住她的乳头，于是玛丽在他的下唇上滴了一滴奶水，让他安静下来，他就能顺利咬上了。在厨房的桌子上，在同样的灯光下，威廉在她的怀里，桌子上摊开了好几页写满了字的纸。面对这些纸，她曾经久久不能动笔，那时她怎么也想不起来这些真实存在，却又邪恶、令人厌恶的怪物。

"来吧，"她轻声说道，"让一切都来吧！"

威廉突然咬紧了嘴，玛丽能感觉到他已经长出了一颗牙，她的乳头上传来一阵疼痛，随即闪电般地穿过胸脯，传导到大脑。

她闭上了眼睛，默默地对自己说："就让世人看看吧！"

1812年
苏格兰，邓迪

1812 年 8 月 24 日

这几天我一直无法平静下来。伊莎贝拉待在她的房间里看书,只有吃饭的时候才出来,因为巴克斯特先生不允许再让人给她送饭了。他昨天问我能不能和她说上话,我们当时坐在屋前的门廊上。艾尔西煮了茶,又给巴克斯特先生、强尼和我送来了黄油甜酥饼干,她问要不要给伊莎贝拉带几块,但巴克斯特先生摇了摇头。

"她现在也不跟我说话。"我说。

巴克斯特先生喝了一口茶,闭上了眼睛,说道:"我一直告诉自己,她是因为母亲去世才变成这样的。但其实并不是,伊莎贝拉总有一种把自己封闭起来的倾向,她跟别人建立起联系好像需要付出很大的努力。每过一段时间,她就需要休整,回归自我。"

"我们去看玛格丽特吗?"强尼围着巴克斯特先生的椅子跳来跳去。

"玛格丽特?强尼……"我不太清楚该说什么,但巴克斯特先生抢先说了。

"我们马上就去,"巴克斯特先生看着我,有些惊讶地说道:"我们要去散步,去她的墓地,也去下她母亲的墓地。你想一起去吗?"

我摇了摇头说:"我还想再看一会儿书,你们去吧。"

天色渐暗，花园染上了更深沉的色彩。一群燕子从头顶飞过，密密麻麻，像是一张移动的幕布，又像是晾在风中飘动的一张白布。我听到屋里有什么动静，于是便走了进去。到了门厅口，我停住了脚步，伊莎贝拉正站在楼梯上，一只手扶着扶手，另一只手按在心口。她身穿一条深绿色的长裙，领口高高扣起，袖子上镶着几乎没过她手指的蕾丝，显得相当老气。她的神情也很奇怪，似乎惊讶于这栋房子怎么还在原地，我怎么也在，在她离开这么久之后一切竟然还是原样。我对她的神情感到愤怒，难道她不明白有人在乎她吗？她慢慢地走下楼，眼睛盯着我。我想继续看着她，但我做不到。她抓住我的手，拉着我走进了客厅，我们坐在窗台上，太阳的余晖洒进房内。她望着我。

"对不起，我这么久没出来见你。"她说。

"你为什么这么做？"我问道。

"我不能谈论这件事。布斯先生那天太……太不一样了。而且你也知道后来发生了什么事，我觉得很羞愧。"伊莎贝拉说道。

"那天晚上确实很奇怪。"我说。

"不过，也挺有意思的。玛丽，我不知道这么说会不会使情况更糟，但求你不要埋怨我。我觉得，每当你靠近我，你身上散发出来的气味和陌生感，或是你对我的关注，都让我感到相当自在，让我觉得确实存在某些事物可以解释我的行为。"伊莎贝拉看着我说道。我感觉到，她那双像湖水般碧绿的眼睛，让我的情绪变得柔和下来，我认识这种颜色，我认识这张脸。这是我认识的最可爱的脸，没有之一。

"你能原谅我吗？能忘记我做过的事，再也不提了吗？"伊莎贝拉恳求道。

"你到底指的是什么?"我问道,"那天的红酒确实让我们的行为和思绪都不太稳定。但我实在想不出你做过什么事需要我的谅解。"我看到伊莎贝拉脸上露出了难以置信的表情,她拽住长裙衣袖上的一根线头。随后,她轻声地说道:"那天我们接吻了,玛丽。"

突然,我感到下腹中有颗炽热的钻石闪烁着光芒,下半身充斥着一种甜美的疼痛。我似乎感到了背叛,这种光芒穿透了我的皮肤,让所有人都清楚地看到了我的尴尬。我迅速地整理起我的记忆,它们杂乱无章、黑暗混沌,我想不起来我们曾经接过吻。

"那是发生在布斯先生把蛇放进房间前还是之后?"我诧异地问。

伊莎贝拉看着我,满是惊讶和疑惑,她问道:"你说什么?"

"就是那条蛇。当时我们坐在客厅的沙发上,有条黑黄相间的蛇。布斯先生捧着它,就像这样。"我把手臂放在胸前比画了起来,仿佛怀抱婴儿一般。

伊莎贝拉摇了摇头,说道:"我毫无印象。"

而我选择立刻相信她,就像我相信那天晚上她确实吻了我一样,即使这不是现实,也是在她的幻想或梦境中。

"这怎么可能?"她突然站起身说道,她的神色坚定但又不安,来回踱着步走到书架前,又转身回来,陷入深思。

"我们的记忆不一样了,可是其他的呢?你还记得那场雷雨吗?"我说。

"记得啊,"她说,"还有餐厅里的那顿晚餐,太诡异了。我说不清楚。我都不敢肯定自己到底看见了什么。"

我对那顿晚餐的记忆也模糊不清，我无法用语言表达，就像有时无法描述梦境一样，只剩下似是而非的感觉，朦胧、荒诞的画面。因为有些难以言喻的东西进入了灵魂，并留在那里，储存在潜意识的印象里。"我们为什么会有不同的记忆？这怎么可能？"我问道。

伊莎贝拉坐到我身旁，握着我的手。她的手很烫，像个热水袋。"我们喝多了，"她说，"我父亲曾说，有时候酒会让人产生幻想，幻想一些从未真正发生过的事情。如果我不记得蛇，你不记得吻，那就应该是我父亲所说的情况了，对吧？"

我点点头，回答道："可能就是这样吧。"我还在想那个吻，那个我不记得的吻，但我多么希望能记得它。

※

"看那儿！"巴克斯特先生指着地平线喊道。耀眼的阳光在水面上反射开来，闪耀着刺目的光芒。远处，我看到一个黑点。

"我看到了，我看到了。"强尼喊道。他跳上跳下，好像这样就能更清楚地看到船了。

"它还要一会儿才能靠岸。"罗伯特说，"来，我们再绕港口走一圈吧。"

"不。"强尼大声说。他甩开手，盯着天边，那里有一个点正缓慢地变大。

伊莎贝拉站在我旁边。风吹个不停，我们都不自觉地流下了眼泪。

"我觉得这艘船是满载而归的。"巴克斯特先生说。

我们凝视着，远处的那个点似乎已经分化成了两个。如果有点想象力的话，还可以把后面的那个点看成一条鲸鱼。

"来呀,来呀!"我们身后传来一阵呼喊声。

一个头发花白、满脸皱纹的男人对我们笑着,点头示意我们去港口对面的一家酒馆,那家叫作"海妖酒馆"。

"进来等一等吧,巴克斯特先生。我有一种好酒,你一定会喜欢的。"我觉得他有点谄媚,但又带着一种欢乐的神情。

"是你啊,莱斯。"巴克斯特先生说,"好啊,谢谢你。来吧,女士们、先生们,我们不妨喝一杯。"

酒馆里很安静,在角落里的一张小桌子旁,坐着一个肩膀宽阔的年轻人,他手里拿着一杯啤酒,面前是一盘鸡蛋和水煮火腿,窗户前有两个老人在打扑克。墙上和吧台上挂着渔船、喷水的鲸鱼和美人鱼的画,这些美人鱼个个长着圆润的乳房,后墙上还挂着一个一人高的船锚。

"请坐,请坐。"莱斯把我们领到窗边的一张大桌子旁。透过凸起的玻璃,可以看到港口,但海面几乎看不见。

"女士们也要波特酒吗?"莱斯问巴克斯特先生。

"女士们喝茶,"他说,"小强尼也一样。"

他很快就拿来了一个满满的托盘,上面放着一瓶黑色的波特酒、几个小杯子、一个茶壶、几个茶杯、糖、牛奶和饼干。

"罗莎生病了。"他一边把东西放在桌上一边说道,语气中似乎带有些歉意。

"不严重吧?"巴克斯特先生一边小口品尝着酒,一边说道。

"希望不严重吧。我一个人可顾不了这里。等会儿船队回来了,晚上……"

我希望罗莎是他雇的帮手,而不是他的妻子。从说话的语气来听，他不怎么关心她。

"等会儿他们就要回来了，带着他们夸张的故事。"莱斯拉过一把椅子。巴克斯特先生是不是和他很熟？还是他不在乎礼节？伊莎贝拉咯咯地笑着给我们倒了茶。

"我有没有跟你们讲过我哥哥的故事？"莱斯问道。

"肯定又是些胡说八道的事。"巴克斯特先生微笑着。

强尼放了四勺糖在他的茶里。

"什么胡说八道？谁在乎呢？故事永远不会是胡说八道。"莱斯说。

"讲什么的？"罗伯特已经喝掉了半杯酒。

"我哥哥伊恩是捕鲸人，有时候要离家好几个月。他的妻子总是抱怨，但是没有这份工作，他们就没有饭吃。总之，几年前他回到家，有一天晚上他来到了我这里的海妖酒馆。他和他的妻子刚吵完架，他需要出来透透气，就坐在那边的吧台上，那张凳子上。我给客人们倒啤酒，这里挤满了人，因为所有的船员都回来了。我几乎没有时间听他的故事，但不知道为什么，大家都让我停下手里的事来听听。罗莎过来帮了忙，我才有空。当伊恩告诉我他在航行中看到的景象时，我浑身起了鸡皮疙瘩，一直到这里。"莱斯指着自己的脖子说道。

强尼屏住呼吸，认真听着。

"他说有一天早上，其他水手们还躺在床上，他上了甲板。天已经亮了，足以看清周围的情况，不需要打灯。他能看到海面，平滑如镜，海面尽头的紫红色光芒将天空和海洋连接在一起。他就这样站了一会儿，手放在栏杆上，看着从头顶飞过的海鸥。然后，他感觉到了一些奇怪的东西正在靠近，他当时还不知道是什么，因为他背对着那个出现在海里的东西,但他感觉到了一个存在,那东西有着与人不同的能量。他转过身来,然后看到一个人从船侧游过来,至少,一开始看起来确实像是一个人。但它不是人,它几乎有普通人两倍长,体形更瘦长,还长着鱼一样的鳃,披着蛇一样厚厚的绿色鳞片,而且它还有腿,像狼一样的腿,但是更长。它细长的手指上还有指甲,几乎和那东西的手指一样长,坚硬、发黄。"莱斯斜眼笑着,又看着我说道,"你不是这里人,对吧?那么你可能无法理解我哥哥的感受。但是邓迪和泰河沿岸的居民都知道,这正是海妖的外貌。"

我感受到伊莎贝拉的手在桌子下轻轻地握住了我的手,我的肚子里涌起了一阵疼痛。

"据传,海妖生活在泰河和阿布罗斯附近的水域,雄性,既是鱼,又是蛇,也可以是人,只要它愿意就能任意变换形态。据说,海妖是由一道闪电击中海面而产生的,就在邓迪海岸外几百米的地方。由于闪电的热量,水中的能量成倍增长,一个活生生的怪物就这么诞生了。"莱斯继续说。

我把手伸向我的茶杯,但是感到这陶器冰冷刺骨。

"我哥哥自然是吓了一跳。他曾经也不相信水手们的话和传说,但当亲眼看到了一些东西后,一切都改变了。据说这个海妖不会对人的肉体造成任何伤害,但它的本事有过之而无不及。它不会拖人入水,也不会把你带到海底,也不会用黄色的爪子撕开你的躯体。然而,它却是最危险的生物之一。它会在你身上潜伏起来,隐藏在你的梦中,钩住你的思想,伪装成宿主的感知。这样,它就可以操控你做任何事情。如果它进入了你的内心世界……哦,那对它而言轻而易举，在你意识到之前，你就已经成为它的囊中之物。"

酒馆里一片寂静，只有那个年轻人不时划动餐具，发出轻微的碰撞声。

"你讲得真是太精彩了，莱斯。"巴克斯特先生拿起波特酒瓶，给自己和罗伯特斟满了。"我以前也听说过这个传说，但没有你讲得这么生动细致。"

"你哥哥最后怎么样了？"我问。

"伊恩吗？实际上没发生什么特别的事情，他只是回忆不起回程的很多事情了，他说他一路都在打瞌睡，做了一些奇怪而可怕的梦。等到回到邓迪，他就恢复正常了，也许是他的心理作用吧，或者他真的看到了那个东西。谁知道呢。"莱斯耸了耸肩说道。

伊莎贝拉紧紧地握着我的手，让我感到不自在，我想把手抽回来。

"快看！"强尼指着窗外。船后面有一个巨大的黑影，它像是一头鲸鱼，但从这里看起来像一个怪物。

巴克斯特先生立刻站了起来，在桌子上扔下一枚先令，示意我们跟他一起走。莱斯也站了起来，开始收拾我们留下的杯子。他嘴里低声哼着一首悲哀的歌曲：

鲸鱼驶向港湾，
可新娘却不见踪影。
孤独漂泊波涛间，
爱情的呼唤回荡在海面。

她的丈夫即将殒命，

化作鲸鱼油长眠不醒。

她将成为寡妇，

却对他念念不忘，追思恒久。

屋外风在呼啸，我扣上了外套的扣子，跟着巴克斯特先生走向港口，那里已经聚集了许多人。他告诉我，鲸鱼油是邓迪工业的命脉，尤其是他经营的纺织厂。因此，每当捕鲸船返回，都是一次盛大的欢迎仪式。我看到孩子们在人群中穿梭，却被他们的母亲拉回来，不让他们靠近水边。我也看到年轻的女人们焦急地望着海面，期待着她们的丈夫平安归来，但又害怕他们会带回什么可怕的东西。海风吹过，带来了海盐、鱼和海洋的气息，还有一种我闻所未闻的气味。随着船只的靠近，那种气息越来越浓烈，让我想起了化粪池的味道，有什么东西正在腐烂，还有一些更恶心的东西，这让我想起了曾经的一个梦，一个已经忘记了细节，但还记得感觉的梦，一个沉重、有气味、有嗡嗡声的梦。终于，我看到了鲸鱼了，难以想象，它就在我们的港口，被船上的鱼叉死死地钉住。它比任何我见过的动物都要大，它的皮肤闪着光芒，就像海洋中才有的生物一样，它带着一种不屈不挠的傲慢，好像永远不会被捕获。即使被捕获了，就像现在这样，它也没有流露出任何失败的迹象，它那双深沉、明亮的眼睛里只有冷漠和轻蔑。船上那些水手们也没有真正的胜利感，他们虽然露出了微笑，但眼神里却透出一丝紧张和恐惧，他们知道他们捕获了不该捕获的生物，他们知道这意味着会发生一些无法理解的事情。他们知道这是不可逆转的，知道他们做了一件不可思议的事情。

1812年8月30日

我下楼的时候,早餐已经准备好了,伊莎贝拉也已经坐在桌子旁。桌子上摆着各式各样的美食,有果酱、羊奶酪、甜味和咸味面包、茶和咖啡、水果和两束野花。巴克斯特一家人纷纷起身,亲切地亲吻我。

罗伯特告诉我,今天下午,我们要去教堂做礼拜,然后就在林多尔斯修道院旁野餐。

"布斯先生也会跟我们一起去的。他说他要亲自祝你生日快乐。"巴克斯特先生说。

我感到一阵不安,我的胃里像有什么东西在翻滚。我偷偷地瞥了一眼伊莎贝拉,她正专心地切着苹果片,她的肩膀紧绷着,一副不想搭理任何人的样子。

"我要让他看看我的鱼头。"强尼兴奋地说道。我们坐在马车上,他坐在我身旁,眼睛里闪着快乐的光芒。他的脖子上挂着一个小包,手紧紧地护着它。

"再等一会儿就到了。"巴克斯特先生望着远方,似乎在寻找什么东西。今天的天气很好,适合过生日。头顶上是一片晴朗的蓝天,白云像波浪一样飘浮着。伊莎贝拉坐在我旁边,她的连衣裙和我的一样,都是短袖的,每当马车转弯时,我们的胳膊就会不小心碰到一起。我想起了她的脖子,想起了她胸部的曲线,就像那天下午我看到那个怪物时一样清晰,但现在这两个画面都让我觉得不真实。

强尼轻声说:"他无所畏惧。"

我抬起头,问道:"谁?"

"芬加尔。"强尼笑了,眼神迷离,像是在梦中。

"芬加尔·维森诺格,'鱼之眼'。"他说着,轻轻地拍了拍他的小包。

我环顾了下四周,似乎没有人注意到我们的谈话。

"他为什么无所畏惧?"我好奇地问。

"你害怕什么?"强尼反问我。

我沉默了一会儿,然后说:"我不害怕任何东西。"

强尼凝视着我。"是吗?"他疑惑地说道。

马车慢了下来。

"看,布斯先生来了!"强尼突然大叫起来,好像压在他心头的疑惑突然消失了。

布斯先生走过来,依次扶强尼、我和伊莎贝拉下了马车。接着他转向我,低头亲吻了我的手。

"玛丽,祝你健康快乐,长命百岁。"他说。

我被他的眼睛吸引住了,那是一双深邃、冷漠、敏锐的眼睛,像是一片无底的海洋。回过神来后,我听到伊莎贝拉在跟我说话,她在介绍我们面前的修道院,而布斯先生在跟强尼聊天,巴克斯特先生和罗伯特拎着野餐篮走在我们前面。

"你不觉得吗？"伊莎贝拉问我，她似乎已经从在马车上席卷她的困意中苏醒过来。

"抱歉，你刚才说什么来着？"我想冲她一笑，可笑不出来，只好挽住她的胳膊与她并排走，这样她就只能转过头去朝前看，而不能盯着我看了。

"我说那些僧侣们一定很不容易，他们人数太少了。"伊莎贝拉说。

我不知道她在说什么，只好应付地点了点头。

"一共才不到三十个人，"她继续说，"你能想象吗？这么大的一座修道院，只有这么点儿人。"

我环顾四周，只看到一片废墟。曾经雄伟的建筑现在只剩下了残垣断壁，上面长满了色彩斑斓的苔藓，砖块之间钻出了杂草，屋顶早已不见踪影。这个地方虽然荒凉，却有一种古老而祥和的气息。空中有乌鸦来来回回，偶尔也能听到知更鸟的啼鸣。

我们找到了一片阴凉的地方，在曾经是礼拜堂的地方坐了下来。罗伯特在齐膝高的草地上铺开了一块毯子，伊莎贝拉开始打开篮子，摆放好盘子、色拉、切好的肉、面包、蛋糕和黄油。布斯先生则负责饮料，他给我们倒上了酒，给强尼倒上了柠檬水。阳光在我的酒杯里闪烁。

"干杯！"巴克斯特先生举起了杯子。"为我们亲爱的玛丽干杯，欢迎她加入我们这个大家庭。玛丽，我们很高兴你能来，祝你度过一个美好的生日，并且永远快乐。"

随后，我们跟着他一起喝了一口酒。这酒甜而浓郁，在我的喉咙里留下一阵温热。

"小家伙，那是什么？"布斯先生指着强尼的小包问道。

强尼的眼睛顿时变得活跃起来。

太阳越来越刺眼，照得我们只能低下头，它不仅温暖着我们的心，也在空中绽放出耀眼的光芒。我们只能看到脚边的事物：柔软的草地、坚硬的石墙、甜美的蛋糕和醇香的酒。我们头上的一切，都被阳光掩盖了。

"一颗鱼头？"布斯先生低头看向强尼手中的宝贝，"真漂亮。"

"它从天上掉下来的。"强尼说道。

布斯先生扬起了眉。

"我是在一条小路上发现的，过了九泉村那里，所以它肯定是从天上掉下来的。"

布斯先生点了点头，说道："确实很有可能。你把它洗干净了吗？否则可能会生病。"

强尼摇了摇头说："它不脏。看。"他把鱼头举了起来，放在布斯先生的面前。

很奇怪，布斯先生似乎吓了一跳，只是短暂的一瞬，然后他便笑了起来。

我闭上了眼睛，在接下来的几分钟里，我沉浸在这个温暖的日子中。各种想法、记忆和愿望在我的脑海中不断涌现，像池塘里的涟漪一样交织在一起。在这片薄雾中，我听到强尼轻声说道："它叫芬加尔。"

"嗯。"布斯先生的声音响起。他缓慢地重复着这个名字："芬加尔。"

布斯先生和强尼沉默了一会儿。

几秒钟后，也许是几分钟后，布斯先生问道："强尼，你知道芬加尔是什么意思吗？"

我猜强尼摇了摇头，要么就是依旧专注地抚摸着鱼头，分不出一点儿心思去答话。

"是白衣陌生人的意思。"布斯先生说，"你选的名字非常恰当。"

我感到身边有动静，我的意识突然清醒了。

"玛丽，我能请你和我一起散步吗？"布斯先生问道。

我睁开眼睛，抬头望去，外面的天空是亮白色的，但我头顶正上方只有一片黑色。我的目光寻找着伊莎贝拉，但她躺在地上，头枕在一卷披风上，眼睛紧闭。除了布斯先生和我，好像没有其他人在这里。其他人，甚至是强尼，似乎都像是虚幻的幻象，就好像他们在另一个世界，一个在布斯先生向我发出了邀请后，我就无法进入的世界。

我们已经走了很久，修道院的影子早已消失在远方。布斯先生在我前面开路，带我穿过杂草丛生的荒野。我不得不提起裙摆，以免被荆棘勾住，还得小心翼翼地落脚，因为脚下是松软的泥土。就这样大约默默走了五分钟，终于走到了一条平坦的小径，让我们可以并肩前行。

"这是一个充满冒险的生日！"布斯先生笑着说。

"这里真是太美了！"我赞叹道，眼前的景色确实令人惊叹，我们周围是一片绿色的丘陵，点缀着几棵山楂树，空气中弥漫着石楠花的清香。

"我有一个礼物要送给你。它有些年份了，但我相信你会喜欢它。"布斯先生从口袋里掏出一个小木盒，递了给我。当我打开盖子时，里面的东西闪耀着夺目的光芒，就像把阳光装进了盒子一样。那是一个手镯，深蓝色的宝石镶嵌在金色花丝线上。我轻轻地把它取出来，戴在了我的手腕上。一阵剧烈的刺痛从我的手腕传遍了我的全身，仿佛有一道闪电击中了我的心脏，打开了我思想中的某个封印。天空突然变得更加明亮、刺眼了，我吓得赶紧把它摘下来，放回盒子里。

"它真是太美了，"我说，"这是一份很珍贵的礼物。太珍贵了。"

"不要这么说。这是属于你的。你是一位与众不同的女士，与众不同的女士就应该拥有一件与众不同的首饰。"布斯先生把手背在身后说道。

"我不能收下。我会觉得很不自在。"我婉拒道。

"玛丽，请你收下。"他用温柔而坚定的目光看着我。

我摇了摇头，说道："对不起。我真的不能收。"我把盒子还给他，差点碰到了他的胸口。他把盒子接了过去。

"真可惜。"他说。我们沉默地继续走着，没有再说话。我想知道他是否感到失望或生气。我是不是失礼了？他应该明白这是一份过于昂贵的礼物，甚至是不合适的。

"我有些事要警告你……"布斯先生突然说。

有那么一瞬，我甚至怀疑自己是否听错了。

"警告我什么？"我问道。

他沉思了片刻，这让我心生疑惑，最后他开口了："我注意到你和伊莎贝拉之间越来越亲密了。几周前，我曾经提醒过你，要小心她。我觉得她……也许连她都不知道自己有一种特殊的魅力，能够影响别人。"

我默默地点头,这是一段我不愿回想的谈话,布斯先生之前的警告似乎并没有真正发生过。每当看到伊莎贝拉,和她谈笑时,我就无法想象和她相处会有什么害处。事实上,我和她在一起时,一切都很好。在她的陪伴下,我能够做自己,我的心跳更快,我的感官被唤醒。在她的陪伴下,想象力成为我最美好的特质。

"可是现在……事情似乎变得更加复杂了,玛丽。有时候,她会说一些不真实的事情,然后自己也会信以为真。"他继续说着。

我不知道该说什么。布斯先生会比我更了解伊莎贝拉吗?他虽然和她相识更久,但是他能够看透她的心思吗?是否可能有什么东西,一些重要的东西是我没看见的吗?难道她有什么秘密,没有告诉我,甚至连她自己也不知道吗?我想起了那些日子,她把自己关在房间里,不肯见任何人。

"我知道你们喜欢彼此,我也很喜欢你们,"他温柔地笑了笑,"但我还是想劝你,不要和她走得太近。"

"对不起,但您之前已经说过这些了。"我刚说出口,就后悔了,我的话似乎听起来太冷淡了。

布斯先生叹了一口气,停下了脚步,脱下了他的薄外套,慢慢地坐在路旁的草地上,将外套放在一旁。

"过来坐吧。"

我依言坐下。周围的草丛高过我们的头,像是一个幻境。一只白色的蝴蝶停在他外套的袖子上。

"我知道这样说不合适。"布斯先生开口道,他没有看我。我从未见过他如此犹豫不决,这让他的面容、神情和姿态都变了样,让他显得更年轻，更亲切，更可信。"我有时想玛格丽特的死和伊莎贝拉有关。"他说着，眼中闪过一丝悲痛。那一刻，布斯先生比以往任何时候都更像一个普通人。

"巫术不存在。"我虽然说得坚定，但其实感到了一阵恐惧。

布斯先生微微笑了笑。"是的，"他说，"巫术当然不存在。只是如此一来……"

他弯着腰坐在我旁边，手里捏着一朵雏菊。难道玛格丽特的死对他的影响比我想象中更深吗？

"如此一来我就不明白到底和什么有关了，玛丽。我只想告诉你，你要小心点。"他继续劝说着。

"可是她从来没有伤害过我，"我说，"我不觉得她……"

"她有时会来找我。"布斯先生打断了我的话。

突如其来的插话令我感到太意外了，那一刻就好像他什么都没说过。

"她会去找您？"我疑惑地问道。

布斯先生点了点头，说道："她上周已经来过三次了。她想谈谈玛格丽特。我明白她有这种需要，但方式有问题。"

我不明白他的意思。而且，这与我有什么关系？

"她问我是否还对玛格丽特有感觉，玛格丽特的去世让我有多伤心。她想知道我们是否幸福，我是否让玛格丽特感到幸福。"布斯先生继续说道。

"也许是她感到内疚，"我说，"因为她们之间曾经发生过一些不愉快的事。"

"我也这么想过，"布斯先生说，"但不止这些。她还想知道我对你的看法，我对你是什么感觉。她离开后，我感到很不舒服。我头疼得厉害，仿佛她试图把她的思维塞进我的脑海里。"

此时，仿佛有一片黑幕在我眼前落下，遮蔽了这朗朗晴天。我周围的颜色也全都变了样，绿色的草丛变得苍白，淡蓝的天空变得灰暗，仿佛它们的色彩正在流逝。

"这听起来很傻，我知道。我也不确定为什么会有这种感觉，"他说，"但伊莎贝拉有能力做到我们认为不可能的事情。你明白我的意思吗，玛丽？"

黑暗还伴随着我的左右。远处，我听到有人在喊叫，尽管我听得见，但无法理解那些话。

"我的意思是，你会遇到危险。伊莎贝拉不是你所认为的那个人。"布斯先生严肃地说道。

剩余的时光过得十分平静，这是我在巴克斯特家从未经历过的。布斯先生、巴克斯特先生和罗伯特三人在一旁轻声谈话，疏远了其他人。强尼在玩他的鱼头，有时似乎在跟它说话，我听不太清楚。当他走过我们身旁时，我看见他用食指和中指插在鱼的眼窝里，把鱼头当作小提包拿着，我还听到了类似"就像在妈妈身边一样"和"充满眼睛的坟墓，一个童话"的语句。伊莎贝拉大部分时间都躺在草地上打盹，也许她昨晚没睡好。我试图从她的脸上看出布斯先生所说的令人不安的事情，但我只看到了一直看到的东西：她是一个天使，一个温柔、固执、悲伤的天使。她睁开眼睛，她那碧绿湖水般的眼睛瞬间盛满了阳光。

"我梦到我养了一只小动物。"她伸了个懒腰说道，一只蚂蚁从她脖子上爬过。"好像是只小鸟或其他什么的,但是轮廓更加锐利,有点可怕。我收养了它,想着好好照顾它,但它总是很倔强。它越长越大,有时会啄我,我记得我皮肤上有很多的小洞,排成了一行。"她举起手臂,皮肤依旧白皙,毫发未伤。"我想保护它,不是因为我爱它,而是因为我知道,这是我的任务,因为它在某种程度上很重要。"她坐了起来,理了理额头上松散的发丝,看着我又说道:"有一天早上我醒来,它死了。它躺在我枕头边上,它不再是那只长着锐利鸟喙的小鸟了。它有了毛皮,褪去了羽毛,像一只圆圆的灰色小球,静静地闭着眼睛。我想,也许我应该用爱来照顾它的。"她笑着说,"也许就是因为没有爱,它才死了。"伊莎贝拉从野餐篮子里拿出一个包裹。当我打开时,我不得不移开目光,因为阳光照在里面的瓷器上,刺眼的反光像刀一样在我眼前划过。那是一只鸟,一只白色的鸟,它躺在我的手心里,姿态像是在树枝上小憩,或者是已经死亡。

"它能站起来。"伊莎贝拉说着,便拿起了那只鸟,将它放在毯子上。它立刻倒了下去,伊莎贝拉笑了起来。"嗯,好吧,它在这儿站不住。"

"很漂亮。"我说。它真的很漂亮,有一种超凡的感觉,一开始我并不清楚这是为什么。我将它放在手上,让它保持平衡,这时我注意到它的眼睛是闭着的,身子笔直地站着,昂着头。阳光照在它的羽毛上,散发出夺目的光彩,它在我的手心里仿佛若有若无般的存在。在那闭合的瓷白色眼皮后,一定有一双有智慧的眼睛吧,能看到了我所不知道的事情,也许是我无法相信的事情。

"谢谢你。"我说。我亲了下伊莎贝拉的脸颊。她的脸很柔软,也带着一点忧伤。

"暴风雨要来了。"巴克斯特先生说着，便赶紧把东西收进篮子里。

我们望向天空。仅仅几分钟的时间，夏日的蓝天就被一层灰色的帷幕所遮盖。远处笼罩着一片黑暗的云层，能看到几乎黑色的云层向我们这边飘来，周围的风声越来越大，草丛随风摇曳。

我们被来势汹汹的雨水追赶着，急匆匆地上了马车，马儿不安地用蹄子刨着地面。

回家的旅程中大家都没说话。我们听着风声，敲打在车窗上的雨声以及马儿的鼻息声。我不住地想，这只是一场风暴而已。随后，我看向了其他人的脸：巴克斯特先生闭着眼，搂住强尼的同时，把脸靠在他的头上。强尼的眼中闪烁着光芒，凝视着窗外，双手紧紧地握着鱼头。罗伯特则一脸严肃地看着云层。伊莎贝拉坐在我旁边，握着我的手，我能感受到每当有风吹过，她都会屏住呼吸。唯一不受天气影响的人是布斯先生，他用平静的眼神看着雨滴在车窗上形成长长的水痕。

1812年9月2日

　　生日那晚，我钻进被窝时，有人敲响了我的门，是伊莎贝拉。我们穿着睡衣，站在门口四目相对。她的头发编成一条长长的辫子垂在肩膀上，她手里拿着蜡烛，烛光颤抖不已。我没有说话，只是让她进了我的卧室。我掀开了被子，她爬到了我的床上。

　　"我害怕。"她说道。她说话的声音轻得几乎听不见。

　　我挨近她，握住她那如雨水般冰冷的手。

　　"你还喜欢我吗，玛丽？"她渴望地问道。

　　"当然，"我回答道，"你是我最好的朋友。"

　　她摇了摇头，说道："不，别这么说。"她的睫毛粘在了一起，湿漉漉的。

　　"发生什么事了？"我问，"亲爱的伊莎贝拉，我真的很喜欢你。"

　　她更用力地摇摇头，说道："请不要这么说。抱歉，我很困惑，也很害怕。今晚，我想起了你说的在布斯先生家的那个晚上，还有那条蛇和吻的事。之前，我们怀疑自己是在幻想，我们没有经历过想象中的事情。后来，我又想，也许我们并不是在回忆那些没有发生的事情，而是发生了更多的事情，只是我们没有记住。"她睁大眼睛看着我。

"这就意味着我们所记得的一切都是真实的。"我补充道。

"可能还有我们两个都不记得的事情。"伊莎贝拉把胳膊搭在我的肚子上,颤抖着说,"我经常会想起玛格丽特。我不敢相信她已经不在了。布斯先生似乎对此非常冷漠,几乎像是……我不知道该怎么说。"

我什么也没说。布斯先生的话言犹在耳,现在伊莎贝拉又说了这么一番话。好像随着我来到苏格兰,世界已经打开了新的大门,变得充满各种可能性,真实、理性而又合乎逻辑的世界已被一个充满奇异可能性的世界所取代。那是一个故事的世界,一个一切都可能存在的世界。

"女巫是不存在的,对吧?"一个小女孩的声音从我嗓子眼里冒了出来。

这问题听起来很可笑,但我不敢回答她,担心自己会说错答案。所以我只好安慰她。我抚摸着她的手臂,摩挲着她的头发,一遍又一遍地说:"没事的,真的,没事的。"而屋外的狂风似乎在嘲笑着我。

第二天,我们都待在屋子里,打打牌,看看书,喝喝茶。我生日那天收到了两封信,其中一封是我父亲写的,他祝我生日快乐,说他很遗憾不能和我一起庆祝。他写了些有关书店、新书以及玛丽·简的事,说她将整个家操持得很好,也替她向我转达了祝福。我能想象出当时他们在桌子旁的情景,父亲弯着腰给我写信,而玛丽·简无聊地望着窗外,问他是否还要吃一块蛋糕。父亲会摇摇头,因为他本不喜欢蛋糕,只是为了应付而吃了些。玛丽·简会微微耸耸肩，将最后一块蛋糕放在自己盘子里，让饱胀的胃再多塞下一些，以此压下心中的焦虑，那是对即将失去什么的恐惧。她会看着我的父亲，她的丈夫一边写信一边嚼着湿嗒嗒的蛋糕——这是她跑错了店买错了的点心，她会想从我父亲那里得到答案，她是否把一切都搞砸了，没照顾好孩子和丈夫，她会想知道丈夫是否还爱着她，以后还会不会爱她。她还会犹豫是否应该问这个问题，是否会因为问出口而失去丈夫的欢心。

这其实是一封语言优美、友善的信，却没有一句体现爱的话。我认识他已经很多年了，但我仍然不确定他是否无法表达出那份爱，是因为它被锁住了，深深地束缚在所有理性思考的深处吗？还是说他根本没有那份爱？

另一封信是克莱尔写来的，她向我道贺并送上爱吻，随后是一连串的问题和思考，主要是关于她在伦敦交往的人们，有些人我认识，还有些人是在我离开后才结识的。她还在信中讲述了一则有关婚外恋、怀孕和自杀悲剧的流言，但流言的主人公我们都不太认识。此外，她也感谢我在读完《奥特兰托堡》后给予她的宽慰，她知道了那只是虚构的故事，正如我在之前的信中写过的那样，而且她也很高兴身边还有更多的人知道这个故事。仿佛我读了这个故事后，其中的邪恶就被清除得一干二净。信的最后留了位置给范妮写上几句，可能她不太喜欢写信吧，所以还空着，克莱尔转达了她的祝愿。

我让伊莎贝拉看了这封信，她大笑起来，觉得伦敦的事情和邓迪所发生的事情完全不同。我们坐在客厅宽阔的窗台上。炉火提供了几乎唯一的光源，尽管现在才三点钟，却已经像夜晚一般黑暗了。

伊莎贝拉合上书，说道："我为你演奏一曲吧。"她走到钢琴前，坐到凳子上，轻轻地抚摸着琴键。她不再看向我，目光越过三角钢琴，看向窗外，仿佛那里有什么东西，可以肯定的是，她没在关注雨滴打在玻璃上的景象。从她弹下第一个低沉的音符起，我的思维就变得模糊起来。我从背后关注着她，看见她盘起的发髻，颈后松散的细发丝，她颈项的皮肤下散发出一种特殊的纯洁感，一种可爱的天真感。我想到了我俩散步时的画面，感受着她紧身胸衣下柔软的皮肤，在我身边睡觉时的呼吸，我们握着彼此的手指，她抿嘴沉思，仿佛恐惧着什么，她的嘴唇是那么的丰满、湿润、温柔。我看到了那场雨，一个小池塘，一个充满欲望的小湖，在那里，一切不重要的东西都融化了：得体的举止，道德观念，我父亲，布斯先生……这些在这里统统不存在了。我们一起畅游这片湖水，没人可以接近我们，因为这是我们创造的属于自己的湖水。水面平静如镜，树叶间透出斑驳的光影，枝丫之间，它站在那里：我们的怪物。它就在那里，就像我们之前见它那次一样真实，我知道那是真的，只要我们愿意它就是真实的。我和伊莎贝拉沉浸在彼此的爱之中，如胶似漆，只有她能让我达到这种境界。

伊莎贝拉从钢琴后面走出来，笑着问："你觉得怎么样？"

我无言以对，我不敢说出我的感受，我的想法，我也不知道在她想象力的最深处是一番怎样的场景，不知道她以为自己刚刚经历了什么。那真的是想象吗？我的皮肤下，仿佛有一种有形的回忆正在颤抖着，寻找着出口。我想问她是否也有这种感受，这是否就是她所指的幻想，但我做不到。

我们蜷缩在壁炉前，客厅开始变冷，我们用火钳捅了捅炭火。

"伊莎贝拉，我想回到怪物出没的地方。我想回到那个洞穴。我想看看它到底是什么。"我必须再去一次，和她一起去。

她看着我，说道："世界上并没有什么怪物。我觉得我们看到的不是怪物。"

"不是？"我问道。

"我们是在幻想。"她笑着说道。

我摇摇头说道："我不相信。"

"怪物是不存在的……"她的语气像是在发问。

"可我们确实看到了。"我再次坚持道。

"让我们忘记所看到的吧。"她看着我说道，她的面容看起来似乎比我还年轻。"有些事情你不该知道。"

"可它就在我们身边！我们都看到了它。这不是幻想。"

"正因为如此，你才最好把它忘掉。你有没有听说过讲故事的阿利斯特的故事？他是一个年轻的牧羊人，和我差不多大。由于长时间待在荒野和山丘上，他有足够的时间去做白日梦，他想象出了最奇怪的生物，最美妙的故事。他走到哪里，就在哪里弹起他的竖琴，把这些故事唱给人们听，人们都被他的故事所吸引。有一天，他遇到了一个美丽的仙女，她骑着一匹白马，马尾和鬃毛上挂着铃铛，仙女带他去了她的王国，但他必须保证永远不会和任何人谈论这件事。为了定下誓约，他必须亲吻她。当然，他这么做了，他获许在那里待上七天七夜。仙境妙不可言，阿利斯特担心忘记了时间，所以每天都从竖琴上取下一根弦。到了第七天，他再也不能弹奏音乐了，他知道自己该离开了。仙女把他带上了马，阿利斯特问她，他所看到的和经历的一切是否是真实的，仙女国是否真的存在。仙女反问他,知道这一点很重要吗?阿利斯特说,是的,他必须知道如此奇妙的经历是否真实。仙女给了他一个吻,并告诉他走吧,他会在回家后找到问题的答案。到家后,阿利斯特才发现,原来他在仙女国度过的不是七天,而是七年。在庆祝他回来的盛宴上,阿利斯特想用美妙的音乐和歌声为朋友和邻居们助兴,但他无论如何都做不到。他还能弹奏,但再也唱不出他想象出的故事了。更糟糕的是,他甚至连故事里有哪些生物都记不清了。他的脑海中的故事消失了。那个仙女和他在仙女国里度过七个神妙的日子他倒是记得,但他不能告诉任何人。突然间,他想起了仙女在告别时对他说过的咒语:"我给你一个吻,跟你说再见,让你永远不再编故事。"时间流逝,一转眼过了七十年,他失去了创作音乐的能力和想象力,生活如同一潭死水。他渴望回到仙境,因为他仍然相信那是真实存在的。有一天,他带着羊群穿过山丘时,看到了一只白色的雌鹿,它长着一对银色的角。阿利斯特走近察看,结果自己变成了一只白色的雄鹿,雄鹿和雌鹿站在一起。它们回过头,最后望了一眼这个世界,然后一起消失,进入了仙境。随后,雪花飘落,叮零零的铃声轻轻响起。"

我沉思了片刻问道:"既然他遵守了诺言,为什么会受到惩罚呢?"

"因为他想知道仙境是否真的存在。仙女曾问过他,他是否真的想知道答案。从那时起,他就再也不能编故事了。"伊莎贝拉说。

"他失去了想象力,因为他认为真相很重要。"我似乎明白了故事蕴含的道理。

"我想是这样的。也许我们不应该试图纯粹地区分想象和现实。"

伊丽莎白说道。

"可这只是一个故事。"我说。

"是吗?"伊莎贝拉的目光从火焰上移开,转向了我。我不确定她嘴角是否微微有些上扬。

"我还是想去看看,"我说,"我想知道答案。而你得陪我去,我不想一个人去。"

她的手寻到了我的手,抚摸着我的拇指,她叹了口气。

"好吧,"她说,"如果天气晴朗的话,我就陪你去。"

我笑了,亲吻了一下她的脸颊,突然之间,我明白了一个道理,布斯先生是错的:伊莎贝拉从来没有伤害过任何人。想起我曾经怀疑过她,不禁感到胸口有一丝刺痛。

1812年9月5日

"嘿,罗伯特、伊莎贝拉、玛丽·戈德温小姐!是你们呀!"

我转过身,原来是汤姆森夫人。以往在教堂里,她总是穿着朴素,但今天却穿着一件奇特的斗篷,上面挂着流苏和三种不同颜色的缎带。她挥着手向我们致意。

罗伯特咧嘴笑了起来,伊莎贝拉则努力挤出了一丝微笑。我们在兰普顿书店里,店面不大,但书的品种比较齐全,有点像我父亲的书店,不过朴实多了。这只是一个小镇上的书店,由一对瘦削的夫妇经营着,他们总是互称"亲爱的"。每次听到他们这么说,伊莎贝拉就朝我歪嘴一笑,而我每次都努力忍住不笑出声。

罗伯特手里拿着托马斯·潘恩的《人的权利》,我已经读过了。潘恩是我父亲的朋友,他的书一贯在我伦敦家中的壁炉台上占据一席之地。

"汤姆森夫人,您好。"我问候道。

"戈德温小姐,太高兴见到你了。你一定很喜欢读书吧。"

"是的,"我说,"非常喜欢。我想买一本新小说。"

"我倒是想给你推荐一些,但我的兴趣在宗教方面。我可以想象,现在年轻人的阅读口味可能和我有所不同吧。"她笑了起来,但笑容之下似乎也有些难过，我感觉到她很孤独。

我耸了耸肩，表示抱歉。

汤姆森夫人点了点头，说道："你可以向爱丽丝咨询一下，她读书的品位不错。"她朝店主点了点头，"对了，戈德温小姐，我再次真挚地邀请你，你可以随时来我这儿，随便聊聊，或者做些别的什么。"

"谢谢您的邀请。"我说。"您叫我玛丽就好。"

"那再见了，玛丽。"她严肃地看着我，然后转身走出了店铺，走进了雨中。

"她真奇怪。"伊莎贝拉在我身后说道。

"她是好心。"罗伯特说道。"走吧，我们去看看诗集，也许有新的作品。"

我跟着他们走向摆放诗集的书架，心中有一种模糊的想法，汤姆森夫人好像是想告诉我些什么。

1812年9月6日

  我始终对阿利斯特的故事念念不忘。承认真相或认识到真相就会影响人的想象力,这个想法吸引了我,让我感到既不安又荒谬可笑。如果幻想是真相的反面,那么看到真相后不就更能激发人的幻想了吗?或者说,真相是否具有压制幻想的特性?它是否会将幻想与世界隔离开来,使其被视为"虚假""无关紧要"的东西,而与这个世界格格不入?它会不会剥夺想象力从世间汲取氧气,直到想象力变得稀薄而透明,最终消失在人们的视野中,再也无人问津?

  雨一直下个不停,我们被困在家里好几天了。巴克斯特先生和罗伯特倒是去了工厂,那里寒冷、潮湿,晚上他俩拖着疲惫不堪、湿透了的身体烦躁地赶回家。强尼经常待在房间里玩耍,有时我也看见他坐在楼梯上,手里把玩着那个鱼头,发出咯咯的笑声。越是看到那个鱼头,我越是觉得它似乎少了些黯淡,多了些生气。

  时间过得很慢,雨水似乎有个永无止境的源头。时间拖得越长,我就越想见到那个怪物,我们在洞穴里见到的那个怪物。它会不会在那里躲了好几天了,饥寒交迫,浑身哆嗦?还是它已经拖着长满厚茧的脚掌,穿过泥泞的草地,冒险进入了乡野,身上沉重的毛皮都湿透了呢?

这天早晨,伊莎贝拉在厨房里找到我,当时里面只有我们俩。"快点儿吃。"她对我说。闻言,我赶紧吃光了碗里的食物。"我们走吧,反正天永远都不会再放晴了。"伊莎贝拉说。

通往柯克顿的必经之路已变成了一条泥泞的小径,所以我们提起长裙,尽量靠边走。伊莎贝拉给了我一件她母亲的旧披风,现在也已经完全湿透了。

天空是灰色的,只有灰色。我们没有说太多的话,似乎只有抓紧赶路才是最重要的。有时,伊莎贝拉会回过头看看我,我看到她湿漉漉的几绺额发下,双眼闪烁着野性的光芒,好像她有什么秘密,比那个怪物更大、更真实,她想让我看一看。

到了柯克顿,就没有现成的道路了,我们直接穿越荒原,时而上坡,时而下坡。我的内心燃烧着,能够感受到血液和热情在血管中沸腾,但外界的寒冷却在啃咬着我的手指和脚趾。走着走着,那块岩石出现在了我的面前,既合理又突然。这让我意识到,我曾经觉得即使来到这里也找不到那块岩石,因为与怪物有关的一切都会被抹去,或者根本不存在,但现在,它就在眼前。我开始害怕了——既怕怪物会在那里,又怕它不在;既担心我们几周之前所见都是真实的,又担心那些只是我们的想象。上一次,我独自来的时候,这里什么都没有,一切如常。但现在,我和伊莎贝拉并肩走着,她知道一些我不知道的东西,这段时间她以一种我从未经历过的方式唤起了我所有的感官,于是见到怪物的可能性突然又有了。更重要的是:它会在那里等待我们。

我们互相看着对方,我握住了她的手,她的手套和我的都湿了,沉甸甸的，但在冰冷的羊毛下，我能感受到她的温暖。我们悄悄地走向那块岩石，恰好站在之前站过的地方，还没等我们屏息搜寻起来，它便出现在了我们的面前。它比我记忆中的更加魁梧，更加粗犷。他的头更宽了，身躯更长了。它坐在岩石的裂缝中，旁边有一个小火堆，似乎在烤什么东西，也许是一只兔子。

我听到伊莎贝拉深沉而缓慢的呼吸声，仿佛只有这样，她才能接受面前的超现实景象。她低声说了些什么，但我听不清楚。雨滴打在我的脸颊上，突然间，一切开始了。一声低沉的声音从难以想象的深处传来，那是一种粗犷且兽性的声音，但又是如此凄凉、令人怜悯。

一股炽热的恐惧沿着我的脊背向下流动，我感受到伊莎贝拉的目光注视着我。"我们还是走吧。"她轻声说道。

我们身上的披风已经变成了冰冷的累赘。我们没有说话，我们太累了，思绪太多，忙着给这个世界一个合理的解释。那个怪物的存在，那个几乎像人一般的存在，让我们对这个世界有了新的发现。而我，正因为年岁渐长而要离开这一切，这让我恐惧，但也让我欣喜。天色越来越黑了。

在大厅里，一盏油灯照亮了我们的身影，在墙上投射出高高的影子。格蕾丝从厨房走出来。她看到我们湿漉漉的衣服，深吸了一口气，连连摇头。

"快把湿衣服脱下来，"她说道，"否则会生病。把衣服统统放到洗衣房里。我去烧水给你们洗澡。"

我们赤身裸体，颤抖着站在浴室里，等着浴缸装满水。伊莎贝拉点亮了凳子上的油灯，灯光在我们的肌肤上洒上了温暖的黄色光芒。格蕾丝拿着热水壶和冷水桶来回忙碌。我看着浴缸旁的木地板，因为经年累月地有水从浴缸里溅出，那里已经变得弯曲腐朽。我看着铁制的浴缸，想象着身体又变得温暖而平静。我看着伊莎贝拉，看着她的肌肤，她的头发散落在肩膀上垂至背后，她的乳房看起来如此柔软。

格蕾丝端来了最后一壶水，试了一下水温后，便离开了。我们小心地踏入浴缸，只听到水轻轻拍击着浴缸边缘的声音。

"哦，我的脚趾。"伊莎贝拉呻吟道，然后笑了起来。

我也跟着笑了起来。温暖的水包围着我们，我想说的一切，关于怪物和想象，关于故事和真相等等，都被迷人的宁静所掩盖。我们凝视着彼此许久，起初是看着对方的脸庞，但我们的目光不受控制，它们潜入水中，感受着彼此身体的温暖。在水里，它们接受了命令，永远不要透露在那里发现的一切。水面下，有着无法测量的深度，一个充满纯美的深度，一个可以体验触摸的喜悦的深度。无法言说，曼妙而神秘。我们成了裸露在水下的生物，悲伤地坠入爱河，至少，我是这样的。也许更准确地说是，我终于明白了，终于意识到每次看到她时内心的激动是什么。伊莎贝拉呢？她用蒙眬的眼神看着我，深不可测。

突然间，仿佛有一股力量推搡了我们一把，这一宁静的时刻被打破了。在那块岩石旁看到的、我们可以确信的事情，需要被言说，需要融入夜晚。我凝视着她，她的眼中失去了所有的急迫，明亮而又庄重地闪烁着。

"它是真的。"伊莎贝拉低声说道，然后更加轻声地说了一句：

"也许一切都是真的。"她的腿轻轻地擦过我的腿,水面泛起微微的涟漪。

"一切?"我疑惑地问道。

"这不可能。"她又喃喃自语道。

"但我们都看到了吧?"我说道:"我们确实看到了,还是两次。"

"我不是指那个。"不安笼罩住了她的脸。

我等待着她继续说下去,我知道我不能逼迫她,只要我保持安静,她会告诉我的。

"你不会相信我说的。"她说道。她的食指在水面上画出一道旋涡。

"我会相信的。"我说道。我会相信她告诉我的一切。

"你知道他是一个酿酒师,对吧?"她看着我问。

"布斯先生?"我问道。

"之前有传言……"她欲言又止。

"是关于什么的?"我继续问道。

"他的实验室不单单研究酿造啤酒,还做实验。"她说道。

一个想法从深处直接进入我的脑海,它不仅仅是一个图像,而是一些散乱的感觉元素:噼啪作响的声音、颤动升腾的音调、有机物的气味、焦肉的恶臭。

"是什么样的实验?"我问道。

"我不知道。他在进行有关生命的实验,我不知道具体的,这只是传闻。"从她的表情来看,这并不像是传闻,她看上去很不安。

"为什么你之前没告诉我这件事?"我说。

"因为以前我不认为那有什么关系,因为那不是真的,现在依旧不是真的。"她回答道。

"你觉得那个怪物……布斯先生与此有关吗?"我问。

"不,我……不。"她深深地吸了口气,水波向我这边涌来,"我不知道。"

我们互相凝视着,我知道我们无法得知真相。

"我们该害怕吗?"我问道,这个问题一问出口,我自己就感到了害怕。

突然,门外传来一声响亮的敲门声,我们同时倒吸了一口气。

"女士们,请出来吧。已经很晚了,厨房里有汤,等你们来喝。"门的另一边传来了格蕾丝的声音。现在一切都不再是确定无疑的了。

我们擦干身体,穿上睡衣,全程都没说话。浴室也变了样子,厚重的湿气让呼吸变得困难,油灯的光芒看起来也变得刺目。刚才我们经历了一些事情,虽然我并不确定是什么,但一切都将变得不同。我渴望看到后续会发生什么,但我也为此担心。我感到自己与伊莎贝拉更加亲近了,可现在的她变得阴暗、沉郁,这是我从未见过的伊莎贝拉,因为她以前总是把自己关在房间里。现在她信任我,这让我找到了幸福感,不过我也意识到她仍然会将自己与世界隔离开来,创造出一片黑暗来流放自己。而这一次,她将带我一同进入其中。

1816年，6—7月
日内瓦，科洛尼

夜晚的鲸鱼

整个晚上她都保持着清醒,她一直在写作。珀西没有回来,克莱尔也没有。威廉已经睡了几个小时了。她像喝醉了一样站在厨房的桌子旁,几乎累得站不起来了。故事已经写了满满四十四页,如果现在问她写了什么,她无法回答你,只有零星的片段浮现出来,就像被睡眠再次掩盖的梦境。昨晚有雷雨吗?还有一种无法形容的气味。现在知道那是什么气味了,有些东西烧糊了,还有水流淌的声音。

玛丽抹上黄油,狼吞虎咽地吃掉最后一片面包,速度之快几乎发出了低吼声。然后,一把钥匙插进了锁孔,是珀西还是克莱尔?

"玛丽?"是约翰的声音。

怎么回事?

玛丽内心涌起一个愤怒的念头,肯定是他们派约翰来找她,他们几人今晚一定商量过,还谈论了她。珀西肯定先和克莱尔商量,然后再和约翰,阿尔贝可能置身事外,但还是听到了他们的谈话,给出了深思熟虑的建议。珀西当然会接受,因为那是阿尔贝出的主意,他们一定坚持约翰要向玛丽道歉,为珀西铺平道路,仿佛肮脏的工作可以由约翰来完成,仿佛一切都是他的错,好像珀西与整件事无关一样。

他走进了厨房,头发、肩膀和外套的前襟都湿透了。此刻她才听见雨声,窗扉和玻璃后面传来连绵不断的沙沙声。他站在桌子的另一边,与她相对,一动不动。玛丽觉得不需要微笑或者问候他。她看着他,一头黑色的卷发,被雨水打湿了,贴在头上,他那浓密的眉毛,黑得像水蛭一样闪着光,那张大鼻子,还有上面那撮稀疏的胡子,遮不住他贪婪的嘴唇。

"我要向你道歉,玛丽。"他的说话声没有像她预期的那样结结巴巴,反倒充满了自信。

"为什么?"她开始收拾起桌上的纸张、杯子。她没有看他一眼,而是沉默了很久。

"为我们的吻而道歉。"他继续说道。

"没有什么'我们的吻',"她坚决地说道。

玛丽开始洗碗,她感受到他的目光紧紧地贴在自己身上,她对此无能为力。

"昨晚……"约翰继续说着,全然不顾她的感受,好像她是个白痴。

一个杯子掉在了水槽里,手柄磕掉了。

"没有什么吻,"她转过身来,"只不过是你的舌头进入了我的嘴里。"

她猛地走过他身旁,离开了厨房,走向自己的卧室。他不会追来,他没有那个勇气。

※

玛丽紧紧搂住威廉，在床上躺了几个小时。他醒着的时候，她也醒着，和他玩耍，当拨浪鼓掉下来时，她会把它捡起来给他。她亲吻他的鼻子、脸颊，天啊，这皮肤是如此柔软，如若无物，如此富有朝气。她为他唱歌，哼唱旋律的同时加上了自编的歌词。她抚摸着他的头发，看着他的眼睛，和她一样是棕色的。当他睡着时，她也会打个盹，陷入无法辨认的梦境之中，仿佛永远不会醒来。

威廉似乎在睡觉，现在她醒了，虽然还是深夜，但她已精神焕发。她轻轻地下了床，拿起蜡烛，摸索着离开房间，点亮了走廊的灯。他们还会聚在一起，难道这些人非要让她一直坐在这里，直到她主动去找他们吗？直到她妥协，放弃，直到时间拖得太久，她必须先去道歉吗？她走到厨房，看到了珀西，突如其来的意外让她几乎惊吓到哭泣。

"过来这边。"珀西说道。

他的臂膀，他的怀抱，是那么熟悉。

"不。"玛丽拒绝了。她站在门口，闷闷不乐，她知道他是如何看待她的，他只是把她当作一个孩子、一个女孩来看。但玛丽还是在期待着亲近，期待着关注。

珀西站起身来，走向她，一把将她拥入怀中，而此时的玛丽无力反抗，仅仅是因为那个怀抱、那股气味、那些胡茬刺激着她的脖子以及与爱人和解的美妙感觉，尽管愤怒仍像沥青一样黏在她的胸口。

"阿尔贝想和你谈谈他的诗。"他说。

玛丽离开了他的怀抱，但仍握着他的手。

"去吧，我来陪着威廉。我也该睡一会儿了。"珀西夸张地打了个哈欠，随后亲吻了玛丽。

玛丽编起了她的头发，洗了脸，披上一件斗篷。当她从门口向屋内张望时，里面已是一片漆黑，珀西已经睡着了。

"你有没有过这样的经历，当你读到一些文字时，它是如此优美，让人享受其中，但同时又因为自己怎么也不可能写得那么好，而感到不快？"玛丽问道。玛丽接过了约翰递来的酒杯，喝了一口。但她并没有说谢谢。

阿尔贝斜靠在大餐桌旁。桌子上放着一块切菜板，上面放着奶酪和面包，中间有四根点燃的蜡烛。克莱尔则坐在窗边的扶手椅上，膝盖上放着一本书，假装在阅读。

"不会。"阿尔贝笑着说道，并露出了他热情洋溢的笑容，"谢谢。"

"我写了几条评论。"玛丽说。她递给他一张纸，这是从她的笔记本上撕下来的。"这不是建议，更像笔记。你能大概了解到，你的文字对我产生了什么影响。"

"非常感谢你，玛丽。你的赞赏对我意义重大。顺便说一句，我在写的鬼故事遇到了瓶颈，所以你不必太羡慕我。"阿尔贝切下一块奶酪。

约翰将他的酒一饮而尽，又问道："有人需要来点酒吗？"

克莱尔兴奋地抬起头，目光充满期待，阿尔贝则在一旁咧嘴笑着。

"可以来一点。庆祝玛丽对我的诗歌表示赞赏。"阿尔贝说道。

玛丽笑了笑，也许只是出于礼貌而笑。

约翰拎着一瓶新酒回来，给大家都倒了酒。

玛丽喝了两大口，约翰劝道："慢点。"

她又喝了一口。

而克莱尔每喝一口，就皱起鼻子，瞬间变成了以前的那个克莱尔，八岁时在玛丽旁边的餐桌上艰难地吃菠菜。她的父亲在报纸后面咧嘴笑着，他喜欢把教育的事交给妻子处理。玛丽·简可不会这么开心，巴掌对克莱尔不管用，恶语攻击才更有效。最后，克莱尔只能带着空盘子和满脸的泪水离开了餐桌。

"约翰·波利多里，请告诉我们，你写的鬼故事进展如何？"阿尔贝的表情介于嘲笑和关心之间。

约翰紧张得连肩膀都绷紧了，他挠着脸颊说道："说实话，进展不太好。我有一个想法，但主人公的设定阻碍了我的推进，他是个双重性格的矛盾体，太矛盾了。"

"你能给我们读一段吗？"阿尔贝把一块奶酪扔到空中，用嘴接住。

"绝对不行。只有等故事写完，比赛开始时，我才会给大家朗读。我不会让你们窥视我刚创造出来的世界。"约翰说。

克莱尔慢慢地、左右摇晃地走向阿尔贝，仿佛她不想冒险把他吓跑。即使在这微弱的光线下，玛丽都能看到鸦片在克莱尔身上起了作用，但这让她更美丽，更真诚。直到她站在他旁边，阿尔贝似乎才注意到了她，他眼中闪过一丝犹豫，而克莱尔的眼中则充满了恐惧。然后，她用手轻抚着他的脖子，阿尔贝闭上了眼睛。

约翰悲伤地坐下，不知道该如何应对玛丽的沉默。玛丽知道最好的办法是忘记发生的一切。她知道男人们，甚至克莱尔，都认为她在装腔作势，她自己也或多或少这么认为。但她内心有一种力量太过强大了，那就是不愿屈服。这不是骄傲，不是膨胀的意志，这不是摇摆不定的情绪，而是一种无可辩驳的正义感，纯粹、坚定不移的观念。这与她自己有关，她的身体属于她，更重要的是，她的精神、思想、意见、想法，都只属于她。

而其他人：克莱尔，坐在阿尔贝的腿上，双腿和双臂紧紧地抱着他，防止他逃跑；阿尔贝，看似是个大受打击的受害者，却掌控着一切。只需一个手势，一个小动作，他就能将克莱尔丢在一边。克莱尔没有意识到这一点，她沉浸在她能控制他的想法中，以为他是属于她的。她没有意识到他之所以被控制，只是因为他现在愿意如此。约翰看着玛丽，尽管他试图让自己的眼睛不要再看向她，但它们仿佛无法这么做，也不知道该看向何处，但每次目光都会回到那个焦点，那个令人着迷的女人，这个他心心念念的朋友，这个曾拒绝了他的女人。当然，他不是坏人，他们都不是坏人。但在她除了理解他们的人性之外，还有一条坚毅之路要走。这条路是必要的，是重要的，必须有抵抗和愤怒。她的愤怒并不是新生的，而是一种古老的愤怒，像岩石一样古老，像火焰和海洋一样古老。它是巫师的愤怒，是所有怀抱着婴儿，为在酒馆喝酒的男人煮饭的母亲们的愤怒，是为了报酬而提起裙摆的女人们的愤怒，是将她们在家中地位归功于自己身体的女人们的愤怒。它是对理所当然、对期望、对屈服的愤怒，对屈服、屈服、再屈服的愤怒。

她注意到天色已经暗了。三支蜡烛熄灭了，克莱尔和阿尔贝已经离开了。约翰仍然一动不动地坐在桌旁，手肘支在桌上，双手托着承重的头。他没有看她，他的目光呆滞地望着虚空。

"我不是怪物,"他轻声说道,"我不知道你认为我是什么样的人。"此刻,他抬起头看向她,用最初看她的眼神望着她。

玛丽的乳房绷紧着,奶水寻找出口,泪水滑过她的脸颊。

"我很抱歉,"约翰说道,"我非常非常抱歉。"

"很好。"她说。

他的嘴角勉强露出一丝微笑。不,她没有忘记任何事情。是的,她仍然愤怒。然而,这不能成为她冷漠的理由。因为她将永远愤怒下去,她别无选择。

回到查普伊斯,珀西责备她离开太久,说威廉已经哭了一个小时,要喝奶。她回想着最后一次喂奶的时间,意识到自己错了:他一定饿坏了。她匆忙换上睡衣,坐到珀西身旁。她把威廉放在乳房上,他贪婪地咬住,呛到几次后才熟练而有节奏地吮吸起乳汁。珀西半坐起来,有些生气。他们都没有说话,在威廉发出一阵微弱的吞咽声和呻吟声后,珀西说道:"你怎么能离开这么久?"

威廉停止了吮吸,玛丽的乳头静静地停在他张开的嘴巴里。

"什么?"她说道。

威廉又吮吸了起来。

"你没在这里!"珀西挪动了一下,他的手肘轻轻碰到了玛丽的手臂,威廉惊动了一下。

他们没有相互对视。

"我一直都在这里。"她感受到了愤怒,炙热而黏腻地淤积在胸口。

"你的思绪,你整个人都没和我们在一起。"珀西冷酷地指责回荡在他们周围。

玛丽感到一些无法辨认的肌肉在痉挛，它们在愧疚和嫉妒之间紧绷着，膨胀着。她很想对珀西解释其中的原因，她很想说自己在写作，自己终于开始写作了，但她说不出口。有一种东西在她的内心，慢慢地吸取生命，阻止她说话。现在还为时过早，还不到时候，就像她的小女儿，太小了，还没有完全享受过生活，就已经离世。这个故事也将会如此，如果她在写成之前就将它公布出来，它就无法继续成长，无论美丽还是丑陋，温柔还是可怕，它都没有机会成长为自己应有的模样：一个震撼世人、充满生机的故事，它如此深邃，连她自己都不了解。

尽管她试图集中注意力在威廉有规律的吮吸上，然而还是能觉察到珀西在看着他。威廉每吮吸一口，他太阳穴处的小肌肉就会上下起伏，这份静谧净化了她呼吸的节奏。每每此刻，她心灵深处感到无比幸福。

"你只是做自己想做的事。你把小威廉都忘了。"珀西抱怨道。

她想说她没有忘记威廉，她也无法忘记他，因为她无论走到哪里，无论他是否在身边，他总在她的心里，她把他放在第一位，世界上没有什么比他更重要的了，但她现在意识到，珀西是对的。她确实忘记了小威廉，或许只是一小段时间，大约一个小时，他仅仅存在于她的背景之中，有其他事情吸引了她的注意，有些事情似乎更需要她，或许是她更需要它。就像今晚，她奋笔疾书着，而威廉在她的夜晚中只扮演了一个配角的角色：他在那里，但又不在；她在那里，但也不在。所以珀西是对的，有些东西进入了她的生命，她抓住了它，她想要获得它。即使她现在不想要了，它也不会离开，直到它完成使命。

过了一会儿,当一切都安静下来后,珀西睡着了,他翻了个身,再也没有说话。玛丽侧身看着她的孩子,一道月光洒在他的脸上,他狭窄可爱的额头上充满了婴儿的梦想。玛丽凝视着他闭着的眼睛,他那小鼻子就像一朵玫瑰花蕾一样完美,还有他湿润的婴儿嘴唇。他在降生时已是完美无瑕的了,完全准备好成为她的儿子。

"对不起,"她轻声低语道,用她自己都听不太清的声音说道:"对不起,小威廉。"

夜幕降临,威廉不停地哭着。风猛烈地刮着,房子周围的树木互相拍打着枝条,不想让任何人通过,它们仿佛在说,要么进来,要么出去。雷声闪电无时无刻不笼罩在查普伊斯上空,黑色的天空就像在下刀子一样,又像一场充满了刺耳声和激烈呐喊的战斗,毫不留情。威廉哭着喊着,珀西叹了口气,他辗转反侧。之后,就不见他人影了,他去沙发上睡了?还是去找克莱尔了?玛丽坐直了身子,紧紧抱着小威廉,他浑身湿透了,像是被雨水或是海浪打湿了。玛丽必须紧紧地抱着他,她心中充满了不安,仿佛船在摇摆着,要把他们甩下船,抛向大海,抛向波浪中。声音在她耳边刺痛着,但她不知道是海鸥的叫声,还是风声,或是威廉的声音。一声巨响过后,他们注定要沉没,这是周遭的一切都想要的结果,全世界联合起来要吞噬她,她的孩子,所有可爱、宁静、和平和美好的事物。没有人能够掌舵,一切都像失控的轮舵一样疯狂地旋转着。我亲爱的小威廉,你的腿脚冰冷。玛丽整理好他的被子,拉紧风帆做的帐篷,她的睡衣黏在她的背上,她亲吻着威廉发烫的脸颊,为他唱了一首歌,但被风吹走了。她好累,威廉哭个不停,她感到船将被波浪吞没。是的,海水涌过甲板,拽住她的脚,天空中雷声大作,威廉用小指甲抓着,抽泣不止。"把他给我吧。"珀西在她耳边说。她照做了,睡意将她裹了起来,随后便从甲板上滑落,沉入波涛之中,海浪淹没了她。没有光,没有呼吸,她的肺部充满了黑暗。

她站在海滩上,凝视着海面上的一条鲸鱼。她的脚裸露在沙子上,感受着它的冰凉和坚实。鲸鱼太过庞大,它的牙齿像巨石一样,粗糙而沉重,它发出的声音像远古的呼唤,是那么的虚幻,它的眼睛沉睡着,像黑洞一样,深邃而透亮。在那双眼睛里,她仿佛看到了一切。海面上,陆地上,孩子们也看到了这条巨大的鲸鱼,直到他们不再注视,这条鲸鱼的身影才模糊起来。这个巨大的怪物,是世界的见证者,却一副漫不经心的样子。它正在看着她。

1812年
苏格兰,邓迪

1812年9月13日

我们走过那座拱门，眼前的景象令人惊叹。想象一下，几个世纪以前，这座大教堂应该是多么的壮观，而后来却在宗教改革中被破坏者们摧毁了。它如此安详地躺在那里，仿佛在经历了所有的动荡之后沉睡了，只想在安宁中继续沉睡几百年。

巴克斯特先生在家里告诉过我们圣安德鲁大教堂所遭受的破坏，先是风暴，后有火灾，然后又是数次风暴，最后是圣像破坏者的洗劫，造成了最严重的毁坏。尽管遭到了破坏，你仍然可以看出大教堂曾经有多高耸。罗伯特说，至少有一百五十码，可能是整个苏格兰最高的。

我们不是唯一在这里游览的人。这是一个阳光明媚的星期天：天空湛蓝，云淡风轻，虽然成群的大雁预示着寒冷的天气即将来临，但温度依旧宜人。强尼跑在前面，试图引起罗伯特的注意，和他玩你追我逃。巴克斯特先生走在伊莎贝拉和我前面几米处，和布斯先生聊着天，是伊莎贝拉特意让她父亲邀请布斯先生参加这次郊游，她想借此机会观察他，也许能了解一些事情。自从我们第二次见到那个怪物，并且伊莎贝拉告诉了我一些关于布斯先生似是而非的事情后，我便尽可能不去想他。我发现每当想起他时，呼吸就变得困难，好像我的肺部逐渐充满了一种厚重的物质。虽然他没有做任何奇怪的事情，但我却无法直视他，我相信伊莎贝拉也有同样的感觉。我们试图找一个能够愉快交谈的话题，但布斯先生令我们非常不自在。伊莎贝拉很害怕，也许比我还要害怕，每晚她都爬到我床上，我感觉到她一直在发抖，直到呼吸变得平稳，她才睡着。

强尼跑过来对我们喊道："来玩捉迷藏吧！罗伯特负责数数！"

还没等我们回答，他就跑开了。我看见罗伯特在稍远的地方靠在一堵墙上，闭着眼睛数数。伊莎贝拉看着我，笑了起来。当我穿过高高的草丛，跑过光滑的石子小道，寻找一个好的藏身处时，我想，我是一个孩子，奔跑让我自由，只要我不过多思考，不打开脑海中的那扇小门，不好奇就行。在大教堂的西立面后，我找到一个窄小的壁龛，它被灌木和植被遮盖，我挤了进去，并把面前的高大灌木调整了一下，好让自己不易被发现。漫长的等待开始了，到了傍晚，太阳已把我背后的石头烤得暖暖的，阳光从灌木的叶子间透过来，照在我的脸上，我闭上了眼睛。

"不，我理解，"我听到远方传来说话的声音，那声音听起来像是巴克斯特先生。

"当然，她必须自愿。这是最重要的。"这是布斯先生的声音。

"当然，当然。"巴克斯特先生说道。

"你应该明白，我是经过深思熟虑的，我是个理性的人。"布斯先生说。

"我毫不怀疑，大卫，你是我们家族中受人尊敬的一员。虽然玛格丽特去世了，但这一点并未改变。当然，如果蒙上帝眷顾，你与我们家重新联系起来，我会非常高兴的。"巴克斯特先生说。

我的心跳得很慢。温暖的感觉压迫着它，对话的含义渐渐地涌上我心头，我的血液对我的血管来说似乎太浓稠了，我的呼吸对我的肺来说也太沉重了。布斯先生对我说了那么多关于伊莎贝拉的事，就在这一刻，我才想到，他会对伊莎贝拉怎么说我呢？

"煎饼！"强尼冲着我咧嘴笑，嘴里满是黑亮的糖浆。

"强尼，嘴里有食物不要说话。"巴克斯特先生切下一块面包，递给了罗伯特。

布斯先生坐在强尼身旁，他尤其喜欢那只艾尔西下午烤制了三小时的烤鸡。每当看到叉子刮过他的牙齿，鸡肉留在他嘴里，被咀嚼成一团肉泥时，我便会吃不下饭。

我时不时地偷偷瞥一眼伊莎贝拉，她坐在我旁边，安静而神秘。参观完大教堂后，我把她带到阳台的一个角落，她看着我，感到困惑，然后冷笑了一下。我重复了她父亲和布斯先生说的每一个字，她摇了摇头。

"不可能，他们肯定在谈论其他事情，一定是的。"她双手叉腰说道。

我的担忧被愤怒取代了。"你听着，"我说，"他们说的就是字面意思。"

"玛丽，你在邓迪还会待多久？"布斯先生的声音让我的心跳加快了。

他们都看着我。强尼嚼着食物，嘴巴上有糖浆的痕迹。

"我不太确定，"我说，我想起我的胳膊，那里的皮肤现在好多了，"我父亲还没有告诉我。"我用叉子戳了一颗豆子在盘子里，感觉

247

到伊莎贝拉正在看着我。

"他们肯定非常想念你在家的时候。"布斯先生说。

我几乎不敢动弹,不敢看着布斯先生。内心默默地喊道,别说话了,别说话了,我不能回伦敦,我不想回伦敦。

"她现在不能回去。"我听到伊莎贝拉用她那动听而坚定的声音说道,语气充满力量而又不失柔和。"玛丽还要再待一段时间,因为我离不开她。"

突然,一阵温暖的刺痛感出现在我的脖子上,仿佛她在那里吻了我一下。

巴克斯特先生笑了,说道:"我想我们还得再留玛丽住一段时间。"他冲我眨了眨眼。

我的胸中流淌过一股如释重负的感觉。

不久,众人的谈话又转向了最新一批供纺织厂使用的鲸油,罗伯特则问起布斯先生是否对酿酒厂的新锅炉满意。我努力不去注意他们,但布斯先生经常盯着我们看,有时他看着伊莎贝拉,有时又看着我。他大多数时候是面带笑容的,但有时会忘记露出微笑,而是用他苍白的脸庞上那双灰色的眼睛盯着我们,眼神像冰冷的匕首一样锐利。

在花园的深处,我们可以看见月亮,高高地挂在天空,圆滚滚的,像要生下月亮宝宝似的。虽然布斯先生看起来很疲惫,但他也坐了下来。罗伯特给大家倒了酒,伊莎贝拉忙灌下几大口。

"酿造啤酒一定是一个复杂的过程,"伊莎贝拉说,"您一定很擅长各类自然科学的实验吧。"

"哦,这是一门技术。我也可以教你。"他微微一笑说道。

"我不相信。"伊莎贝拉喝了一口酒,勉强压住了一个嗝。"我觉得需要特殊的天赋才能搞科学。"她特意强调了"天赋"这个词。我有一种不快的感觉,我试图和她对视,但她的眼神已经迷离,无法聚焦了。

"天赋。"布斯先生的嘴角轻轻地翘起,"我喜欢你这种说法。"

"您学识渊博。"伊莎贝拉俯身向前,让他凝视着她那双大眼睛。我看到她乳沟处的阴影变得更深了,布斯先生也注意到了这一点。

"我试过研究很多东西。"布斯先生说。

"比如哪些方面的?"伊莎贝拉的好奇心已经暴露无遗,她的眼睛贪婪地扫视着他的脸。这个男人到底隐藏了什么?现实能否承受住我们的怀疑?

"一些关于自然界的实验。各种物质之间的作用、电的原理和应用。"布斯先生解释道。

"我要走了。"罗伯特站了起来,伸了个懒腰,勉强抑制住一个哈欠。"你们等会儿把这些杯盘碗盏之类的带回屋里好吗?"

我点了点头。伊莎贝拉似乎没有听到他的话,她一直盯着布斯先生看。我试图引起她的注意,咳嗽了一声,用脚轻轻地碰了碰她的靴子,但她还是决定先不理会我。

"我能不能有机会去看看?"她问,"我觉得看看您的实验室会很有趣。"

"实验室是不对外开放的。"

"哦?"伊莎贝拉的语气装得很成功,我知道她并不真的感到惊讶,就像我也不惊讶一样。布斯先生肯定有秘密,有些事情他永远不可能告诉我们,他只是不想让我们察觉到他有秘密,就像我们不想让他察觉到我们知道一样。只要伊莎贝拉想,她可以拥有谜一样的眼神,但我还是担心布斯先生会识破,因为他有神秘的能力,甚至是我们还没有接触过的能力——对此我毫不怀疑。

"很抱歉,伊莎贝拉。对于两位年轻女子来说,那里太危险了。我不敢让你们在那里四处走动。那里有电,有非常危险的化学物质,我不能这么不负责任。"

伊莎贝拉点了点头,我太了解她了,她是一个对那理所当然的父权主义表现出温顺、理解的女孩,但内心深处,她的愤怒正灼烧着五脏六腑,她努力地克制着自己,用手紧攥了会儿她长裙的衣袖便松开了。"那太可惜了。"她轻声说道。

布斯先生看了看我。我完全明白他希望我离开。"玛丽,你能帮我拿杯水吗?我口渴得要命。"

"还是我去吧。"伊莎贝拉跳了起来。

布斯先生似乎有些困惑,他咳嗽了一下,坐得更直了。伊莎贝拉经过时,轻轻拍了拍我的背,好像想传递给我什么,然后我意识到确实是这样:她希望我接过她的角色。我站起来,坐在她刚刚离开的椅子上。一片云遮住了月亮,布斯先生的脸上泛起一丝蓝色的光芒,使他的眼睛变得深不可测、难以捉摸,如同从未见过光明的海洋生物。他离我如此之近,我全身都感到了,压抑和兴奋两种情绪像藤蔓一样纠缠着,在我的血液中飞速生长。

"你有没有稍微留意过她?"布斯先生问。"她的性格很狂野,这就会有一个弱点,因为她永远看不到自己的灾难即将来临。"

有一瞬间,我担心他比我更了解伊莎贝拉。我担心他是对的,在那无畏而亢奋的激情中，她永远不会调转注意力，转向那悄无声息、匍匐在她脚下的威胁。当那些威胁注意到她时，可以在瞬间将她俘虏。

在我的思绪中萦绕了数周的怀疑逐渐成形，它冲破了束缚，从喉咙滑向舌尖："您见过奇异的蛇吗？"

一种奇妙的感觉出现了，也许我喝了太多的葡萄酒，也许风儿刮得更加猛烈，也许森林里的所有生灵、平原上的每个生物、海洋中的生命都听到了我的话，竖起了耳朵，也许我体内有一只怪物蠢蠢欲动，它伸展着身体，抖了抖毛发，舌头舔舐着利齿。事情发生的速度越来越快，一刻比一刻更重要，我的心脏剧烈地跳动起来。

他的目光像钩子一样扎进我的内心，但低头避开会使情况更糟糕。只听他说："告诉我，玛丽，你见过一条奇异的蛇吗？"

他知道我不信任他，我本应保持沉默，我让邪恶知道我已经识破了它，现在它的迹象无处不在。它在每一个缝隙中，在每一个陌生的声音中，在那些天空中极速移动的云朵中，在那些让百叶窗咔嗒作响的风中，它警告着我：它来了。甚至在伊莎贝拉的声音中也能听到，温暖但又刺痒地萦绕在我的耳边。以往她向我道晚安时，总能听到一丝无法辨认的神秘刮擦声。但现在我能辨认出来了，从这一刻开始，从那黑暗的刮擦声开始。

1812年9月17日

我还记得我们去游泳了。伊莎贝拉说林多雷斯湖的水清澈见底，可以看到身边游弋的小鱼。天很热，在马车里，我们透过窗户望着外面，玻璃虽然阻隔了外界的酷热，但车厢内还是像蒸笼一样闷热。太阳的热量笼罩在世界上，一切都变得缓慢起来，万物似乎已静止不动，无声无息，我们听不见蟋蟀的叫声，也听不见鸟儿的歌唱。我们没有说话，只是凝视彼此。

到了树林边缘，马车停下了。待我们钻出了车厢，车夫解开马儿的挽具，把它牵到了阴凉处。伊莎贝拉和我手中拿着装满亚麻布巾、毯子、三明治和柠檬汽水的篮子，专挑森林中的凉爽之处走。在森林中，我只能听到一阵嗡嗡声，声音很轻，但明显是存在的，就像房间另一头有只苍蝇在振翅。

"就在那里。"伊莎贝拉说道。

树林深处，水波荡漾，泛起点点银光。水的清凉、明澈让我们心动，我们将篮子放在河畔的青草上。我们匆忙脱下衣服，尽管我本想把目光放在湖面上，但我又再次看到了她的身体，我看着她，既熟悉又陌生，如同白日梦中的回忆。我们从篮子里取出衬衫，如同孪生姐妹般相对而立，我们笑了，这是最美妙的瞬间。身上的热气仍未散去，我们依旧充满期待，一切尚未开始。手牵着手，我们走向水边。

我们的肩头有股热浪在涌动，驱使我们向湖心走去，而冰凉的湖水却缠绕着我们的脚踝，拖累我们的步伐，同时又牵引着我们，似乎在召唤我们，继续走，继续走。我们走进湖中，水位不断上升，当水流经我的双腿时，仿佛是伊莎贝拉在抚摸着我。我望着她，想要开口，但那只会是些无聊的话语，一些不能如实传达我心意的话，一些多余的话，一些彼此间早已明了的话。所以，我只想保持沉默。我们只能听到水在身边流动，直到水淹没了我们的胸部。我感受到一道紧绷的线从胸部贯穿至腹部，延伸到我的娇嫩处。突然间，我感到一阵害怕，害怕这只是我单方面的念头，是我的古怪作祟，也是我异于常人的地方。然而，当她站在我面前，靠在我身上时，我感受到她的胸部也开始有一道紧绷的线贯穿她的身体。我在水中时沉时浮，能感到当时她和我有相同的感受。她仿佛认为我对发生的一切一无所知，仿佛我对此毫无兴趣，仿佛我无法体验到这事的炽烈，仿佛我的感觉一般，又或者超出了我的预想。

我转过身去，已感觉不到水的温润，只感到有些难以驾驭。我想涉水回去，回到岸边，用布把自己裹起来，擦干身体，也想让皮肤上火辣辣的红晕在凉爽的亚麻布中赶紧熄灭。但她紧紧地抱住我，用手搂住了我的腰，腹部和胸部轻轻贴在我的背上，脸颊则贴在我的颈部，她甜美的声音在我耳边响起："我从未做过这样的事。"

她在我耳边低语，她的话甜美动听，这也正是我想要听到的。然而我却忘记了她到底说了些什么，她使我着迷，我的思绪已经飘向远方，在疯狂的自由中蜿蜒曲折、变幻无常。

片刻后，回到岸上，我们用布包裹着身体，躺在毯子上，眺望着水面。她让我喝些柠檬汽水，说我需要它。我还记得，阳光异乎寻常地刺眼，如同梦境般。也许，我把这感觉告诉了她，因为她说道："你被晒得不轻啊。"在我看来，自己刚刚吞下了太阳，不是浅尝了一小口，而是把整个太阳囫囵吞了下去，我心想，也许吞得太多了。

我在一间气味怪异的房间里醒来，头疼得像是装满了不合适的思绪。我无法辨认出那股气味，它带着甜腻的肥皂香，还混杂着一种陈旧的味道，似乎是某种沉睡的东西，它不该被惊扰到。透过百叶窗缝隙漏进的微光，我看到一个水盆和水壶放在洗脸台上，墙上是燕子图案的壁纸，上面还挂着几幅画，床的正对面摆放着一张宽大的梳妆台。我从那上面的长方形镜子里瞥见了自己，我半靠在几个枕头上，像具木偶一样寂静无声。有一刹那，我坚信，就算我动了一下，镜子里的身影仍会停滞不动，那个躺在镜像里的人跟我毫无关联，她是这里的一部分，是这个房间的产物，她在这里诞生，且不会消亡。但最终我还是挪动了一下手，我看到镜子中的像也跟着动了。房间周围静得可怕，仿佛沉溺在自己的阴影里，这勾起了我对于一些故事的记忆，说的是有生命的空间、被死者灵魂侵占的房间，它们就像酒渍浸透了桌布，永远也无法彻底清除。

门外传来敲门声，当我看到布斯先生高大的身影走进来时，我就知道，我其实早已清楚自己在他这里。他手持一个托盘，上面摆放着茶壶和烤面包。他的微笑带着一丝冷漠。

"玛丽。"他叫了我一声，并把托盘放在床上我旁边。他在床沿处坐了下来，床垫一下子陷了下去，我不由自主地往他那边滑了过去。

"你感觉怎么样？"他问道。

"发生了什么事？"我问布斯先生，我的声音听起来不像是我的。突然，我有一种窒息的感觉，好像我不是我自己，我并不在这里，而是在别的地方，在家里，在伦敦。我仿佛躺在小床上，和克莱尔并肩而睡，她迷迷糊糊地把胳膊搭在我身上。

"你失去了意识。"布斯先生目不转睛地看着我。

"我记得我和伊莎贝拉当时在游泳。"

他点了点头。"然后你就昏过去了，伊莎贝拉跑去找马车夫。她拼命地摇晃你，可你一动不动。后来他们就把你送到这儿来了，因为这是最近的地方。"

"她人呢？"我焦急地问着。

布斯先生面无表情地看着我。

"伊莎贝拉呢？"我重复道。

"她已经回家去了。我告诉她我会好好照顾你的，还说会去请医生来看看。不过，既然你醒了，就不用了吧。"他把托盘移过来，给我斟上一杯茶。"多喝点水。你被太阳晒得脱水了。"布斯先生关心地说道。

他一直坐在我身边。我手里握着滚烫的瓷杯，既不敢喝，又不敢放下。

布斯先生的目光从我身上移向了窗户。"今天是个让人想游泳的日子，"他说，"可是也太热了。你们以后要小心点，别让太阳晒着。热浪会让你头晕，玛丽。"

我点了点头。

"那就这样吧。"他站起身来。"记得把茶喝了,再吃点面包。今晚你就留在这儿,我会让人去邓迪通知伊莎贝拉,明天早上她来接你走。"

他走到门边,手扣着门把,好像有些犹豫不决。他终究没有再开口,还是选择离开了房间。

茶水散发着花香,闻着像是玫瑰。我在面包上抹了一层黄油,咬了一口。随后,我的目光再次被梳妆台所吸引。这时,我看见镜子里有个女孩躺在床上,边喝茶,边吃面包,她看起来好像很自在。镜子前摆着一些玻璃瓶和小罐子,架子上挂着几副手镯和项链。在这些手镯之间,有一副镶着闪亮的蓝色宝石的手镯,就是布斯先生之前想要送给我的那副。一时间,仿佛有根绳索勒住了我的胸膛,越收越紧。我轻轻地从床上爬起来,屏住呼吸,走下地,木地板没有发出任何声音,我的脚感觉像踩在蜡上一般丝滑。接着,我走到梳妆台的大镜子前,看到自己穿着一条长长的白色睡袍,袖口上镶着花边,领口很高。镜中的脸孔是我的,是的,但是在我的眼睛里,发现了一些我从未察觉过的东西,一些异常的东西。这跟眼眸的颜色无关,我棕色眼眸里那些微小的黑点并未改变。但在我的黑色瞳仁里,好像有个怪异的东西隐藏着,一个生灵,它是如此不显眼,没人会把它当成别的什么,只会认为是我的灵魂。但我知道,我看见了,这不是我恐惧的黑暗,不是令我迷茫的黑暗,也不是自我出生之日——当我脱离母亲的子宫并带走她灵魂那一天起,就寄居于我灵魂中的黑暗,这个黑暗是陌生的。痛苦在我的眼中蔓延开来,我的眼神从镜子转向一旁的梳子。我看到了我的手,我那苍白纤细的手,伸出来触摸了梳柄。我拿起梳子,借着透过百叶窗的光线中看到,梳子的齿间卡着一根有光泽的长发。那是一根黑色的粗发,如此近距离地看到玛格丽特身体的一部分,让我感到有些不自然,也有些手足无措。我可以触碰它,也可以用手扯断它,将它扯成小段的碎发,都没人能够阻止我这么做。这样做虽然没什么,但我还是感到自己在做一件可怕的事。我从梳子上取下这根头发,将它紧紧缠绕在我的手指上,同时又拿起梳子看了起来,银色梳柄背面刻着主人名字的缩写,却不是玛格丽特的,而是"E. L."字样。突然间,我听到了一阵声响,好像在隔壁房间有人用力地关上了柜子。我匆忙躺回床上,心脏在被子下咚咚地跳动。当我平静下来后,我喝完了茶,同时注视着镜子中的女孩,她躺在那张大床上。虽然这使我感到不安,但我别无选择,我必须留意她,留意这个孩子,因为我不知道她是谁。

从那以后,我的记忆变得模糊不清,像是被人扯散了一样。我非常疲倦,睡了很久,我看着阳光渐渐消失,房间充满了谜团。床上的女孩很开心,她大口喝下布斯先生带来的茶,与他交谈,表示自己感觉好多了。她在镜子中冲我笑。墙上的燕子长出了鳞片,像河中的鲑鱼一样,以完美的弧线向前跃起,前往高地。我又看到伊莎贝拉坐在岩石后说道:"嘘,别说话。"她紧紧抱住我们的怪物,它将那宽大而充满怨恨的脸庞侧贴在她腿上哭泣,它浓密多毛的手臂,像狮子的臂膀一样粗壮,无助地垂在地上。她开始唱歌,那些词我听着很熟悉,但不知道它们的含义,歌声中透露着无尽的忧伤,她一定在歌唱着世间万物的消逝。我们的怪物开始缩小,它呻吟着、蜷缩着，伊莎贝拉轻声吟唱，轻抚着它，直到最后一丝踪迹都不见了。再喝点茶。去睡吧，亲爱的。是的，那太阳太刺眼了。我的指尖跳动不已，仿佛有什么东西要冲出来，然后我看到那是玛格丽特的头发，它仿佛是一根将我与这个房间紧紧相连的线。它细长，几乎隐形，闪烁着微弱的光芒，穿过整个房间：从梳妆台到窗户，从窗户到衣柜，从衣柜到墙壁，从墙壁到我的床头，从床头再回到我的手指，就像一张我亲手编织的蛛网，我无法挣脱。这个房间不愿让我离开，它低语着，说我属于这里。

在接下来的梦境中，我看到了母亲，她躺在床上，奄奄一息。我是她的孩子，躺在摇篮里，她的眼皮沉重如铅，已无法睁眼看我。因为希望，她变得疲惫不堪，又最终屈服于无尽的绝望。我的身体渴望与她融为一体，但这永远无法实现。"这是您的梦境，戈德温小姐。"此时，有个声音传来，而我却什么也看不见，除了那个声音，一切都消失了。"这是你的梦境，所以由您做主。"我认识那个声音，如果我清醒的话，一定知道那是谁。我心中默默地说道："是吗？我能做主？那我不想再做这个梦了，我想要一个不同的梦境。再来一杯茶吧，这次要烫一些的。"那个声音说道："小心点，先吹一吹再喝。你就这么渴吗，宝贝？""我的手指上有什么东西吗？"我问道。那个声音回答："没什么可担心的，亲爱的。"之后，我进入了一个新的梦境，我成为母亲。我隐约看见有个接生婆把毯子拉到了我下巴处，她对我说道："现在不用担心了，我很快就会把宝宝放到你身旁。她会在你身边离开这个世界，只可惜你还不知道，去睡吧。"之后，我把孩子紧紧地抱在怀里，她太瘦小了，我还没来得及给她取名字，但我想叫她克拉拉。接生婆又说道："如果你希望她能活下来的话，戈德温小姐，你必须拼尽全力。"但我并不知道该怎么做，我从未当过母亲。我问道："她这么瘦小，正常吗？"接生婆摇了摇头，说道："但这就是你给予她的一切。看吧，她长得确实不结实。"接生婆抓住孩子的一条胳膊，在短促的撕裂声中将其扯断。"看到了吗？没有血，只是一条掉了的小手臂。"接生婆又说："这部分也已经开始变色了，戈德温小姐，坏死的部分必须剥离。"语毕，接生婆开始拉扯她的小腿，两条腿一一脱落，我的孩子没有哭，只是变得更安静了。接着，另一条小臂也被扯下了，我赶忙喊道："不要动她的头，请不要拉她的头。"接生婆笑了，看似很善良，她抚摸着孩子的头，抚摸着她可爱的薄发。随后，她伸出一只手放在了孩子的脑袋上，这只手就像一只诡异的蜘蛛。随着一声巨响，她把孩子的头也拉扯了下来。孩子的身体散落在床上，可爱的小脑袋，眼睛半闭着，嘴里发出最后的呼吸声，腿和手臂各被分成了六段。"我的小女儿啊。"我无力地说："她就快死了。"接生婆说："这一点毋庸置疑，小姐，这样的女孩不可能存活。"

我从恐怖的梦中苏醒。天还黑着，我想应该是半夜。透过月光，我看到房间已摆脱了我幻觉的控制。我迫切地想上厕所，我下了床，镜子里映出我摇摇晃晃、脸色苍白的样子，但并没有其他异样。我低头看向床底，希望能找到一个便壶，然而那里什么也没有。随后，我蹑手蹑脚地走向门口，一度担心房门会被锁住，然而当我试着转动门把手时，它毫不费力地打开了，我觉得刚才的念头真是荒谬，房间当然没有上锁。走廊的地毯温柔地抚摸着我赤裸的双脚，透过楼梯边两层高的长窗，蓝色的夜光洒进了屋内，在这样的光线映照下，物体的轮廓会扭曲变形，但我决心睁大眼睛，保持清晰的视野。一切都还好，我只是中暑发烧了，陷入了脑海中的故事里，但现在的我又能看清事物的本相了：脚下地毯上的花纹，楼梯上优雅的扶手栏杆，栏杆上木质的光泽。我站在楼梯顶端，踌躇不前。我要从哪里弄来一个便壶？突然，我感觉有什么东西在我身后轻轻地撞了一下，我知道那里什么都没有，一无所有，然而我能感觉到，有股力量推着我的后背，我仿佛脱离了地面，没有什么能阻止我坠落。下一秒，我又感觉会向前跌倒，翻滚着从楼梯上坠落，手臂撞墙脱臼，头部以奇怪的角度撞击在栏杆上，最后重重地仰面摔在大厅里的大理石瓷砖上。我的背部会剧痛无比，仿佛温热的液体正在漫延，直到我无法再动弹，呼吸将在胸腔中受阻，短促的呼吸加剧了我的恐慌。

我用手紧紧握住栏杆，手心湿漉漉的。脚下的楼梯变得格外陌生，令人不知所措。我的膝盖在颤抖，我感受到一股温暖、湿润且奇特、令人感到安慰的能量沿着我的双腿流动。

当我看到伊莎贝拉走进房间时，我情不自禁地露出了笑容。她的眼睛闪烁着光芒，她的脸颊绯红如玫瑰，也许她也晒太阳了，也许是她渴望见到我。

"我是来带你走的。"她说，这话听起来好像我是她的人，我的心仿佛在整个身躯中震颤着，我的内心涌动着一种无法言说的情感。我洗漱好并穿好衣服，当我经过梳妆台时，我发现那个嵌着深蓝宝石的金手镯已不再悬挂在其他手镯中间。

楼下的餐厅里，早餐已经准备好了，却不见布斯先生的身影。

在我进餐时，伊莎贝拉一直注视着我，她没吃任何东西，甚至连茶都没喝一口，她目不转睛地注视着我，仿佛将我的一举一动都牢牢记在心中。有时我抬头看她，当我的目光与她的相遇时，内心深处便会燃起一丝火花，而我几乎什么也没说。伊莎贝拉告诉我，强尼给瓢虫建了一个小屋，而巴克斯特先生整晚都在工厂里忙着，因为机器出了些问题。我并没有真正倾听她的话，我只听到她的声音，并幻想着她对我说了其他的事情。

安静的氛围被匆忙进入餐厅的车夫打破，他说暂时无法启程，因为拉车的母马似乎得了肠绞痛，他不得不将车具从它身上卸下来，把母马带到了一间空马厩，现在只能等待，看它是否会康复。伊莎贝拉捂住了嘴巴，瞪大了眼睛。

"可怜的樱桃。"她说。

"最好让它休息一会儿。我找不到布斯先生，但我觉得把它留在马厩里应该没问题吧。"车夫说。

伊莎贝拉点了点头。

车夫走出了屋子。

我们走到外面，缓步走到马厩，试图去安抚躺在稻草上的樱桃。它低声嘶鸣着，但疼痛没有丝毫缓解。我们帮不上忙，于是决定让它独自待着。

"来吧。"伊莎贝拉说，她拉着我走到马厩后面。我们穿过那里高高的杂草丛，一根荨麻钻进了我的裙子，勾住了我的腿，我也没太在意，因为我的注意力已经被伊莎贝拉吸引，她正用一块锋利的石头在马厩的角柱上刻画着什么。

"你在做什么？"我轻声问道。

她咯咯笑起来。我看到石头尖端下慢慢地出现了有棱有角的字符，原来是我和她的名字："玛丽+伊莎贝拉。"她朝我微笑。

一阵风刮了起来，吹得我的胳膊起了鸡皮疙瘩。

"布斯先生在哪里？"我问道，尽管我知道伊莎贝拉也没有答案。

"也许他在啤酒厂。我们去看看吧。"伊莎贝拉说。

天空乌云密布，空气像毛毯一样厚重，炙热的气息压得我们喘不过气来，我觉得自己走得越来越慢，仿佛有什么东西在背后轻轻地拽着我。房子外有一圈碎石路，我们穿过碎石路，听到马厩里传来一阵微弱的哀鸣声，应该是那匹母马的声音，但听起来几乎不像是动物发出的。

我们来到酿酒厂的铁门前，门是开着的。我们望着天空，仿佛在寻找什么，仿佛遗失了什么。我跟着伊莎贝拉走了进去，厂房很高，三个人叠起来都不够着窗沿。墙边是一排排木桶、箱子和麻袋。中间摆着一台庞大的机器，它由转轮、管道、玻璃瓶、软管和仪表组成，是布斯先生用来酿造啤酒的神奇装置，但它却让人感到有些不对劲，好像这些器具不应属于这里，也不符合我对酿酒厂的理解。

伊莎贝拉绕着机器走了一圈，用手触摸着各种部件。

"怎么没人在这里干活？"我问道。

"布斯先生大部分时间都是一个人在忙，"她说，"这是他真心热爱的事业。我想他只有在搬运桶子的时候才会要人帮忙。他不喜欢被打扰。"

"那是什么？"厂房的一角，有台机器放在一块装有轮子的木板上，像是一个简易的病床。这台机器和厂房中央那台在零部件方面有些相似，但它的管路和玻璃部件被换成了金属线圈和一些连接着管子的盘子。机器旁边立着一个高大的柜子，上面摆满了各种仪表，下面安装了几个沉甸甸的手柄。伊莎贝拉站在这个怪异的机器旁，脸上没有了笑容。我们身边的光线也被挡住了，只能看清这些怪异设备的模糊轮廓。

我们到外面散了一会儿步。我们都想逃离那栋房子，那间酿酒厂。只有当我们摆脱四周的墙壁，看不见窗户里可能闪现的影子，摆脱了布斯先生那种既诱惑又压抑的怪异款待时，才敢开口说话。仿佛我们明白，他的好客是有所图的，他要得到那些我们不愿意交出的东西。

路上树根横亘，随着我们走近田野，小路变得越来越窄。小径两旁的白杨树像巨人一样在我们跟前投下了长长的影子。

"希望不要下雨。"我说，但我的声音显得脆弱、无力，好像有什么东西夺去了我话语的生气。

伊莎贝拉停下来，抓住我的胳膊。她看着我。"我们一定会找到合理的解释的，一定会的。"

我点了点头，说道："伊莎贝拉，我做了个奇怪的梦。而且今天凌晨，我站在楼梯旁边，有什么东西想要把我推下去。还有那天晚上……"

她扬了扬眉毛。

"就是那一晚。"我说。

她点了点头，问道："你怕了吗？"

我看着她，想着该说些什么合适的话。我努力寻找合适的话语，以表达我需要她的帮助，我脑海中浮现出各种昏暗的场景，我担心我们进入了一个不该来的地方，但是我所想到的一切词语听起来都那么的愚蠢和幼稚。

"我认为我们应该密切注意布斯先生。"我最终把心里话说出了口。

午后的光线在她的脸上洒下一层金色，使她显得超凡脱俗；她美得让人心惊，恐怕一触碰她，她就会消散。

"他有别人没有的力量。"我一说完这句话，就知道这是真的，当我看到伊莎贝拉的表情时，我就知道她也明白。我的心冰冷而急促地跳了几下，伊莎贝拉脸上金色的光华消失了。我们站在午后的青灰色里，在远离老杨树的地方，脚下是一条布满树根的小径，它让整个庄园都活了起来，仿佛到处都长着眼睛和耳朵。我们自由地漫步其中、嬉戏、畅谈、想象，一切都随心所欲，因为无论我们做什么，最终都会变得无关紧要，因为它已酝酿好了一切。

"我们要弄清楚他是谁。"伊莎贝拉低声说。

我握住她的手，用力捏了捏，她的手心潮湿而炽热。此时，一滴汗水沿着我的太阳穴滑落下来。

母马的绞痛还没好。布斯先生在天黑前回到家，安排了房间给我们，然后他又出去了。他说他在邓迪有事，顺便会去找巴克斯特先生，告诉他我们要在法夫留宿。

虽然我们只点了一根蜡烛放在床头柜上，但我能在床对面的梳妆镜里清楚地看见，我把脸颊贴在伊莎贝拉的胸口上。她的温度透过她薄薄的睡衣传递过来，我开始思考她体内存在一种非人类的温暖，我越是触摸她，就越能够更好地理解她。我想，她在我内心留下了痕迹，她制造了这些痕迹，有时像动物，有时像真菌，她用小小的爪子抓住我，在我身体里制造深深的谜团。她在我身上钉下了无边的渴望，我开始渴求她最黑暗的部分，因为那里不只有未知，还有所有的热量。

她透过镜子看着我，说道："你让我变得更好，玛丽。你知道吗？自从你来到这里以来，每一天都让我变得更好。就好像你在我身上留下了痕迹，轻盈的痕迹，因为幸福无忧而轻盈。"

我知道这是不可能的。没有人能窥探别人的心思，我的思维世界是隐秘的，只属于我，没有人能靠近它。读心术只存在于故事里，所以这一定是巧合。也可能，伊莎贝拉和我有种超乎现实的联系？一种我们自己创造出来的联系，通过不停地想象，直到我们融入彼此的思绪中？

"我有一种不祥的预感，玛丽。"她的手滑过床单，朝我伸过来。

我在镜子里看到她的眼神，从中感到了她的恐惧和困惑。她的心跳声传入我的耳朵的深处，周围的空间似乎正被黑暗所充盈。

"只有你可以，"她用食指沿着我的肩膀，顺着我的颈项轻抚着，"只有你能阻止它。当我和你在一起时，它就离我们远去，是你让它远离了我们。"

"那究竟是什么东西？"我问道。我知道她无法回答我的问题。我知道她能感觉到它的存在，我也感觉到了，只不过我不知道怎么去称呼它，也不知道怎么去形容那个从阴影中窥视我们，等待着我们，等到我们一个不留神就进入我们中间的东西。它已经等了好几个星期，也许更久，甚至早在我来邓迪之前，也许早在我母亲把我带到这个世界上的那天就已存在了，因为我当时索取了太多的生命力，一定有某个地方给了它出现的机会，或是从我与玛丽·简、范妮和克莱尔坐在微弱的炉火边喝热牛奶，等待父亲回家同我们团聚的那些冬日开始，它就在我身边了。只是因为它没有名字，因为不见其踪影，我就把它当作我的想象。但现在，伊莎贝拉也感觉到了它，我害怕它是真实存在的，真实的就像她和我一样。

我站起来，将脸贴近她的脸。她眼里的不安隐隐被一层晦暗的情愫所覆盖。我吻了她，伊莎贝拉的气味是那么甜美，那么熟悉而陌生，在我周围飘荡。虽然我还年轻，但我知道这种事情的存在，也知道这件事情正在我身体上发生，这不需要受到任何惩罚或承担后果。这时我的内心充满了一股美妙的邪念，越来越强烈。这一幕，如同海浪拍打礁石，贝壳打开了，一只颤抖的牡蛎等待着海洋生灵将其带走，为所欲为。这也是她想要的，她渴望的，直至她躺在那儿，破碎、受伤、哭泣。我吻了伊莎贝拉，她蜷缩着身子躺在我旁边，头靠在我的枕头上。我吻了她，她的嘴里咸咸的。

半夜里，我醒了过来，一时间不明白是什么把我吵醒的，我没有做梦。伊莎贝拉静静地睡在我旁边，她的手放在我的肚子上，那是属于她的地方。然后，那个声音又响起了，这次并不是尖叫声，而是一声压抑的呼喊，一种深沉、悲伤的声音。我轻轻地抬起伊莎贝拉的手，从被子里钻了出来，走向窗户。月亮被厚厚的云层遮住了，但在那下面，在房子前的草地上，在碎石路后面，站着一个身影，它比人类更高大、更壮实。而且，它的站姿也有所不同：像一只野兽，双腿分开站立，好像随时会失去平衡。还未意识到它是什么，我的手就已经颤抖着抓住了窗框。它来了，我们的怪物来了。我无法再动弹，我站在那里，害怕它会看到我，会在我身上认出某些我自己都不知道的东西。它是为了谁而来？但在提出这个问题之前，我已经知道答案了。从窗户玻璃模糊的镜像中，我看到它正在凝视我，它长着一双大而贪婪的眼睛。

1816年7月
沙莫尼-蒙勃朗①

---

① 沙莫尼–蒙勃朗,法国东部城市,位于阿尔卑斯山脚下。欧洲最高峰勃朗峰在其境内。

冰雪与定格画面

"那就是勃朗峰了。"珀西往后靠向椅背,双臂伸展在扶手上。

玛丽坐在他腿上,紧贴着他的胸脯。起初,她觉得这样的举动,在这家虽不奢华但气氛庄重的旅店里是不合适的。但随着酒水的不断下肚,她开始不在乎了。她的眼神始终注视着珀西,看他怎么吃馅饼,怎么用餐巾纸轻拭那迷人的嘴唇,怎么干笑着应付克莱尔的笑话,他的目光时不时地流连于玛丽身上,那眼神是独属于她的,至少她是这样认为的。正是那个瞬间让她屈从,让她渴望与他在一起,让她梦想着与这个男人共度一生,他能够深刻了解她的内心,因为她相信他们以某种特殊、非命中注定的方式彼此相连。

"就在那儿。好好欣赏吧。"

他们坐在窗廊上,望着勃朗峰。这是她见过最宏伟的景象,不仅是山体的巨大,还有那些令人动容的景象。阿尔贝和约翰留在了科洛尼。阿尔贝陶醉于写作之中,几乎不出门,约翰则想陪着他。威廉留在埃莉斯身边,他显然还太小,无法进行这样的旅行。克莱尔虽然感觉不太舒服,但也跟了上来,她食欲不振,时常疲惫不堪,这种疲惫从她空洞的眼神中泄露出来,显得整个人都魂不守舍的。他们租了一头骡子来搬运行李,但一路上却多次驮着克莱尔上山。也许她并不是在装病。话虽如此,她以前也不是没有做过假装苦恼,以吸引珀西注意力的事。虽然他这一路上给了克莱尔很多关爱,但玛丽觉得在这冰天雪地的世界里,她很幸福。每走一里,每见一处雾气缭绕、失去了本身色彩的山谷,就能发现一座雪白的高峰,它们一座比一座洁白,白得闪闪发光,白得耀眼夺目,白得好似虚幻不实,仿佛每一刻都有某种契合在发生。她不知道这种契合是什么,但那种感觉使她激动不已。这片荒凉的土地、残酷的山峰、无情的峡谷就在他们行走的小道旁半米远。不,也许大自然不是无情的,而是漠不关心。大自然对他们毫不在意。他们对大自然也是如此。游客的到来并未使大自然温暖半分。他们中任何一个人发生的事对大自然都不重要,奇怪的是,这却给了她深深的安慰感。世界没有中心,玛丽不是,珀西不是,甚至连小威廉也不是。世界没有中心,一切平等无差,失去只是事实而已。她能将这种感觉永远留住吗?这种无尽、无懈可击的感觉?

日子一天天过去,她无法保持这种感觉。他们到达了沙莫尼,这是此行的终点。明天,他们将离开这里,回到科洛尼的湖畔小屋。她讨厌事物变得习以为常,讨厌印象磨灭的速度如同鞋底的磨损,会那样轻易地流逝。每天晚上,他们三个人共用一个房间,珀西躺在她们中间,通常他会面向克莱尔,搂住她,缓解她的腹痛、恶心、头痛或其他种种折磨人的症状。玛丽躺在他的另一边,她的身体渴望珀西的触摸,她的内心愤怒而又期待。他终于转过身来拥她入怀,温柔抚摸她的时候,她知道自己应是他唯一的挚爱,但她还是气呼呼地拒绝了他,她希望这会让他卑微哀求,但他从不会这样。她假装自己掌握主导权，却最终无法得偿所愿。一个小时后，当两人在她身旁沉沉睡去的时候，玛丽凝视着窗外，似乎看到了雪地上光芒的闪烁。她努力回想着爱与自由的本质，这些在理论上她都赞同。但当他拥抱另一个女人（克莱尔！）的时候，她内心深处那种被伤害和不被珍视的感觉，与自由恋爱的论调无法共处。她试图说服自己要理性，试图用理智压抑幼稚、原始而脆弱的情感，但它们并不会完全消失，愤怒和渴望的光点仍然闪烁，提醒她真相所在。

的确，她明白这有多讽刺。为了实现自由恋爱的理想，她不得不强忍真情。可她分明只想爱珀西一个！于是，她的脑海又一次从零开始建构一套合理的逻辑，她辗转反侧，夜不能寐。

克莱尔病倒了，他们决定再多住一晚。珀西一直陪伴在她身边，他整日整夜地待在房间，说自己在读很多书，克莱尔想要呕吐时，他会为她端水，安抚她。玛丽并不想表现得无动于衷，她的确也很同情克莱尔。但问题在于，当百感交集的事反复上演时，人们往往会失去兴趣和同情心，唯独珀西例外。她心底冒出一个卑鄙的想法，这也许是因为他爱克莱尔。玛丽坐在小藏书房里，对于这样一个简朴的旅店来说，藏书房内所藏书籍的数量令人印象深刻。早上，她在旅店后方的雪松林里散步，白雪反射的阳光刺痛着她的双眼和心灵，仿佛漫天的白色强烈地照进她的内心，融化了其他的一切，一切在那一刻都消失了：摇篮里她小女儿碧蓝的双眸；父亲凝神写作时弯腰驼背的背影，这是他试图屏蔽孩子们嬉笑声的姿势；小威廉，她爱他胜过所有人，但正因那份爱牵绊着她，她永远不会得到自由；珀西和克莱尔，克莱尔和珀西，珀西给予玛丽一切，却一次又一次夺走；那象征着她母亲的记忆留白，因为母亲的缺席而显得更有存在感；还有那个，那个无需言语而存在于她内心的东西，它滋养她，解放她，使她感到恐惧。在这一切消逝后留下的空虚中，她能感受到一种极度的快感。

回到旅店，那份欢乐如融雪般消散，她不知该如何重新召唤。她走进他们的房间，珀西示意她保持安静，因为克莱尔终于入睡了。玛丽试图不去注意他，他正凝视克莱尔熟睡的脸庞，她脸颊边的发卷，她湿润娇艳的嘴唇在完全放松的状态下散发着魅力。玛丽转身离开，在旅店最安静的角落找了个大扶手椅坐下，她拿出本子、墨水和羽毛笔，轻声自言自语道："我又回来了，出来吧。"然后，它来了，最初谨慎而无声，但毫无疑问，它来了。现在，她看着它，真切地目睹着它的存在，它使她战栗，尽管她已熟悉它。正因为如此了解，它才能在她心中激起词句、故事、信件、风景以及由血肉和文字塑造的人物。而随着她的怒火愈发升腾，这一切也愈发真切，而随着真切之境加深，这一切又变得愈发激烈。

过了良久，可能是几个小时，她仍然坐在那张大扶手椅里，宽大的椅背朝向门口，遮蔽了藏书房内她的存在。她写了一页又一页，当然，可以说是她在写，但其实是她内心中的那个东西在给她提供词句，这些文字不光为了它而写，也为了她而写。外面渐渐暗了下来，落地窗后的冰川如今只剩下一片巨大的阴影，它见证了过去，也预示着未来，也可能同时承载着两者，它无可撼动。然而，即便如此，玛丽仍然坚信，自己将改变世界，写作就是一种行动。她想起了母亲，她母亲的坚毅和无畏，她母亲如何反抗传统的婚姻，反抗女性遭遇的屈从。而玛丽不止一次地问自己，她是否也在某种程度上屈从了。爱，难道不是一种屈从吗？珀西不也是在同样程度上屈从于她吗？"不，"那个卑鄙的想法说，"珀西并没有付出那么多。"

克莱尔感觉好了一些后，他们选择搭乘马车离开，尽管他们实际上手头有些紧。他们与三名陌生人坐在一辆散发着汗水又或者是汤水味的马车里，克莱尔坐在窗边，但对面的女士不允许打开窗户，因为她的女儿怀孕了，她担心女儿会感冒。那个女孩一言不发，她非常瘦弱，她凸出的肚子与她的身体其他部位形成了奇怪的对比。玛丽想，她可能还不到十六岁，她自己也是在同样的年纪怀上了第一个孩子，但她的肚子从未像这样大。她注意到克莱尔也在看着那个女孩，目光灼热而焦虑。她是不是发烧了？珀西紧紧地盯着前方，一言不发。有时，她渴望能够钻进他的脑海，但有时，她庆幸自己不能这样做。

他们离开了狭窄的道路，把那些山脉抛在了身后，这里开始出现了她熟悉的风景。再过几个小时，他们将回到湖边。她将再次把小威廉抱在怀中，将他温暖的身体紧紧拥抱，聆听他那咿呀学语的声音。珀西也将立即前往迪奥达蒂别墅，带着克莱尔一起去找阿尔贝。而她将留在查普伊斯小屋，陪伴小威廉。最终，一切都没有改变，只在她写作时，世界变了的想法才会涌上心头。

"停车。"这声音细小，却很迫切。克莱尔弯下腰，双手抱住肚子。

一时间谁也没有做出反应。然后珀西站起身，推开了窗户，对车夫喊了几句。马车停了下来，克莱尔匆忙打开车门，差点摔了下去，随后她弯着腰跑到了马车后面。玛丽想问究竟发生了什么事，但珀西已经追了出去，跟在克莱尔后面。对面那两位女士避开了她的目光。玛丽爬出马车，一片灰蒙蒙的阴云笼罩在山谷上方，给下面的景物笼上一层奇异的轮廓，仿佛它们深邃了起来，与现实的距离更远了。就在车轮后面，克莱尔跪在泥地上，嘴角挂着一条银丝。珀西蹲在她身旁，手在她背上轻抚，轻声对她说着什么。克莱尔又是一阵恶心，玛丽把视线移开，她望向远方，在云层中看到一道闪电。四周异乎寻常的寂静，没有鸟叫，没有蜜蜂嗡鸣，没有蟋蟀声，仿佛万物都屏住了呼吸。珀西的手依然在克莱尔背上轻抚，重复着同一个动作。车上的女人、车夫，仿佛石化了一般，只能一直等待下去。他们不会理解发生了什么，但明白此刻正上演着一出凌驾于一切之上的场景。玛丽自己也没有理解，但她明白其中的重要性，她对这场景有所准备。也许，玛丽早就知道它迟早会到来，这个时刻注定属于她的人生，在它发生之前、在它成形之前、在它吸收养分之前，就属于她。这一刻，这群人好像被定格成了一幅画面，一件艺术品，其中蕴含的讯息不会立刻呈现，而是需要细细追究。她回到家，点燃蜡烛，发现威廉安睡在摇篮中，呼吸绵长，安然无恙。随后，她褪下紧身的外衣，脱下靴子，烧水沏茶，珀西握住了她的手，带她来到了客厅，让她坐在自己身边，真正注视起她，这么多天以来第一次用那样的眼神注视她。这时，她才终于完全理解其中深切又明朗的意义，虽然她早有预感。

珀西说出了事情的原委，而玛丽也已猜到。

客厅里只点着一支蜡烛，他眼中跳动着一点微光。已经深夜了，玛丽太累了。

"多久了？"她问。克莱尔为何没有告诉她？

"她猜有几个月了。"珀西回答道。

"她什么时候告诉你的？她想从你这里得到什么？"玛丽追问道。

"我们出发前几天。"珀西把她拉近说道。玛丽闻出珀西身上还残留着克莱尔身上的花香。"很抱歉我没早点告诉你。克莱尔不让我说。"

她必须问清楚，现在问比较好，因为事情迟早会水落石出。她还是赶快问吧，她感觉到眼睛红肿而酸胀，但好在光线太暗，她不用去遮掩。她吞咽了一下，明显能听到她喉咙里有些堵塞。

"她和阿尔贝是旧识，在伦敦就见过面了。"珀西没有看玛丽，"她还没把这事告诉他。"

现在，玛丽不必问了，珀西直接回答了，这就是她爱他的原因，上千个原因中的一个。但是，真的没有其他可能了吗？她能接受珀西说的吗？她不清楚珀西和克莱尔之间到底什么关系，她也不想知道。所以，也许她不必担心，也许这和她一点关系也没有。

但她察觉到了，那天晚上，他们三人在餐桌边吃饭，珀西看克莱尔的眼神、微笑的样子，有时还会握住她的手，他知道这个孩子也可能是他的。在清理餐桌时，换睡衣时，给小威廉喂奶时，紧贴着珀西温暖、亲切的后背时，玛丽悄然崩溃。

1812年
苏格兰,邓迪

1812年9月18日

　　伊莎贝拉相信我，这是当然的，毕竟我们昨晚洞悉了彼此的内心深处。我们没有详细谈论昨晚我看到的怪物，以我们的默契，怎么可能会这样做呢？但我知道，无论发生什么事，她都会相信我。我们努力设想那个怪物会来我们的窗下，亲临布斯先生的家，到底是为了什么。伊莎贝拉认为它绝对不是为了我们而来，它怎么可能知道我们在这？我不知道，这一切都很奇怪不合逻辑，显得那么不真实、虚无缥缈。然而，布斯先生是否与它有关？这个想法加剧了我们紧张的情绪，布斯先生有太多令人无法信任的地方，以至于所有不可能之事都带着无可辩驳的逻辑色彩。我们坚决要弄清楚我们的猜测是否正确。

　　我们从法夫回来的第二天，全家围坐在餐桌旁。那天下午，巴克斯特先生说布斯先生邀请伊莎贝拉和我明天与他一同骑马出游，这是一个继续了解他的好机会，因此我们接受了邀请。但从那时起，我发现伊莎贝拉变得郁郁寡欢、心不在焉。她坐在我身旁，低头吃着饭，谁也不看，甚至连我也不看。艾尔西做了一大锅蔬菜汤和鸭肝馅饼，还烤了面包，这让我很高兴。因为我时常路过山上农场的鸭子养殖场，鸭子的眼睛那么有神，我无法下定决心去吃它们的肉。

小强尼呆呆地望着前方,他可能是累了。虽然时间并不晚,但我从格蕾丝那儿知道最近他睡得不好,夜里她常要去安抚他。我很同情他,他面色苍白,平日里充满朝气和热情的眼睛此刻黯淡无光。巴克斯特先生和罗伯特在谈论玛格丽特墓地的事,布斯先生一直在精心打理那里,这很好,玛格丽特即使已经去世,也依然得到了善待。

"他们是怎么认识的?"伊莎贝拉提问的时机拿捏得恰到好处,语气漫不经心,也不显得刻意。

"你不知道吗?"巴克斯特先生说,他抿了一口酒,切了一块馅饼。

强尼咳嗽了几声,咳嗽声有点像狗在喘气。

"别在餐桌上咳嗽。"罗伯特说。

"玛格丽特和布斯先生是在集市上认识的。大概是四年前吧?"巴克斯特先生回忆道。

"是五年前。"罗伯特说。

"对,五年前。他们之前确实见过面,但第一次说上话是在一场表演上。玛格丽特说,一开始她对他并没什么感觉,但到了表演结束,她就知道了:她想和这个男人结婚。"巴克斯特先生微笑着说,"我相信那是真爱。在遇见他之前,玛格丽特对爱情不感兴趣。你知道的,她是一个脚踏实地的女孩,尽职尽责,她总是先考虑别人。"

"她从不为自己要求什么。"罗伯特切了几片面包,分给每个人。"布斯先生是个幸运的男人。"

"他也对她很好,"巴克斯特先生说,"她很快乐。我真心这么认为。"

罗伯特点了点头，说道："我只记得有一次，我看到她的时候，觉得他们俩可能闹了别扭。那是圣诞节前后的事，就在她出事之前，好几年前了。"

"她是在圣诞节后不久摔倒的。"巴克斯特先生说。

伊莎贝拉紧紧地捏住我的腿，让我喘不过气来。

"我想是同一年吧，那年圣诞节她还跟妈妈一起缝了被子。"罗伯特回忆道。

我想看看伊莎贝拉，但她只是死死地盯着自己的盘子。

"哦，对啊。"巴克斯特先生笑了笑。"她们在缝的时候针法老是出错，你们的妈妈因此气得跳脚，你还记得吗？"

哐的一声，一把餐叉掉在地上。罗伯特身旁，强尼大大的眼里满是泪水，他不住地抽噎。

"哦，小家伙。"罗伯特把强尼抱到怀里，轻轻地摇晃着他，把他的头埋在自己的颈窝里，又安慰道："我们都怀念妈妈，对吧？"

强尼什么也没说，只是哭得更大声了。

"来，我带你上床睡觉，小家伙。"罗伯特一边说着，一边抱着强尼站起身，走上了楼梯。

我们沉默了一会儿，继续吃饭。然后巴克斯特先生说："你喜欢他，布斯先生，对吧？"

伊莎贝拉抬起头。她的眼神很奇怪，就像刚刚从一个噩梦中醒来一样。

"布斯先生会想要一位新妻子的。他不是那种能长久独处的人。"他看了伊莎贝拉一眼，说道："我们拭目以待吧。"

我感觉伊莎贝拉在桌子下抓住了我的手。

我们紧紧地拥抱着,躺在伊莎贝拉的床上。她不停地颤抖着。

"你很冷吗?"我问道。

"罗伯特说的那些事,关于玛格丽特和布斯先生之间的争执,就发生在她从楼梯上摔下来的前几天,还有他们在集市上的相遇,他是如何使她着迷的,她不是那样的人,这是真的,我父亲也这么说。还有你还记得吗,我们几个月前去集市的时候,他表现得多么神秘?那是玛格丽特去世前的一个月。"伊莎贝拉说道。

我点了点头。我把我的胳膊搭在伊莎贝拉温暖的肚子上。她深深地吸了一口气,问道:"如果真是这样呢?"

"什么意思?"我有些疑惑。

"玛格丽特的事,我们想象的,我们觉得看到的,如果这一切都是真的呢?"她有些激动。

"那就是我们正在试图弄明白的。"我说。

"那么之后呢?我们该怎么办?"伊莎贝拉追问道。

奇怪的是,我之前从来没有想过这个问题。如果我们发现布斯先生有什么不对劲,如果他真的在搞什么巫术,如果这种东西真的存在,如果他用这种方法让玛格丽特死去,谁会相信我们?

"我不知道,"我说,"但是不管怎样,我们都要弄清楚,对吗?"

她闭上眼睛,她是如此美丽。

"我很害怕。"她说。

"我也是。"我说。

1812年9月29日

我做了些奇怪的梦。有天深夜,我梦到自己说:"我不在巴克斯特家。""我知道你会回来的。"一个声音这样说道,但我只闻其声,不见其形。我觉得是这个房间在说话,我觉得这个房间有着似曾相识,但我记不起何时来过。伊莎贝拉来看过我,给我带了一些书,还带来了我每次都藏在床垫下面的日记。我整天迷迷糊糊的,睡了很久。在我对面,有一个女孩在看着我。

1812年10月3日

伊莎贝拉说我有脑震荡。当我起身时，世界就好像倾斜了一样。布斯先生说我要继续卧床休息，他给我送来了茶和面包，有时候还有汤。那汤很美味，让我想起了过去：我父亲和玛丽·简结婚之前，也会自己下厨，他会用番茄、洋葱、胡萝卜和月桂叶熬制"鳏夫汤"[①]。

他们告诉过我发生了什么，但我总是记不住。我撞了头，头的一侧隐约感觉有神经在跳动，隐隐作痛，那里有一个肿块，还有干涸的血迹。

[①] 中世纪时西方曾有一种"寡妇汤"，因其原料简单、便宜，穷苦寡妇也能做得起而得名。

1812年10月6日

这只是一个阴影。我的床边夜里没有人。我的床边一直没有人。

1812年10月8日

　　我做了一个梦,梦见玛格丽特还活着。她躺在这里,在这张床上,和我在一起。当我问她发生了什么,她哭诉了起来:"太痛了。"她解开了睡袍上的纽扣,我看到她的胸口有一个深洞,那里没有血,没有内脏,只有黑夜一样的黑洞,那里偶尔闪现出耀眼的白光,那是一道道闪电,让她喘不过气来。"E. L. 是谁?"我问她,但她没有回答,只是转过身去。她胸口的黑色流到了床单上,流过了整张床,这全都是我的错。

1812年10月10日

罗伯特对我说,那天,伊莎贝拉生病了,我一个人和布斯先生去骑马。突然间,我的马发了疯,失控了,我摔倒在地上,头撞在了一块石头上。罗伯特和巴克斯特先生来看我,我请求让伊莎贝拉来看我,但他们说她在帮布斯先生的忙。

光线开始变暗,夏天已经过去了,天气变得更冷了。我想念她。

1812年10月11日

早餐后,布斯先生坐在我的床边。他的眼神里有一种前所未有的严肃。

"我什么时候可以回到巴克斯特家?"我问,但也意识到这话听起来有些不知感恩。

"我想再过几天吧,"他说,"颠簸的路程会对你不利的。你的大脑还承受不了。"

"伊莎贝拉在哪里?"我问。我已经有多久没见过她了?

"玛丽。"布斯先生的表情很冷淡,可以说有点严厉。外面开始下雨了,房间的光线变暗了。

"玛丽,你昨晚有没有离开过你的房间?"布斯先生问道。

我脑海中浮现出一个画面,是我自己,或者是一个像我一样的女人,穿着一件白色的睡袍,在走廊上游荡。她的眼睛空洞无神,看不见任何东西。她好像睡着了。

"没有。"我说。

"你要诚实地告诉我,玛丽,这很重要。"他看着我说,好像想用他的目光打开我的大脑查看我的想法。

"我真的没有去过走廊。"我看到的那些事情没有发生，它们不是真的。我非常确定我那晚没有离开过我的房间，我从来没有离开过我的房间。

"好吧。"他说。他站起来，走到窗边，望向外面灰蒙蒙的云层，雨水不停地倾泻下来，仿佛永远不会停止。或许他在注视着远方的某个东西。

"你不太记得发生事故那天的事了。"他说。他不是在问我。

我摇了摇头。"我什么都不记得了，"我说，"我只记得我们一起骑马。我骑的是一匹几乎全白的马。"

布斯先生转过身来，走向床边，用他长长的手指抚摸我的头，顺着我披在肩上的头发滑下来。"我一会儿让人再送些汤来，"他说，"现在你要好好休息。"

我并不感到累，但当他离开房间，我一听到门的"咔嗒"声，眼睛就闭上了，就像演出结束时舞台上垂下了沉重的帷幕。

1812年10月14日

　　伊莎贝拉还是没有来看我，我每天都询问她的情况。我逐渐回想起更多我摔伤的细节，但是有些事情还是模糊不清。我知道伊莎贝拉生病了，所以没能和我一起去骑马。我原本不太想一个人去，但她说这是一个了解布斯先生的好机会。由于我从来没有骑过马，所以骑的是最温顺的那匹，她叫艾薇，是一匹白色的马，有深邃的黑眼睛和长长的鬃毛。那天天气很不错，也不算太热。我们先沿着泰河的岸边骑了一会儿，布斯先生问了我一些事情，关于伦敦，关于我的父亲，关于我在拉姆斯盖特上寄宿学校的时光。一切都很正常，他也很正常。我还记得我一直在想，问他什么问题能对我们有所帮助，又不会让他警觉。之后的事就什么都想不起来了，一片空白。

1812年10月15日

我梦见伊莎贝拉来接我走。我躺在床上,她与布斯先生正在搏斗,但她注定要失败,因为他太强壮了。随后,她拿出一条蛇,就像布斯先生那天晚上给我们看的一样。她放出蛇来,蛇在地上爬行,我一度担心它会爬到床上来,但它却朝着布斯先生去了,缓慢而坚定地游走着,绕着他的腿往上缠,然后猛地咬了他的大腿根。

我惊醒了,心怦怦直跳,我害怕有人看见我的梦。仿佛这间屋子,壁纸上的燕子,还有镜中那个时常见到的女孩都在围观我,他们会告诉房主,告诫他,他的秘密即将被揭露。

记忆的空白正在消失,我依稀记起一些事来。我们缓缓地骑着马,布斯先生和我并排,我们不再沿着泰河骑,而是向内陆进发,来到了一片荒芜的原野上。原野上盛开着花朵,我目之所及,遍地是紫色的石楠花,甚至让我有点晕眩。我想问问他酿酒厂的事,他酿酒有多久了,从谁那学的。我的心剧烈地怦怦直跳,动静之大我担心布斯先生会听见。我该如何找出他是否有问题,又不至于将自己置于危险的境地?伊莎贝拉和我在她的卧室里可以构想出各种情节,因为那是在安全环境下,但在这里,我独自一人,身旁还有这个男人,一切都变了,我几乎不敢看他,生怕我的眼神会泄露什么。

然后，事情发生了。布斯先生让我们的马停了下来，一把抓住我的手腕，眼睛直直地盯着我，他的表情神秘莫测。他问："你和伊莎贝拉想要了解我什么吗？"

从这里开始，我什么都不记得了，我拼命回想接下来发生了什么，但脑海里只有一片空白。我感觉很冷，伊莎贝拉还是没有来看我。

1812年10月16日

我努力不让自己哭出来。当他为我端来那碗我几乎咽不下去的汤时,他抚摸我头的动作不再和蔼或关切,而是用力地、近乎粗暴地把我按在床上,躺在我该在的地方。我前所未有地惧怕他。我记起了一切,我想离开这里,离开那个不幸的女人生活过并在此咽下了最后一口气的房间,离开仅能看到雨水、乌云和泥泞小路的窗台,离开那些时刻飞翔却永远飞不走的燕子,离开镜子里的女孩,她应该是我自己的镜像,但我却认不出来,离开这个男人的房子,离开这个疯子的房子,他是个怪物,是个善用巫术的人。

"你和伊莎贝拉有什么想要了解我的吗?"布斯先生问道。

石楠花地已经变成了一片烂泥地。只有在零星的地方,一些小植物从地里钻出来,好像对这个地方感到好奇,但一旦来到这里,露出头来,它们就被这片荒凉之地的土壤紧紧地束缚,再也无法回去了。

"您是什么意思?"我没有看他,而是注视着艾薇的长鬃毛,我亲爱的美丽仙女,我的天使。

"我原以为我们是朋友,玛丽。"布斯先生说道。

我抬头看着他,但他的脸上没有任何表情。"我们是朋友。"我轻声说。

　　布斯先生摇了摇头。片刻寂静后，他微笑着说："朋友，朋友应该互相信任，朋友应该为对方着想……"他的微笑是友善的，我甚至觉得我和伊莎贝拉可能完全搞错了。他接着说道："朋友希望对方能够幸福。我想让你幸福，玛丽。"

　　我看着他，这个有着无数张面孔的男人，他时而是一个英俊、和蔼的绅士，时而眼神中透出扭曲的兽性，比《神圣的深渊》中的野兽还要狰狞。如果我们想象的一切确有其事的话，那么他可能是任何一种怪物。

　　"我想回家。"我说。天空逐渐变得昏暗起来，原野也显得更加灰暗，布斯先生的身形变得棱角分明，仿佛周围有阴影围绕着他。我再也无法继续下去了，我无法与这个男人、与这个怪物抗衡。他不仅在体力上更强壮，而且在心智上我也无法与之匹敌。他的年纪大，比我大得多，似乎也比周围的一切都要年长，他拥有我所不知道的知识。我唯一想要的就是回家，回到伊莎贝拉身边，回到罗伯特和强尼身边，回到满是蜡烛的桌子旁，屋里有艾尔西忙着准备食物，炖羊肉、面包和咖啡散发出阵阵香气。

　　"好吧，"布斯先生点了点头说道，"听你的。"他松开了我的手腕，催马向前。我们启程了，他不断鞭策着他的马，艾薇跟在后面，也飞速奔驰着。我们的速度越来越快，我牢牢抓住缰绳，手都在颤抖。我已经无法清楚地看到周围的环境了；周边的色彩都消失了，一切都在摇晃，我极力稳住身体不从艾薇背上摔下来。就在这时，一声巨响从后方传来，艾薇猛地加速起来，一个急转弯，我手中的缰绳滑脱，脚从马镫中滑出。我失去平衡，从马上摔了下来，头部传来一声沉闷的撞击,我是多么希望就此一了百了。

下一刻,我便躺在了玛格丽特的房间里,躺在她的床上。是他故意让我摔倒,让我来到这里的吗?

我不敢再睡觉了。伊莎贝拉,你在哪里?

1812年10月17日

我要回家了。在法夫的最后一个晚上,我尽力保持清醒。有时,因为害怕入睡,我会下床走动一会儿。我望向窗外,外面一片漆黑。我坐在梳妆台前,凝视着镜中的女孩,这个回望我的年轻女子,我试图找出我俩的相似之处。也许我不再认识自己,也许我只是变了,也许我正在长大,我没发现和她有何相似。

第二天,布斯先生派马车送我回家。他本人不在,但留了张纸条在我的早餐盘旁:

玛丽,你可以回家了。如今出行不会危及你的健康。我们不久必再相见,这一点我深信不疑。

敬上,大卫·布斯

马车驶离了房子,我放松了下来。我的头脑越来越清晰,仿佛有根蛛丝在我与房子之间连接,而它随着距离的增加变得越来越细。

回到巴克斯特家,我在花园里碰到了伊莎贝拉,她正在修剪房子后面围墙边的玫瑰丛。看到我时,她又剪了两根枝条。

"玛丽。"她说。那一瞬间,她似乎有点惊讶,然后便露出了微笑。她把玫瑰剪放在草地上,拥抱了我。她的触碰、气息以及细软的发丝在我的脸颊上轻轻拂过。我是如此渴望这一刻的到来,现在我终于感受到了,我真的回到了这里,甚至感觉有些不真实,仿佛这是我想象出来的幻境,我松开了她。

"你回来了,真好。"她说,"你感觉怎么样?"

"很好。"我说,"我早就想回家了,但布斯先生不让我走。"

伊莎贝拉微笑着说:"他对你的身体健康很谨慎,我很高兴。"

她再次拿起玫瑰剪。"来吧,我们进屋,我让艾尔西泡茶。今天早上她从市场带回来了一条葡萄干面包,我们可以去尝尝。哦,玛丽,有你在家真好。"她转过身,脚步轻快地走在我前面,朝着屋子走去。她的手腕上一条镶有深蓝色宝石的手链闪闪发光。

厨房里暖意融融,水壶的蒸汽氤氲了窗玻璃,这里只有我们两个人。伊莎贝拉切下两片葡萄干面包。

"你去哪儿了?"我问。我本不想这么问,但她的举止,那种轻快的、玩世不恭的样子令我恼火。

她看着我,笑了笑,仿佛是我误会了她。"我去看过你,"她说,"一开始的时候。但后来我得帮大卫……帮布斯先生做事。家里也有很多活儿,花园里的事,强尼也需要我,他最近不舒服。你在那边也得到了精心照料吧。"

她竟称他大卫,这是以前从来没有过的。

"你是怎么知道的?"我这才意识到自己有多生她的气。似乎只有见到她,愤怒才能释放出来。"你让我一个人跟他待在一起。"我愤怒地说道。

伊莎贝拉瞪大了眼睛,有些不知所措:"哦,玛丽,我……"

就在这时,强尼冲进厨房。"玛丽!你好些了吗?"他跳到我腿上,逗得我笑出了声。

"已经完全好了,"我亲吻了一下他的小脑袋,"可我听说你病了。"

"才没有呢。"强尼回答。

"昨天你卧床了一整天。"伊莎贝拉说,她给强尼也切了一块面包。

"但今天已经不这样了。"他咧嘴笑道。

隔着强尼的头,我和伊莎贝拉对视着。我不知道在她眼中看到了什么,我完全认不出来。

这天余下的时间,我都用来给父亲、克莱尔和范妮写信。我出去散了步,去的是山丘的方向,一路上能看到秋天已经到来:石南花凋谢了,灌木丛开始枯萎。尽管没有风,但空气变得清新凉爽。我裹紧披风,自从我来到苏格兰,这是我第一次感到孤独。我意识到,在布斯先生家的那段时间,我认为伊莎贝拉不来看我必有正当理由,但实际上并没有。她发生了什么事?她对我们曾经的亲近感到后悔了吗?她想与我保持距离吗?

晚餐时,巴克斯特先生为我恢复如初而举杯庆祝。

"为了庆祝你的康复和归来,明晚我们将去剧院看一场戏。"

强尼拍手欢呼,伊莎贝拉露出欣喜的神色,罗伯特微笑着。

"你看过《麦克白》吗?"巴克斯特先生问我。

我摇了摇头。

"这戏太精彩了。布斯先生会是我们的特别嘉宾。他照顾你这么周到,我想要感谢他。"

我点了点头。我试图与伊莎贝拉交换目光,但她却看着她的父亲,面带微笑。

1812年10月18日

我七岁时父亲第一次带我看戏。从那时起,书中的人物在我心中有了面孔,活灵活现得如舞台上的演员。他们变成了有血有肉、呼吸自如的存在。他们体内流淌着血液,由心脏驱动,其复杂程度与人的心脏不相上下。厌恶与渴望、柔情与折磨、勇气和恐惧,在这里都存在,有时甚至同时存在。故事是一面镜子,你从中看到了自己,但不总是如你所预期的那样;故事像一面镜子,虚幻,却真实。

皇家剧院位于卡斯尔街的尽头,看起来与我熟悉的几家伦敦剧院很相似,只是这家剧院新得多。街灯在石板路上投下金色的光斑。巴克斯特先生尽力照看我们所有人,他不停踮起脚尖,带我们穿过人群走向高耸的门廊。这时,布斯先生出现了。他似乎毫不费力地引导我们走进大厅,这里的天花板至少有五米高,墙上悬挂着华丽的吊灯和烛台,脚下的地毯吸音效果极佳,将一片嘈杂降低成了宜人的低语声。巴克斯特先生给了每个人一张入场券,强尼瞪大眼睛看着自己的那张。

"好好拿着,强尼。"我说。

这是强尼第一次来剧院。他左顾右盼,蹦蹦跳跳地想要尽可能看到周围的一切，但人太多，周围的大人挡住了他的视线。罗伯特把他背起来，慢慢转圈，让他看个仔细。伊莎贝拉站在布斯先生旁边，他指着墙上玻璃橱窗中的海报给她看些什么，逗得她笑起来。铃声响起，我们仿佛一个有机体般统一前行，我紧跟在罗伯特后面，生怕跟丢了他。我的位置紧挨中央通道，伊莎贝拉坐在我旁边，她的另一边是布斯先生，他在与巴克斯特先生说话，我听不清内容。伊莎贝拉把身子转向了我。

"你感觉还好吗？"她问。

我耸耸肩，继续看着还挡在舞台前的帷幕。

她突然握住我的手，我看向她。她深吸一口气，似乎要说什么，然后止住了。她露出微笑。"很高兴你在这里。"她说。

帷幕拉开了，一片紫色的石楠花丛布景映入眼帘，就像是这个夏天的颜色一样。背景是黑夜的天空，一道闪电划过，三个女巫围坐在一只大锅旁。

演出进行到一半时，我被一旁轻声的交谈吸引了注意。我以为伊莎贝拉想对我说些什么，但当我转过头看向她时，她正倾身朝向布斯先生。在半明半暗中，我无法辨明他们的表情，也听不清他们低语的内容。但我看到了：伊莎贝拉的手搁在两人座椅间的扶手上，而布斯先生的手覆在她手上，两人十指交缠。她任由那双手停留在那里，仿佛丝毫不在意这个外表如人的怪物已将她的手占为己有。

我不再生气，甚至不再悲伤，而是感到害怕，非常非常地害怕。

1812年10月19日

  我坐在强尼的床边,用湿润的毛巾为他擦拭灼热的额头。从我坐在他身旁起,他还没有睁开过眼睛。床头柜上点着一盏灯,但我把它调暗了些。我很少来强尼的房间,在黑暗中,我看不太清楚房间的摆设,但在他的床头上方挂着一幅画,画上有只白色的小狗欢乐地追赶着一个球,床边还放着一个大玩具箱。

  从昨晚回家开始,伊莎贝拉就一直避开我。她似乎害怕看我,害怕从我的眼中看到什么,也许是害怕我从她的眼中看到什么。那晚我躺在床上,胸口积压着一种令人不安的失落感,每当听到任何声音,我都会想象是她走了过来,她会敲门并问我能否进来,她会躺在我身边,把冰冷的脚丫搭在我的脚上取暖,我们有说有笑地聊着天。我们根本不会去谈论剧院发生的事,无论这件事的原委如何,都不会有什么特殊意义。但她没有来。我的幻想只是一个冷酷无情的情人。那晚我常常醒来,每次醒来时,新的现实就扑向我,沉重地压在我胸口,低声对我说:你失去了她,最终也会失去每个人。

  今天早晨,艾尔西尖锐的喊声和匆忙的脚步声把我从睡梦中唤醒。强尼的房门打开着,门口露出巴克斯特先生的身影。

  "我们叫个医生来吧?"艾尔西问道。

"罗伯特，你去找医生。告诉他强尼突发高烧，也要告知他过去几周的病情。"巴克斯特先生说。

罗伯特用几乎慌乱而茫然的眼神看了我一眼，然后迅速从我身旁奔下楼梯。

强尼靠着三个枕头，半坐半躺在床上。他的脸颊通红，但额头、鼻子和下巴却显得苍白，他的十指叉开放在被子上，好似白蜘蛛一般。他睁着眼睛，但目光无神，即使集中注意力也很难看清周围。巴克斯特先生坐在床边，手放在强尼的腿上，什么话都没说，只是目不转睛地看着强尼，面露悲伤。他是在回想什么吗？这一时刻让他联想起之前的事了吗？他意识到情况不对？还是只是担忧？

我把手放在他的肩膀上。他颤抖了一下，抬起头来。"医生就快来了。"他说，他的话中透着一种无法用语言表达的绝望。

医生检查了强尼，除了高烧和全身乏力外，没有发现任何问题，他没什么可以做的，我们只能等待。如果过几天情况没有好转的话，他会进行一次放血治疗。

我们轮流守在强尼床前，伊莎贝拉、罗伯特、巴克斯特先生和我。其间，格蕾丝有时也会坐在他床边，低声和他说说话，安抚他。我看着他苍白、潮热的皮肤，眼睛在眼皮下不安地转动，仿佛在梦中与海怪搏斗，又像是骑在瓢虫或是蜻蜓背上飞翔，甚至还可能梦见自己有个可以抱在怀中的小妹妹。我轻轻地抚摸着他小小的白色手指，强尼的眼睛睁开了，他看着我，没有说话，随后微微地笑了一下。

"你感觉怎么样？"我问。

他把头转向窗户,但百叶窗已经合上了。

"已经傍晚了。"我说。

"我做了一个很奇怪的梦。一个女人追着我跑。一开始是个游戏,但后来变得越来越真实,我能感觉到。我向周围的人呼救,但大家都以为我们在玩。"强尼再次望向前方,仿佛他看到了另一个世界,那个梦还在继续。"我想,她是个女巫。"强尼说。

我给他喝了一口水,安慰道:"女巫是不存在的。"

他凝视了我许久,若有所思。"存在的,"他随后说道,"你知道的。"

"你说什么?"我追问道。

"发生了什么?"强尼看着我,好像突然惊醒过来。

"你刚刚说:'你知道的。'"我回答道。

"知道什么?"强尼有些迷糊。

"我刚刚说女巫不存在,然后你说'存在的,你知道的'。"我重复道。

他摇了摇头,说:"我累了。"他打了个哈欠,随后将头深深地埋进了枕头里,闭上了眼睛。我看着他,他的呼吸越来越缓慢。突然,他张开了嘴,像濒死的鱼大口呼吸,只是他嘴里吐出了一些话语,非常微弱,几乎听不清:"他对她做过些什么,对吗?"

"谁?"我俯下身子问道:"谁做了什么?对谁做的?"

强尼现在的呼吸非常缓慢而沉重,我以为他已经睡着了,直到他再次张开嘴,轻轻地说了一声:"伊莎贝拉。"他深深地舒了一口气,脸上完全放松了。我直起身,整理了一下他的被子,正要走到另一边整理枕头时,我看到了他床垫上放的东西:是芬加尔,鱼头芬加尔，白衣陌生人芬加尔。

"怎么了？"伊莎贝拉站在卧室门口，面对着我。她的姿态显得有些疏离。

"我能进去吗？"她问道。

我看到她犹豫了一下，然后点了点头。

我坐在床沿上，就像我坐在强尼床边时一样，伊莎贝拉则坐在对面的窗台上。她还没换衣服，窗帘也没有拉上。满月的光芒笼罩着她，让她的头发散发出半明半暗的光泽，但我看不清她的表情，唯一点着的蜡烛在她的床头柜上，上面放着一本《扎斯特罗齐》，作者姓名的首字母缩写为：P.B.S[①]。

"我害怕。"我说。我已经考虑好了该说什么，能说什么。究竟发生了什么事，让她对我如此冷淡？我如何才能重新赢回她的爱与友谊？

"发生了什么事？"她用正式、客套的语气问道。

我的心跳得飞快，像是有人在追赶我。"拜托，"我说，"我不明白。到底发生了什么？"

我试图从她的表情看出一些端倪，但是光线太暗了。我只能听到她的呼吸，平静而自持。

"亲爱的玛丽，我不知道你在说什么。什么都没有发生。"她说。

"你握着他的手！"我几乎是尖叫着说。我希望我能像她一样冷静，掌控一切。但是我什么都没有掌控住。

伊莎贝拉叹了口气，那是一声来自远方的叹息，一声她一直在

---

① 是珀西·雪莱创作的一本哥特小说。珀西·雪莱全名为珀西·比希·雪莱（Percy Bysshe Shelley）。

忍耐的叹息,直到她再也无法忍受,只能告诉我她的感受,发生了什么。"大卫不是你想的那样,不是我们想的那样。"她解释道。

这就是答案,他得到了她,强尼也看到了。我想仔细看看她的眼睛,想看看那里的火焰是否已经熄灭。我拿起蜡烛走向她,但她转过了身。

"那么玛格丽特呢?你当时也认为他对她施加了特殊的……"我接着说。

她摇了摇头说道:"那都是孩子的胡思乱想。他当然没有对她做过什么。"

我全身战栗,胃里翻腾着恐惧和愤怒。我说道:"我们说好要查明的,记得吗?就在我从他的马上摔下去之前。"

她转过身,面对着我说道:"你难道认为是大卫的错?他照顾了你这么多周。"

我在她的眼中看到了震惊。

"现在强尼生病了。我不知道怎么回事,但我觉得布斯先生和此事有关。还有你,你现在的状态。这不是你,伊莎贝拉。"我把蜡烛放在窗台上,握住了她的手。我感觉到有什么东西在我的手上压着,原来是玛格丽特的手链,上面有蓝色宝石的那条。

"拜托。"她说。一瞬间,我以为她想说点什么其他的事情,但她克制住了。然后她抬头看向我。她的目光不是在看一位朋友,因为其中没有流露出试图理解我的意思,而是充满了奇怪、难以置信和惊恐。"玛丽,拜托,仔细听我说。什么都没有发生,从来都没有发生过什么。我们只是互相讲故事,仅此而已。"

"但我们互相发过誓,巫师是存在的,怪物也是存在的,我们知道这些事都有可能发生,我们就亲眼见过。"我激动地说道。

她轻轻地、不可置信地笑道:"游戏,那只是游戏,玛丽。你不知道吗?"

"那我们之间呢?"我已经无法控制自己了,眼泪打湿了我的脸庞,我紧紧抓着伊莎贝拉袖子的一角。

她看着我,一丝认同的表情都没有。"我们是朋友,亲爱的玛丽。这不会改变。"

"那么,接吻呢?在浴缸里发生的事?在湖里的事?还有在床上的事呢?"我咆哮道。

她的眉头微微蹙起。她微笑着,轻轻地摇了摇头,说:"我想你最好去睡觉。你需要多休息。大卫也这么说过,脑震荡会带来恼人的后果。"

我开始呜咽。"求求你了,"我说,"你在场的,那些事情发生时你都在的。"

伊莎贝拉安抚着我,抚摸着我的头发,为我擦去脸上的眼泪。"来吧。"她说。她带我走到我的卧室,让我坐在床上。她解开我的靴子,解开我的长裙、我的束腰,褪下我的袜子,她展开被子,我像个孩子似的钻了进去。她用双手轻轻地捧住我的脸,看着我,我只看到了她眼中的担忧和无奈。然后,她在我额头上亲了一下,离开了。那个吻刺痛了我,它刺痛着,一直刺痛着,整整一个小时,我躺在床上无法入睡。

1812年10月25日

　　阴雨连绵的日子格外难熬。房前的道路上积水成洼，来来往往的行人个个身上粘着及膝高的泥点。我几乎不出门，想念伊莎贝拉的痛楚无处不在，起床、洗漱、穿衣、进食，哪怕是坐在窗前看向屋外，都觉得痛苦不堪。我心中燃烧着折磨人的火焰，灼痛了我的喉咙，灼痛了我的双眼。那火焰因她而燃烧，为我们而燃烧，为我们所见、所感、所认识的一切燃烧。我很少离开房间，只有当轮到我去强尼身边守夜时才会踏出房门去。之后我就坐在他身边，望着窗上的雨痕，望着他日渐瘦削的脸庞，度过漫漫时光。他稍有醒转，我就喂他喝点粥，他再无言语，情况不容乐观。医生已经进行了放血治疗，但似乎没有什么效果。艾尔西魂不守舍，把牛奶煮得溢出了锅，我还看见巴克斯特先生流泪了。

　　我想象伊莎贝拉和我一样，坐在各自的房间里，想念彼此，也许她对我的思念没有我对她的思念那么心如刀绞，但至少有某种说不清道不明的坐立不安，某种模糊而焦虑的渴望，我无法想象除此之外的任何可能。她对我的感情不如我对她的深沉，这个想法让我难以承受。我们曾经共同的情感，如今却在她那边被一刀两断，突然间我要独自承担这份感情的重量，这是我无法忍受和接受的。

接下来，强尼忽然好了起来。一天早晨我走进厨房，他就坐在桌旁，嘴里塞满果酱和面包，笑容满面。他又开始拎着鱼头在房子里跑来跑去，雨后去院子里数爬出来的蜗牛，和我依偎在壁炉边，听我给他读床边妖怪的故事。也许是放血起了作用，也许是他的身体战胜了病魔，不管怎样，他好了，仿佛从未生过病。

随着强尼康复，我的心境也明朗起来。那天，伊莎贝拉走进会客厅来找书，我只是瞥了她一眼。她笑了。

"强尼好转了，一切都好了，是吗？"她说。

我本想拥抱她，但只是点头同意。

"这家人的不幸全部结束了。"伊莎贝拉肯定地点了点头，笑了笑。然后，抱着书离开了。

当天晚上，家里所有人都在餐厅用餐，这是我来到邓迪以来的第一次。格蕾丝整个下午都在忙着擦洗窗户和家具。在我们头顶的吊灯上，闪烁着二十一支蜡烛。强尼成了我们所有人眼中最可爱的焦点，巴克斯特先生不断提醒他安静些，但他只是笑着不为所动。每个人的脸上都写满了欣慰之情。就连布斯先生也为强尼的康复感到欣慰，他比平时更加沉默，但经常笑眯眯地看着强尼。伊莎贝拉也容光焕发，有时她的目光会与我的交汇，似乎在传递某种信号，但信号不够清晰。我决定，用完餐后我要去找她，我会走进她的房间，将手放在她的背上，亲吻她的脸颊，轻声在她耳边低语，她会聆听我的话的。

巧克力布丁被端上了桌，这是强尼最爱的甜点，但在我们品尝之前，巴克斯特先生站起来举起了酒杯，整个房间寂静下来。

"我想为我的小儿子干杯，"他说道，"我亲爱的强尼，你远比我们想象的要坚强。你能再次回到我们中间，我无法形容我有多高兴。"

我们举起酒杯，为强尼的康复干杯。

"但是……"巴克斯特先生说道，"强尼奇迹般的康复不是我们今晚欢庆的唯一原因。"

我想那时我应该已经明白了一切。我感到房间似乎缓慢而明显地旋转了起来，而我的喉咙仿佛被掐住了一般，无法呼吸。

"今天我非常高兴，我想正式向大家宣布，我亲爱的女儿伊莎贝拉找到了她生命中的另一半，他就是我们大家都非常熟悉又敬爱的大卫。昨天，大卫向我提了亲，我毫不犹豫地同意了这门婚事，当然前提是伊莎贝拉也要同意。我很高兴地告诉大家，她答应了。大卫和伊莎贝拉将在今年晚些时候步入婚姻殿堂。祝贺他们吧！"

那一夜漫长无边，房间里快透不过气来了。我躺在床上，晚礼服还未脱。黑暗中，我努力呼吸，心脏怦怦直跳，指尖发麻，四肢沉重无力。我感到身体在不断下沉，仿佛游向了大海的深处，那里永远是黑夜，偶尔能感觉到鱼鳍滑过我的身体，有时是温柔地拂过，有时是划破皮肤，犹如利刃。我停止了呼吸，四周一片寂静，当你无法继续前行时，悲伤就会被存留下来，这里吸纳了一切从你手中滑落的事物。它们游向开阔的海面，扎入波涛，在那里等待着你，在冰冷的深海里等着。虽然你已放手，但它们不会消失，在夜色中，它们会在海底等你前来寻找。你看不见任何事物，但这无关紧要，因为悲伤无色无形；你也听不见任何声响，因为悲伤无声无息。当你找到它们时，你会感觉到：它们温柔得像在脸颊上亲吻，但痛苦得像它们留下的伤口。在这里，躺着你的母亲，你的孩子。你的文字也在这里，从纸上脱落，在黑暗中融化。你可以哭泣，你可以试着拽起你的母亲，她躺在海底，无力而沉重，脸上早已生长满藻类。你可以试着带走你的孩子，但你会发现：只有咸腥的海水能将她的躯体保留。

你敢追逐自己的文字，游入深海吗？你敢将它们捞起，放在海滩上吗？把它们一个字一个字地捡起并晒干，让所有人都能读到上面写着什么吗？你敢重新创造这一切吗？

1812年10月26日

我眼睛红肿,但我假装一无所知,心脏怦怦直跳,胃也疼痛难忍,我知道它现在无法承受任何食物。我隐藏住这一切,内心的想法混乱而绝望,但每迈出卧室一步我都让自己保持微笑,我相信时间不多了。

当我敲响伊莎贝拉的门时,她还在熟睡。随后,一个沙哑的声音叫我进去,晨光投进了半开的窗户,照射在她床对面的镜子上。她稍稍坐起身。

"现在几点了?"她问道。

"我们需要谈谈。"我说。

她似乎在犹豫,在好奇和抵触间徘徊。

"你要结婚了,"我说,"和布斯先生。"我认为这事很荒谬,她是否也有同感呢?

她轻轻叹气。

"为什么?"我追问道。

她稍稍挪动了下身体,拍拍床示意我坐在她身边。

我闻到了她的味道,那是纯洁的伊莎贝拉在早晨的味道,是没有被白天浸染的味道。我的眼睛开始湿润，我闭上眼，试图阻止眼泪流下。

"大卫对我很好。这点是最重要的。其次他是我们的家人，他受人尊敬，也很富有。"她几乎没有任何动作，没有看我，只是盯着毯子，拉扯着它。

"你爱他吗？"我问。

她肯定地点了点头，奇怪的是，这并没有让我难过，因为我根本不相信她说的话。

我摇了摇头。"我不明白发生了什么，"我说，"这不是你。亲爱的伊莎贝拉，你和我，我们永远不会嫁给像他这样的人。你不记得了吗？"

我的声音奇怪而悲伤地颤抖着。

"大卫和我谈过很多次，"她说，"那次你摔倒之后，我开始真正了解他。他是个好人，玛丽。你不用担心。"

我突然站了起来，说道："那我们的友谊……"我试着寻找另一个词，但找不到更为贴切的了。事情怎么会变成这样？

伊莎贝拉伸手想拉我，但我挪开了胳膊。她看着我，眼睛瞪得大大的，澄澈透亮，似乎充满真心诚意。她问我："你认为会发生什么事？你认为结果会怎么样？"

我深吸了一口气，转身走向门口。握住门把手时，我说："事情不该是这样的。"随后便离她而去了。

我遇到了罗伯特，他在房子侧面的柴堆旁砍柴，他只穿了一条工作裤和一件衬衫，他把袖子卷了起来。现在已经是秋天了，屋檐下，蜘蛛开始编织新的网，老树叶开始从树上掉落。罗伯特看到我走近，便停下了手头的活，他满头大汗，眉头紧锁。我希望他和我一样反对这场婚礼。下一刻，他的眉头舒展开来。

"真是奇怪的消息，对吧？我的小妹妹要结婚了。"他笑道。

"是的，"我说，"这很奇怪。"

我花了一些时间才想出接下来该说什么。

"你觉得他对她好吗？"我问。我整个人有种灼烧感，我扶着柴堆，艰难地吞咽了几口口水。

罗伯特点了点头，说道："别担心，玛丽。我们认识布斯先生已经很久了，他是家人。他对玛格丽特很好，现在他也会对伊莎贝拉很好。我很少见她像现在这样快乐。"

我想到了她，她的皮肤，她的气味和她的头发，她的一颦一笑。有一瞬间，我感觉她就站在我身后，轻轻地碰了我一下，把手放在我的腰间。

我点了点头，说道："那就好。"

当他刚要开始砍柴，我插话道："我认为玛格丽特并不快乐。"

罗伯特看了我好一会儿，他并非不友好，但感觉比刚才冷静了许多。他说："汤姆森夫人今天早上也来找我了，结婚的消息传得很快。"

"汤姆森夫人？你指教堂里的那位吗？她不希望伊莎贝拉结婚吗？"我问道。

罗伯特困惑地看着我说："当然希望。她只是担心，伊莎贝拉很聪明，就像玛格丽特一样。她说她希望布斯先生能给她机会来发展自己。"他停顿了一下，接着说："他会这么做的，我确定，他爱她。"

此时，我感到一阵寒意。

"是的,"我心不在焉地说,"当然。"随后便准备转身走开。

"玛丽?"罗伯特握住我的手说道,"你是她非常好的朋友。布斯先生也这么说。伊莎贝拉很幸运能有你这样的朋友。"

我笑了,感觉眼睛湿润了。我抽回手,沿着小路走到栅栏,然后走上街道。城里一定有人知道汤姆森夫人住在哪里。

她的房子位于阿伯丁路旁的小巷里,是一栋不大的单层住宅。窗台旁边长着玫瑰花,还能看到一朵凋谢的玫瑰。我敲了敲门,过了一会儿,汤姆森夫人开了门,她披着一件黄色格子围巾,手里拿着一块沾满红色果酱的毛巾。

"玛丽!见到你真高兴。进来吧。"她侧过身,请我进屋。

屋子里塞满了东西。从相框到花瓶,从十字架到铜制小雕像,应有尽有。还有两把扶手椅,她指着其中一把请我坐下。

"我去洗个手就好,"她说,"我正在做黑莓果酱。你要喝点茶吗?"

我摇摇头,说道:"谢谢您。我只是来问您一些问题的。"

汤姆森夫人点点头,去了小厨房。过了一会儿,她洗完手回来了,她坐在扶手椅里长舒了一口气。

"我知道了。"她说。

我一脸茫然。她笑道:"是关于伊莎贝拉和布斯先生的事吧?他们要结婚了?"

我真的很难去亲口承认这一点,好像每多一个人确认,这件事就更有可能发生。我只能无奈地点点头。

"哎呀,孩子。"她把椅子往前拉近了些,握住我的手,"这对你来说并不容易。你们是密友。我经常看到你们在一起。"

我又点点头，尽力克制住眼泪。

"我不明白，"我说，"他……我们……您认识他吗？"

"布斯先生？是的，我认识他。这里人人都认识他。"她回答道。

"您对他了解多少？"

"我所了解的他和我印象中的他是两个人。"汤姆森夫人说。"你也知道，他是一个受人尊敬的人，聪明、迷人，也很富有。他们在一起，很般配。"

"但？"我欲言又止。我确定她知道些内情，至少和我感受相同，这从她的目光和措辞可以看出。

"我理解你的担忧，玛丽。我怕我知道得不多，但我和你一样，我看到了他的另一面。我无法清楚地向你解释，你也无法解释。这就是我们遇到的问题。"

"伊莎贝拉以前也这么觉得，"我说，"但她现在却想和他结婚。"

汤姆森太太起身走到角落的一个柜子前，移开盖在上面的布后，那里原来是一张祭台，上面放置着好几根蜡烛、一个十字架，以及一只装着某种粉末或是烟灰的玻璃碗。

"我们能做的不多。"她说。"依我看，我们只能把这些事交给上帝，和我一起祈祷吧，上帝的恩典必将洒向伊莎贝拉，天使也会引导她的。"

"祈祷无济于事，"我说，"我想知道他到底是什么。"

"这我无法告诉你。"她说，并准备用壁炉前的油灯去点蜡烛。

"您不知道吗？"我问道。也许这并不是一个问题，我也不知道为什么我认为汤姆森太太会更了解他，就因为她像我一样，看到了他的黑暗面吗？

"没人确切知道。"她背对着我，忙着点蜡烛并整理祭台上的东西。

"我该走了。"我起身朝门口走去。

"来吧，和我一起祈祷吧，"她说，"你想帮助你的朋友，对吗？"

我转过身看着她，她的眼神有些恼火，仿佛我是又一个丢下她独自离开的人，她已由失望转为愤怒。

"对不起，"我说，"对不起，汤姆森太太，但我不信上帝。"我打开门走了出去。

"你为什么宁愿相信撒旦，却不相信上帝呢？"她在我身后喊道。

在我走回巴克斯特家的路上，我用双臂紧紧抱住自己，我不知道自己还能做些什么。我得去找巴克斯特先生谈谈，我必须知道他是否对伊莎贝拉和布斯先生的婚事没有任何怀疑。如果他真的相信伊莎贝拉选择了布斯先生，是她命中注定的另一半的话，那我能接受吗？我能否将那些自伊莎贝拉出现在我生活中以来我逐渐相信的事情再次看作幻想？那些真实存在过的东西，我们已经看到了、感受到了的事情，它们如此真实，我能像她一样忘记它们的存在吗？这不可能，不是吗？我怎能否认这些让我如此幸福的事情呢？

巴克斯特先生正一边喝茶，一边和强尼玩棋盘游戏。看到他们这样，我内心悲喜交加：强尼充满活力，脸颊上微微泛着红晕，巴克斯特先生兴高采烈地笑着，享受着和儿子一起玩游戏的时光，灾难被驱散，不幸的事几乎被遗忘。他们坐在大飘窗前的地毯上，阳光在棋盘上投下一片橙色的光。

"玛丽,一起玩吧?"强尼邀请道,随即为我放置了棋子。

我微笑着点了点头,坐到他们旁边。强尼的鱼头放在他的脚旁,有时他会用指尖轻轻地抚摸它。

"轮到你了。"巴克斯特先生对我说。

我掷了骰子,把棋子往前移了几格。

"恭喜您,伊莎贝拉订婚了,"我轻声说。我仍然觉得说出这些话很奇怪,好像这些词不应该放在一起。

巴克斯特先生脸上露出灿烂的笑容,他说:"谢谢你,玛丽,我感到很幸运。强尼能够奇迹般地恢复健康,我的女儿又要嫁给我们都很喜欢的男人。玛格丽特一定也希望这样,我肯定她是这么想的。"

我点点头。"我为伊莎贝拉感到高兴,"我说。我突然意识到巴克斯特先生有多么渴望这一刻的到来,伊莎贝拉终于找到了归宿,她又可以笑了,也能坦然接受母亲和姐姐的去世,开始过上幸福的生活。随即,一个问题在我心中浮现,就像一盆冷水泼在我脸上:我是否理解错了?毕竟她的家人了解她,他们认识布斯先生多年了。也许我看错了,也许我真的把一切都看错了,也许只是我一厢情愿罢了。

我来到格里塞尔的墓,跪倒在她的墓碑前。青苔上覆盖着一层秋叶,我将它们拂开。我为什么要来这里?我曾以为这很重要,是我能做的最后一件事,但来到这里后,我却不知应该做什么。我开始和她说话,将心里的一切都释放出来了。"你好,格里塞尔,"我说。我讲述了布斯先生，讲述了他的父母，他们就埋葬在几米远的地方，而且是同一年去世的。我谈论了玛格丽特，她的不幸，她的疾病和离世。我谈到了一年一度的集市，在帐篷里我和伊莎贝拉都经历了一番奇特的体验，但感觉却截然不同。我谈到了那天晚上，布斯先生让我们看了他的蛇，还谈了他的实验室。我谈到了怪物，它是多么巨大，多毛，多么可怕，但又多么可怜。我谈到了伊莎贝拉，谈到了她的情况，我们在一起是多么快乐，我多么想念她，我已不太分得清什么是真，什么是假，但我爱她，太爱她了。我担心布斯先生会伤害她，我不想失去她，我想念她。我想救她，但她不想被拯救，我不知道该怎么做，我真的爱她。倾诉完后，我在格里塞尔的墓碑旁放了两先令，用树叶盖住。

回家的路上，我知道一切都结束了，伊莎贝拉将会嫁给布斯先生。那一刻，是数月来第一次我如此怀念父亲的怀抱，渴望他谨慎而严厉的声音。我怀念他的气味，那种烟草和书籍的气味，还有他那双大而温柔的手。他的眼睛，虽然总是挑剔，但永远带着一种特别的爱。我怀念克莱尔，渴望她的抱怨和完全无关紧要的八卦，也想念范妮在角落一边读书，一边偷听我们讲话时偶尔露出的微笑。我甚至想起了玛丽·简，想到她笨拙的套近乎的方式，想起了她对烘焙蛋糕的热情，她能够全情投入其中，却无法这样对待我们其他人或是我这个人。这就是她，但她还是不断尝试着，尝试与我们几个孩子、与我父亲走得更近些，即便父亲的第一任妻子才是他的最爱，至今她的画像仍然挂在书桌上。

父亲的家书到了，不知为何我已知道他要我回家了。巴克斯特一家也似乎有所预感，他们走到我身边，罗伯特把手放在我的肩膀上。父亲知道我的皮肤问题已经得到了有效地控制，他还告诉我克莱尔和范妮都在想我。他还认识了一个非常有才华的年轻诗人，他想要把他介绍给我，他叫珀西·比希·雪莱。三天后，我回家的船就要起航了。

1812年10月29日

剩下的日子我四处长途徒步。我在码头闲逛,看人们清理捕鲸船,他们准备过冬,为来年春天再次启航做好准备。我走入乡间,在熟悉的小径上踱步,也探索了未曾涉足的道路。草原已经干枯,为过冬做好了准备,稀疏的树木落光了叶子。当然,我还是放不下她,只想着她,我们已不再说话。和往常一样,她常在房里,但也乘马车频繁外出,我猜是去布斯先生那里。我梦见过去几周发生的事是一场梦,我向伊莎贝拉讲了这个梦,梦见她嫁给布斯先生,亲切地叫他大卫,她哈哈大笑,嘲笑我的荒唐,梦里一切是那么的真实,她也是那么的真实。等我醒来,我就回到了一个更真实且无情的世界,因为所有人都做出了决定,我只能轻声啜泣。

我坐在一块低矮的岩石上。三个小时后,船就要启程,我要回伦敦了,回家。伊莎贝拉和我来过这里,我们看到了一个怪物,只有我们看到了,现在什么都没有了,没有留下任何痕迹。我们想看到它吗?是不是一心想着见它,就能如愿以偿?现在,是不是只剩我一个人这么想了?我必须继续观察,把看到的事写下去,因为曾经有一个怪物,它住在岩石边,存在于我的脑海中。它存在过。

1816年8月
日内瓦，科洛尼

它活着,她温暖了它

　　玛丽在珀西二十四岁生日时送给他一架望远镜。他们度过了特别的一天,他们乘坐马车前往日内瓦,在一家小面包店里品尝了海绵蛋糕,然后在城市里漫步了一个多小时,才找到了阿尔贝向他们推荐的那家店铺。他们由店主带着参观,那位店主不仅想卖给他们望远镜,还特别推荐了站钟、气压计和潜水钟,这让他们捧腹大笑。当他们走出店铺时,只购买了望远镜,珀西亲吻了她,亲得如此激动而又出乎意料,让她吓了一跳,差点要哭出来。

　　他们在公园里吃着馅饼,远处的乌云逐渐升腾,她感到此刻无比幸福。

　　回到迪奥达蒂别墅,克莱尔正在哭,她说不出话来,玛丽把她带上楼,让她坐在床上,递给她一杯水。

　　"他说那不是他的孩子。"克莱尔哭诉道。

　　玛丽的心跳停了一拍,问道:"谁说的?"

　　"阿尔贝说的,他说那不可能是他的孩子。"克莱尔向后倒在床上,她闭上了眼睛。她的胸部猛烈地起伏着,显得更丰满了。不久之后,将会有一个孩子来到世上,它会渴望克莱尔的胸脯,哭着寻找她的胸脯。

"可你们俩……那年春天,你和他在伦敦……"玛丽欲言又止。现在,很多事情的发展取决于克莱尔的回答,也可以说是所有事。

克莱尔猛点头,说道:"是他的孩子,我确定,肯定是。"

这样的回答给玛丽带来了一丝宽慰,但也仅仅如此,她只能这样说服自己。

"珀西正在和他谈,阿尔贝也很吃惊。不过,一切都会好的。"玛丽安慰道。

"你认为他会娶我吗?"克莱尔问。

娶克莱尔,这是一个白日梦吗?她该配合演下去吗?阿尔贝永远不会娶克莱尔的,外头流传的许多故事,都是真的:关于他和同父异母的姐姐,关于他和有夫之妇的暧昧,关于他在剑桥和哈罗的同性关系。

"如果孩子是他的,他会照顾的。"玛丽说。

"是他的,是他的,玛丽。"克莱尔急切地看着她。

玛丽希望她能闭上嘴。

"去睡吧,"她说,"安心睡觉,不要担心。我们会和阿尔贝谈的。"

站在楼梯上,玛丽在问自己这一切是否会结束。她只能想到一件完全属于她的东西,一件她绝不能失去的东西。

珀西和阿尔贝整晚都在湖上的小船上,天气温热,像夏天一样。这时,玛丽听见珀西回来了,她本已入睡,终于能睡上一觉了,但现在又醒了,她感知到了一场变故,或是一场决裂。

珀西躺在了玛丽身边,他的皮肤凉爽,紧紧贴着她的。另一边,她听见了威廉的咳嗽声,一片阴影在她心中蔓延。

"你醒着吗?"珀西问。

她点点头,轻抚着他的胳膊,感受着他紧实的肌肉。

"阿尔贝同意了。他会接受这个孩子。"珀西说。

"你怎么办到的?"虽然这么问,但她觉得珀西能办成任何事。

"他不想给克莱尔生活费,也不想供养这个孩子。他会认这个孩子,但不会将其写入遗嘱。"珀西回答。

珀西还有话要说,他欲言又止令人不安。她了解他的语调,她知道接下来会发生什么,虽然不是那么明确,但她知道。

"我答应了阿尔贝修改遗嘱,将来给克莱尔一笔钱,孩子出生后也会得到一笔。"珀西说。

玛丽说不出话来。珀西一向慷慨大方,他也曾借钱给她父亲。克莱尔是他的朋友,他的小姨子,还不止如此。他这样做很好,体现了自己的高尚。但此时,玛丽心中已翻腾起愤怒,她猛地翻过身,听着威廉的呼吸声试图平复情绪。

"别生气。没有这些钱,克莱尔要怎么过呢?"珀西说。

玛丽不想说话,她想咬紧牙关,吞下怒火。但心中的怨气需要一个出口,它想流入血管。

"你这么做,知道别人会怎么想吗?"她气愤地说道。

"玛丽……"珀西支支吾吾道。

"你明白的,你现在能说这没关系,没人会那么去想,因为这是秘密。但这样的秘密不会长久,因为那人是克莱尔。"玛丽说。

"我会处理好,玛丽。我向你保证。"珀西说。

"没人会知道你为她做过这些?"玛丽说。

"是的，没人。"珀西说。

"你根本无法保证。"玛丽说。

"我刚才向你保证了。"珀西坚持道。

她摇了摇头，他并没有看见。他的手指还在勾勒着，在玛丽的心上勾勒着爱和失落的火热线条。

"你还不明白吗？"她说，"你已经食言了。因为我知道，我知道，珀西。"

手指的动作停下了，他翻身而卧。屋内陷入一片寂静。

"这和你无关，玛丽。"珀西冷冷地说道。

这话本该是安慰她的，但其实堵住了玛丽的嘴。

这是最后一次沿着湖岸散步。明天，珀西、克莱尔、威廉和玛丽就将横穿法国，前往勒阿弗尔，那里有艘船将驶往朴次茅斯。他们都不想回去，但身上的钱已所剩无几了，而珀西的父亲只有在他回到英国时才愿意提供帮助。湖面闪闪发光，灰色的云朵悬在侏罗山上空，满满当当，像银子一样沉重；在湖里，它们的倒影悬在山尖下，轻轻摇曳，边缘随波涌动，如梦似幻。

她担心他会独自一人留在这里，担心他不想跟她一起穿越英吉利海峡，到另一个国家。也许他属于这里，如果真是那样呢？如果他留在这里，留在松林间，留在侏罗山脚下，独自一人会怎么样？也许他会以为她抛弃了他，但实际上是他抛弃了她，因为最终一切都会抛弃她。"跟我来吧，"她在心里默默说，"跟我到海峡另一边，我不能没有你。"他们的故事还没有结束，什么也给不了她答案，因为他一直在她的心上，她知道这一点。那么，她就是那个决定他是否能留下的人吗？如果她唤醒了他，当他饥饿时供养他，当他哭泣时放任他，他会跟随她，就像她是他的主人一样吗？玛丽笑了，她经常觉得他是她的主人，是他决定接下来会发生什么，决定会说什么，决定会出现什么。她屈起手指，握住羽毛笔，蘸上墨水，写下字母，将单词组合在一起，直到一切都恰到好处。放下笔，她感觉自己被掏空了，空虚而快乐。这时，她抱住威廉，暂时忘记自己是他的母亲。那时，她是所有，她是一切：一个女人，一个母亲，一个创造者，她相信一切皆有可能，她相信所有的一切都可以共存。

迪奥达蒂别墅里的蜡烛已经点燃，阿尔贝让艾德琳为大家准备了告别晚餐。他和克莱尔或多或少已经和解，他也将承认她腹中的孩子，只要克莱尔不向他提出要求。克莱尔同意了，在英格兰，她会和珀西、威廉和玛丽一起生活，他们会想好今后该怎么办，这并不是永远的离别。

克莱尔喝了一口葡萄酒，目光恍惚地望着前方，似半睡半醒。珀西和阿尔贝在谈论他们的著作，约翰静静地吃着饭菜，偶尔也会看看玛丽，也许她应该对他微笑一下，他看起来很不开心。她还在生气吗？这有关系吗？

壁炉旁，他们又开始了朗诵，但并不是朗诵自己写的鬼故事。不，阿尔贝又开始了自己的诗歌创作，珀西也无心去写一篇鬼故事，他们似乎都已经把那件事忘记了。但玛丽告诉他们，自己还在创作，珀西为此感到骄傲，阿尔贝也微笑认同。现在，他们像几周前一样聚在一起，但又有所不同，克莱尔被她即将迎来的母亲身份所困扰，没有人能为她做些什么。约翰也有困扰，只有玛丽能解救他。珀西似乎成熟了起来，头脑也变得更加清醒。明天即将要出行，他再次阅读起柯勒律治的作品，他读到了那个女孩，读到了那个蛊惑人心的女人最终变成了女巫的故事。唯有阿尔贝依旧没有变化，丝毫不受影响。那玛丽呢？她听着珀西的声音，她如此熟悉这个声音，犹如自己的呼吸。他发出字母"o"的音时，那颤音是如此的有磁性，而"r"音又是如此沙哑沧桑。她看着他，她美丽的精灵，而他在阅读时，也会看着她，每念几句话就会看向她，好像是在为她而读，每一句话都是为了她。那个女巫，诗中的女巫，她为什么会有变化形态？要不然，她也无法成为一个女巫吧？那么邪恶是否可见？或者恰恰是它的不可见，暗示着人们永远也不会真正理解它？这是否意味着每个人的内心都潜藏着一些恶？比如自私、傲慢或是骄傲？

现在她明白了这一切。那两个女人，她们相爱。一个是女巫，她是否迷惑了她的爱人？也许她们只是相爱而已，也许这才是真正有意义的魔力。而玛丽在倾听她一生中最重要的声音，那永远不会消失的声音时，她看见了它。

※

玛丽确信它还活着。在傍晚时分，天空灰蒙蒙的，她原路返回，沿着小径穿过凋零的草原，她将日记本紧紧地夹在胳膊下。这座小山坡度不大，她并没有看到怪物在附近，如果看到它靠近，会有不同的结果吗？突然，玛丽看到布斯先生踏着自信的步伐朝她走来，她已经好几天没有见过他了，感觉就像过了几周，甚至几个月。他似乎变老了，鬓角的黑发开始泛白，胡须里也夹杂着几根银丝。她的心脏仿佛停止了跳动，手臂颤抖着，日记本随即掉落在了地上。

"来，我陪你一起走回去。"布斯先生说。他从地上捡起她的日记本，掸去封面上的泥土后递给她。

四周没有任何动静，世界变得空无一人。她屏住呼吸，听不见任何鸟鸣，也没有动物在丛林中发出沙沙的声音。

过了一会儿，布斯先生开始说话了："我知道你怎么看我的。"

这声音代表着什么？她怎样才能确定这句话背后的含义呢？

"我已经警告过你了。你在做的事情不对，玛丽。你让伊莎贝拉、你自己和我都很不安。"布斯先生说道。

玛丽看着他。他的眼睛和天空一样灰暗，他平静地注视着她。她知道自己无法与之抗衡。

"我不相信伊莎贝拉想嫁给你。"玛丽说道。她知道这无济于事，也知道这不会改变任何事情，这些话毫无存在感。

"玛丽，我希望你停止这样做。你在想些不健康的事情。今天你就回家了。"布斯先生望着前方，朝着港口的方向，尽管现在港口在他们视线中只是一个小点，但几分钟后就会成为现实。

"把一切都留在这里，"他说，"也放过她。那些只是梦，只是故事。是时候忘记它们了。"布斯先生说。

她心里燃起了一股怒火。她说："我做不到。"确实，她放不下这一切。

"那些都是谎言，从未发生过，没有人会相信你的话。"布斯先生说。他的声音压迫着她，像浓雾一样难以穿透。

她加快脚步往前赶，但布斯先生人高马大，轻易地就跟上了她。

"这只是一个孩子的日记，还是个无知的孩子。你知道人们会怎么对待一个写这种事情的女孩吗？"他愤怒地将日记本举了起来。

玛丽抬起手，想去够笔记本，但她知道自己无法触及。

"你所写的东西并不安全，明白吗？"布斯先生停下来，沉默了一会儿，凝视着她。她从来没有在他的眼睛里看到过这样的温暖。

"我只是想帮助你，是时候长大了。"他说。

说罢，他们俩继续向前走，路变得坚实起来，他们经过了几座小房子，房子后面的草场上有羊群和马群，大街上到处是行人。海港就在他们前面，只有几百米远，海面上，云层像毯子一样飘浮着。

他们在码头停了下来。大风吹乱了她的头发，发夹也脱落了下来。

"你怎么想？"布斯先生问。

玛丽看着跟前的海水，闪亮的海水拍打着码头。她感到眼睛干燥无比，干到火辣辣地刺痛。

"拿着。"布斯先生递给她日记本。她接过的那一刻，他体内最后一点人性也流逝殆尽。那生物已经没有肉体，没有固定的模样，它呈现出了万千形态，它是空中缥缈的幻影，从蛇变成鱼再变成水马，最后变成了难以言表的可怖之物，她知道那肯定就是德鲁拉梅斯。

"是时候了。"布斯先生说道。

玛丽用双手紧握着日记，贴在胸前，感受着日记中的字句给予她的温暖。她抬头望向布斯先生的脸，却无法直视，因为他那严肃而温柔的目光让她感到不安。她的目光转向了水面，她伸出手，将日记举在水面上，手一松开，日记便从她的指间滑落。日记无情地落下，漂浮在水面上，随即便吸满了海水，因为纸张总是饥渴的。她知道一切都结束了。日记在水中慢慢下沉，变得越来越模糊，直到最终消失在水中，消失在了她看不见的、无法想象的、不存在的东西之间。

她闻到巴克斯特先生的发蜡味时，不禁流下眼泪。他把她抱得很紧，抱得她肋骨疼痛不已。罗伯特也拥抱了她，她看见他的眼中充满了泪水。他承诺会写信给她，她也向他许下同样的诺言。强尼把湿漉漉的脸埋进了她的裙子里，她蹲下来，双手抓住他的肩膀，亲吻了他可爱的脑袋，擦去他的泪水。他的头靠在她的肩上，沉甸甸的，那里充满了梦想。

伊莎贝拉握住她的手。那一刻，玛丽似乎卸下了所有的包袱，她想念伊莎贝拉，而伊莎贝拉也紧紧地拥抱着她。伊莎贝拉脖子上的皮肤仍然像以前一样柔软，玛丽闻到那熟悉的香味和另一种陌生的气味混合在一起，但玛丽再也不能抚摸她、亲吻她了。她吻了伊莎贝拉的脸颊，当她抬起头，脱离伊莎贝拉的拥抱时，她看到了伊莎贝拉脸上奇怪的表情。所有过往的魔法在这一瞬间全都被打破，变成了现实。

码头上，人头攒动，但只有一户家庭是玛丽在意的。两名男子，一个小男孩和一位年轻女子，他们抬头看着她，静静地、不停地朝她挥手。她也一直在朝他们挥手，挥着，看着，不停地挥着，看着，即使船早已起航。直到轮船驶离了港口，邓迪消失在地平线上，她在甲板上明显感受到海浪起伏时，她才转身，向前看，望向远处的海面，以及更远处尚未露出来的陆地。

※

返回法国的途中，他们参观了枫丹白露宫、凡尔赛宫和鲁昂大教堂。尽管这是一个美丽而令人惊叹的世界，但她的思绪已经飘到了海上。在勒阿弗尔，克莱尔感到阵阵恶心，不断地发牢骚，所以

335

他们在船上为她找了一把舒适的椅子，克莱尔坐在椅子上，双眼呆滞地望着前方，望着地平线。他们起航了，没有人向他们挥手告别，所以他们就陪在克莱尔身边。珀西一手抚摸着玛丽的脸颊和她的手臂，另一只手则怀抱着威廉，威廉坐在他腿上，时不时地打瞌睡。

"我要去甲板上走一会儿。"玛丽说。

夕阳低垂，低到大海都失去了踪迹，只剩一片耀眼纯净的光，这下面可能蕴藏了一切可能。

是的，她会继续写作。这是她的故事，是她将它带到了这个世界，是她赋予它生命，哺育它，她会照看好她心爱的、真实的想象。她那咆哮的怪物，桀骜不驯的野兽，回来了。在明亮表象下的灰暗世界里，她看见了自己已遗忘的东西，那个世界里，充满着幽灵和沼泽，有水怪、蛇、野兽和女巫；那个世界里，金丝手镯上的宝石如同海洋一般深邃，闪烁着光芒；那个世界里，充满着倒影、雷电和新生。她紧紧抓住栏杆，像鹰爪一般，身体前倾窥看，她要看清楚，毫不妥协，因为她是个女人。她的目光落入水中，看见了自己，她就在其中，周围环绕着她带到这个世上的一切。她久久凝视，惊叹不已，她要重新回忆起一切。

她抬起头，脑袋微微有些晕眩。她对着太阳眨了几下眼，片刻间什么也看不见。过了一会，一切又都回来了。

"我再也不会遗忘这些记忆了。"她轻声呢喃。这声音轻柔得几乎只在她脑海里回响，但这些故事再也不会消失了。

致　谢

写下这个故事真是一段愉快的经历，很大程度上我要感谢玛丽·雪莱。在罗马的基茨-雪莱之家，通过玛丽的信件、日记和传记，当然还有许多信息丰富的网站，包括雪莱-戈德温档案馆，我了解了玛丽的事迹。在这些地方，我找到了构建故事的种子。我由衷希望玛丽会欣赏我如何处理她的生活故事。

除了我的虚构之外，这本书中也有很多真实的事情。我试图以生命为基础创造一个真实的故事。这个生命对我而言，变得弥足珍贵，而美妙的是，围绕着它的虚构同样如此。

我要感谢以下人士，是他们在我写作《玛丽》时（很多情况下也包括我生活的其他方面）给予了我时间、关注、爱和专业的支持：

亲爱的家人：尤娜和马格努斯，爸爸和妈妈，朱迪思
亲爱的丈夫：贝特拉姆·库勒曼
亲爱的出版社编辑们，尤其是苏珊·霍尔泽、卡特琳·范·豪韦尔迈伦、罗米·范·登·纽文霍夫、索耶沙·斯基文、杰茜·库

普和尼恩克·贝金

亲爱的女性作家朋友：伊内克·里姆、英格·范·德·克拉本和吉安·奥克尔斯

亲爱的智者们：威廉·比塞林、尼克·范·萨斯和巴特·吉伦

赋予我灵感的书籍：

《玛丽·沃尔斯通克拉夫特·雪莱的生平与信件》，弗洛伦斯·A.马歇尔，1889年

《玛丽·雪莱》，米兰达·西摩，2000年

《浪漫的逃亡者》，夏洛特·戈登，2015年

《寻找玛丽·雪莱》，菲奥娜·桑普森，2018年

《奥特兰托的城堡》，霍拉斯·沃尔波尔，1764年

《克里斯塔贝尔》，塞缪尔·科勒律治（诗歌），1800年

《科学怪人》，玛丽·雪莱，1818年

《在家》，比尔·布莱森，2010年

《苏格兰神话生物图鉴》，特丽莎·布雷斯林，2015年

Copyright © 2021 by Anne Eekhout
Published by arrangement with Uitgeverij De Bezige Bij B.V., through The Grayhawk Agency Ltd.
Simplified Chinese translation copyright ©2025 by China Translation & Publishing House
ALL RIGHTS RESERVED

著作权合同登记号：图字01-2025-0561号

图书在版编目（CIP）数据

玛丽·雪莱：往日魔影 /(荷) 安妮·埃克哈特 (Anne Eekhout) 著；陈琰璟译. -- 北京：中译出版社，2025.7. -- (钟摆书系). -- ISBN 978-7-5001-8238-2

Ⅰ. I563.45

中国国家版本馆CIP数据核字第20250H5N72号

玛丽·雪莱：往日魔影
MALI XUELAI: WANGRI MOYING

出版发行	：中译出版社
地　　址	：北京市丰台区右外西路2号院中国国际出版交流中心3号楼10层
电　　话	：（010）68359827；68359303（发行部）；68359725（编辑部）
传　　真	：（010）68357870　　电子邮箱：book@ctph.com.cn
邮　　编	：100069
网　　址	：http://www.ctph.com.cn

出 版 人	：刘永淳
出版统筹	：杨光捷
总 策 划	：范　伟
策划编辑	：刘瑞莲
责任编辑	：王诗同
封面设计	：黄　浩

排　　版	：中文天地
印　　刷	：河北宝昌佳彩印刷有限公司
经　　销	：新华书店

规　　格	：880毫米×1230毫米　1/32
字　　数	：238千字
印　　张	：10.75
版　　次	：2025年7月第1版
印　　次	：2025年7月第1次

ISBN 978-7-5001-8238-2　　定价：68.00元

版权所有　侵权必究
中译出版社